远方

帅岷晖　著

中国原子能出版社

图书在版编目 (CIP) 数据

远方 / 帅岷晖著 . —— 北京：中国原子能出版社，
2023.3

ISBN 978-7-5221-2514-5

Ⅰ . ①远… Ⅱ . ①帅… Ⅲ . ①游记—作品集—中国—
当代 Ⅳ . ① I267.4

中国国家版本馆 CIP 数据核字（2023）第 049089 号

内 容 简 介

本书由作者旅游、学习及生活随笔汇编而成，涵盖七大洲四大洋壮丽河山、风土人情、往事新闻、科技文化。第一部分是神奇篇，共 8 部游记，围绕诸多世界历史名胜及国家公园展开，突出美景壮观，美乐雅曲，美食佳肴。第二部分是远小篇，共 9 个回忆录，缅怀曾经的同学，同事及同行。第三部分是往事篇，共 7 章，记录美洲大陆的生活，悲欢离合和美好传说。世上多神奇，人间有情义，将所见所闻所感付诸笔墨并与亲友分享乃本作者多年来的最大愿望。

远方

出版发行	中国原子能出版社（北京市海淀区阜成路 43 号 100048）
责任编辑	张　琳
责任校对	冯莲凤
印　　刷	北京亚吉飞数码科技有限公司
经　　销	全国新华书店
开　　本	710 mm×1000 mm　1/16
印　　张	25.25
字　　数	340 千字
版　　次	2023 年 6 月第 1 版　2023 年 6 月第 1 次印刷
书　　号	ISBN 978-7-5221-2514-5　定　价　68.00 元

网　　址：http://www.aep.com.cn　　E-mail:atomep123@126.com
发行电话：010-68452845

尊敬的读者:

很荣幸能把本人的散文短篇集呈现给您,期待着您的欣赏和指导。

世界多神奇,本书收集了作者的多篇游记,涵盖七大洲的诸多名胜古迹。若您也到访过这些地方,希望我们能交流心得,催生共鸣。

人间有情义,本书还收集了作者的多部回忆录,追思从前的美好瞬间,感恩所受的援手和关怀。如果大家能分享曾经的欢乐,那欢乐一定倍增。

本书另外还收录了美洲移民的往事新闻及美丽传说,心路历程以供借鉴。

最后,衷心感谢众多亲友:父母,泽漫,杰顿,军,民,星,蓉,忠,梅,芳,林,赞,松,晴,文,娟,娅,升,宏,海,波。没有你们的坚守,呵护和关爱,一切皆为云烟。不弃不离,弥足珍贵。

2023 年三月 于俄冈玫瑰城

作　者

目　录

远方的神乐

YUAN FANG

余音袅袅，不绝如缕。舞幽壑之潜蛟，泣孤舟之嫠妇。

第一部 梦 想

◎ 著名儿歌《Twinkle, Twinkle Little Star》

江汉平原上的某市是我成长的地方。

那时父母所在的疾病控制中心占有一个近代大户的院落。院子位于胜利街和民主街之间,长约100多米,宽度在30米左右,原居有厢房、阁楼、花园、水井、玉兰树、高墙雕栋等,颇具江南园林韵味。不过我出生时,那里已经面目全非,变为近100人工作的场所+职工宿舍,拥挤嘈杂。走进院落正南大门,两边有门卫室、化验室及药检部,偏房及走廊簇拥中的是天井。晴天,明艳的阳光从上投射下来,照着地面的青石板熠熠生辉。雨日,透亮的水珠敲打着屋顶的锌铁皮水槽和瓦片,在露天石条上飞溅,最后低吟中流入地沟。

围绕着第二个天井的是混合区,有防疫部、卫生部、图书馆、打字室、会议室,厢房二楼部分为家属房。最北端的天井下是一片家属区,共有7间厢房作为职工宿舍,每间约10平米。这里满满住着职工和家眷:胡家、李家、刘家、陈家、项家、帅家、吴家。在如此狭小的空间里,若有人还憧憬着隐私受到保护,人和人间的安全边际得到满足,那一定是执迷于乌托邦式的梦幻。

正是在这个院落中,我伴随着众多邻居的目光而长大。大人的目光通常有那么一丝对幼童的天然亲和,但有时传递着其他情感,或漠视,或冷淡,或愠怒,甚至敌意。现在回想起来,我才有所理解。邻居中有人是单位书记要往上爬,要完成上级的任务,他怎么顾得上其他或萌生童趣?有人整天琢磨着巴结领导,谋取利益,看着同事的孩子当然觉得碍事。还有的事业不顺利,子女难如意,把懊恼之火总想宣泄出来。

目光折射着生态环境,那年代上行政治挂帅,下有私心投机。单位里同事,当面和气,谈笑风生,背地里难免说三道四,落井下石。人和人交往,以利用价值为风标。你尚有价值可榨取,他人一定热情恭迎。否则,或冷若冰霜,或过河拆桥。

邻居中有一位药物检验专家,一天他老婆小产流血不止,需紧急送医院,却正逢"文革"武斗,街上流弹横飞。他求助周边,可众人裹足不前。唯有父亲不顾危险,协同他,把那近乎昏迷的女人扶上二轮平板车,快速拉到第一人民医院。同一人,过后不久,洋洋洒洒写出一份革命群众的大字报,中伤父亲。

还有位床单厂的车间主任,老婆在老家农村,长期两地分居。父亲在做工厂的公共卫生时,和那人一起做项目。一次聊天,主任边诉苦,边咨询父亲。父亲也是无权无势,但至少还持有读书人的道义,也碰巧认识些轻工业局的头头脑脑。父亲多次托关系讲人情,终于帮那人的老婆落户本市。事成之后,那人的态度立即反转,和父亲形同陌路。再后来,父亲求他买几套床单,他很不情愿地应付,而床单的价格居然和商店里的零售价相差无几。

同一屋檐下的十几个孩子时合时分,主要取决于父母辈们相处融洽程度。早上还是伙伴一起跳绳玩球,下午可能就横眉怒对了。其中有个男孩十分顽劣,占着家里兄弟多,经常欺负其他孩子,有一次胡家已成年的大男孩实在无法容忍,双方对殴起来,从堂前打到堂后,满地狼藉,尘土飞扬。

变脸如翻书,情谊薄如纸。极度的物欲配以背叛和失义,这似乎是个亘古主题。远传郑庄公的兄弟相残,中有唐太宗的玄武门之变,近则彭斯叛于川普。幼童的我对于这样的人事自然是不解,迷惑乃至于惊恐。

晚间,我做起噩梦。梦里,头极度膨胀,从床面撑到了天花板。四下有黑影晃动,但戴着面具,难辨人兽。家具、门窗、围墙、屋顶也变得狰狞恐怖,我不由尖叫,吵醒了疲惫的父母。多次发作后,父母很担心,特意带我去医院看病。看病的大夫是我家熟悉的方阿姨,她对我很了解。经过仔细检测后,方阿姨笑着对父母说,红红没什么事,可能幼儿期神经发育还不完全。好庆幸!若是个陌生的无爱心的医生,我或许被误诊为抑郁症,服用一些副作用大的药而脑残。那样的话现在是不可能提笔了。

后来的日子还是照旧,无趣而平淡,睡眠时好时差。直到有一天,父母特意托人弄来一个玩具。睡觉前,拧紧发条,玩具就会发出悦耳的舒缓音乐,那是首流行了数世纪的摇篮曲《Twinkle, Twinkle Little Star》：

Twinkle, twinkle, little star
How I wonder what you are
Up above the world so high
Like a diamond in the sky
Twinkle, twinkle little star
How I wonder what you are

父亲还给我解释了这首歌的大意(当时我很好奇,父亲为何还懂英文并能背诵原版歌词？)：

天上星星闪闪亮,
我要和它来交谈。
星空如此广袤兮,
粒粒钻石耀天际。

乐曲的基本部分是四四拍的四个音节,先一度升扬,然后缓慢回落。基调经灵巧地调整后,循环往复……

该旋律和心跳谐振,洋溢着神奇的魔力,让我含笑中很快安睡入眠。第二天醒来,周体通泰,仿佛重生,也不再留意身边的那些人事。从此,我着迷上这首摇篮曲,为什么几个简单的音符组合能造就世间至美?作曲家何以捕捉如此灵感?还是冥冥寰宇中爱意在涌动?

每次临睡,我在乐曲中放松陶醉:

> 歌声如母亲对婴儿的柔拍,臂膀里传递着奉献。
> 歌声是春风的轻拂,暖意驱散尽担忧,恐惧,孤独。
> 歌声同天使的低吟,浓浓慈祥充溢。

我也热爱上那歌词。虽然我尚不识字,但从父母的表述中,在群星闪烁的夜空下,我感悟到人间生命和天上星体共振的美妙:

> 星体虽远,实在可亲。
> 星光虽弱,爱意浓浓。
> 天籁近无,宁神安心。

大道至简,大音希声,大智若愚可能就是这首歌曲所展示的宇宙奥秘吧!

随后的日子里,作为粉丝,我变得狂热。我尽可能地收集相关的文献和书籍并研读,我向周边的音乐人士及爱好者打探。多年后,歌曲的历史变得清晰:这首歌源于法国 17 世纪的童谣,大师莫扎特(Wolfgang Amadeus Mozart)对童谣进行了润色和加工,谱写成著名的钢琴曲《Ah! vous dirai-je, maman》。后来,基于同样曲调的许多儿歌在世界范围内流传开来,《Twinkle, Twinkle Little Star》即为其中之一。名曲流行 200 多年而经久不衰,足见大师的天赋和灵性,让我终生崇拜。大师所在的阿尔卑斯山野令我向往。我每天默默地期盼着:愿这爱乐为我插上翅膀,飞越高山重洋,去朝圣,诉衷肠。

◎ 歌曲《哆来咪》

多年后,我升入第三中学就读。三中离家 2 ~ 3 公里,途经胜利街、江汉路、北京路。其中北京路是市区的主干道。每天清晨,我在江汉电影院处转到北京路,沿着高大法国梧桐树下的人行道往西前行。途经 X 市饭店,当时在江汉平原这座四层楼的酒店属于最高档的酒店,不过我对酒店丝毫不感兴趣。从酒店往南望去,可见一汪碧水的便河及河边绿枝低垂的柳树,水面吹来的柔风滑过耳际,仿佛钟爱的《Twinkle, Twinkle Little Star》在回响。继续往西,就是门面不大的新华书店,店里的图书对于我来说过于昂贵,不过我还是喜欢在书店驻步,凝视墙上那些图画,图画中的草地、树林、雪峰如童话中的仙境。费时约30分钟,即来到三中的正门。

校门内左侧不远处有排平房,共四间教室＋体育器材室。靠北端的第二间就是我所在的78级2班。开学时,走进教室,发现安排给我的课桌靠墙,并排两个课桌。同桌是位秀发披肩的女孩,身着鹅黄色鲜艳的衬衣和碎花裙。女孩看我走近,友好起身,让出通道,这样我才顺利地落座,好感激!

环顾四周,搜寻良久,除了在工农兵小学一起打闹的发小"成贵",其他都是陌生面孔。生涩中,感慨起王子安的名句:

关山难越,谁悲失路之人。
萍水相逢,尽是他乡之客。

不久,尖锐震耳的开课铃声响起,教室顿时安静了许多。第一节是数学课,授课的陈老师刚师范毕业,热情激昂。她谆谆而谈,启迪同学在初中的三年里学好质数、最小公倍数及二元多项式,以大师华罗庚为标榜。我觉得数字冰冷,刚过去的数学竞赛伤神费时,因此对老师的教导很抵触。现在回想起来,老师的话永远正确。假如初中时我多用功些,打好基础,后来的路不至于走得如此艰难。

第二节是英文课,授课的李老师也是刚师范毕业,同样热情激昂。随后,李老师开始介绍英文字母及大小写,后面还介绍简单的名词、动词及代词。或许早早就有去外域膜拜的梦想,我对英文学习倒是特别用功,一边听李老师讲解,一边在白纸上描摹英文字母,尽量把 b 和 p 区分开,避免把 g 和数字 9 混淆。李老师很认真,示范英文字母的书写后,还走下讲台,检查同学们的作业。查看我写的英文字母后,老师还算满意,目光变得和蔼。这进一步激发了我学习英文的热情。

几天后的英文课更加令人难忘,李老师特意请来英文课题组的彭老师给同学们讲授英文歌曲。彭老师是归国华侨,早年在南洋,对于好莱坞的流行影片耳熟能详,说起英文来带着地道的美国腔。彭老师特意选取了脍炙人口的歌曲《哆来咪》，歌曲来自20世纪福克斯公司的奥斯卡获奖影片《音乐之声》。

首先，彭老师介绍了故事背景：20世纪30年代，在阿尔卑斯山麓的萨尔斯堡（同时也是我神往已久的音乐天才乐圣莫扎特的故乡）有位天性活跃、能歌善舞的修女玛丽亚。一次，修道院院长推荐美丽善良的玛丽亚到海军上校乔治·冯·特拉普（Georg von Trapp）家做家庭教师。特拉普家世代贵族，在萨尔斯堡城郊拥有一处豪华庄园。当时乔治夫人已过世，留下7个抑郁而难管教的儿女。玛丽亚很快用爱心和音乐同孩子们融入在一起，笑声和欢乐重新回到了这个家庭。玛丽亚最后还嫁给了乔治，并同孩子一起为躲避纳粹的迫害而逃离到瑞士。

随后，老师给我们展示了《音乐之声》的影片图片。

我印象最深刻的就是上面的这一张。碧空朝阳下，远处的阿尔卑斯山的雪峰和祥云动静相伴，洁白耀眼。大片墨绿的森林在山间、河谷及碧湖边蔓延开来，树枝婆娑，松涛阵阵。近处是一大片长满嫩绿青草的山岗。正中央，玛丽亚在这片广阔的天地里载歌载舞，歌声、风声、水声浑然天成，彰显着电影的主体：音乐之声。

上面的图片里，玛丽亚正教孩子们唱歌曲《哆来咪》。背景是萨尔斯堡的中世纪古堡，巴洛克风格的教堂及广场，天主教文化浓郁。玛丽亚和孩子们心手相连，沿着石阶欢跃高歌，秀目明亮，自然流露着关爱。特拉普家的孩子们在音乐中意气风发，正努力和玛丽亚的领唱合拍同步。多么有创意的唱诗班氛围！

上面这张图片里，玛丽亚和孩子们正骑车郊游，湖光山色，风清叶扬。远处农场，隐约可见白墙红顶，牛羊信步。玛丽亚为方便出行，因地制宜地用庄园里的窗帘给孩子们制作了便装。悠闲自得，无拘无束，如同五柳先生理想中的桃花源。

上面图片则是特拉普家族庄园的胜景，不是西湖，胜似西湖。

> 微浪风柔，柳岸闻莺。
> 碧湖摩舟，雪峰插云。
> 春色满园，上下天光。
> 廊曲径直，香溢气爽。

欣赏着如画的图片，想象不出多年来一直向往的朝圣之地竟是如此的风情万种，美不胜收。人杰地灵，或许莫扎特大师的不朽曲目也源于这阿尔卑斯山的优雅气质吧。

不久，彭老师按下了卡式录音机上的播放键，明快的歌声开始在教室里荡漾。

Let's start at the very beginning

A very good place to start

When you read you begin with ABC

When you sing you begin with Do, Re, Mi, Do, Re, Mi

The first three notes just happen to be

Do, Re, Mi

Do, Re, Mi

Do, Re, Mi, Fa, So, La, Te

Oh let's see if I can make it easier

Do（Doe）–A deer, a female deer

Re（Ray）–A drop of golden sun

Mi（Me）–A name I call myself

Fa（Far）–A long, long way to run

So（Sew）–A needle pulling thread

La–A note to follow so

Ti（Tea）–A drink with jam and bread

That will bring us back to Do

Do–Re–Mi–Fa–So–La–Ti–Do, So–Do

[MARIA, spoken]

Now children, Do–Re–Mi–Fa–So–and–so on are naturally the tunes
we use to build a song

Once you have these notes in your head

You can sing a million different tune by mixing them up

Like this:

（sung）

So, Do, La, Fa, Mi, Do, Re

（spoken）

Can you do that？

[CHILDREN, sung]

So, Do, La, Fa, Mi, Do, Re

[MARIA]

So, Do, La, Ti, Do, Re, Do

[CHILDREN]

So, Do, La, Ti, Do, Re, Do

[MARIA, spoken]

Now let's put it all together

[MARIA & CHILDREN, sung]

So, Do, La, Fa, Mi, Do, Re

So, Do, La, Ti, Do, Re, Do

[MARIA, spoken]

Good！

[BRIGITTA, spoken]

But it doesn't mean anything

[MARIA, spoken]

So we put in words—one word for everry note, like this：

（sung）

When you know the notes to sing

You can sing most anything

Together！

[MARIA & CHILDREN：]

When you know the notes to sing

You can sing most anything

人生第一次，聆听英文原唱，立刻倾倒于歌声所传载的修女柔情和少年清纯。《哆来咪》全曲简约明快，和莫扎特的《Ah! vous dirai-je, maman》一脉相承。歌词以简谱的7个基本音符为中心，通过与英文字词的对比及拟人化的明喻，在起伏婉转的格调中对音乐完成了生动的阐述。连我这个刚起步的新生也能听懂歌曲大意，比如音符"咪"即为"ME"（第一节英文课里老师刚刚讲

到的代词我），还有 doe，ray，far，sew，tea 等基本单词。

余下的课时里，彭老师引领同学们反复对英文歌进行了学唱。曲终的两句最具感染力，是玛丽亚对孩子们的鼓励和总结：一旦你掌握这些基本音符，你就能咏唱几乎所有的歌曲。几十年过去了，我至今铭记这两句富含哲理的词句和旋律中高昂的气势。整个初中阶段，阿尔卑斯山风情成为一抹高光。

When you know the notes to sing（一旦你懂得这些简谱音符）。

You can sing most anything（你就能咏唱几乎所有的歌曲）。

◎ **土耳其进行曲**（Rondo alla Turca）

若干年后，我终于离家放飞，来到位于湘江之滨、麓山之丘的工大攻读。

大学宿舍住我下铺的同学甲来自北国 H 市。刚见面时，他的京腔以及白皙面孔让人有种阶层的隔阂。开学的日子，一切很陌生，加上天热，我恹恹消沉。甲似乎熟悉这里的一切，热情介绍着食堂、教室、运动馆和其他，还特意组织我们全宿舍的同学游览湘江大桥。走在 2000 多米的长桥上，下面是汛期中的湘江，奔流激荡。我们被感染，慢慢有了"指点江山，激扬文字"的豪情。

同学甲喜欢音乐,不时收集新的音乐、歌曲磁带。一次我上完晚自习,一身疲惫地回到宿舍,甲的录音机里正播放着古典音乐。那是首精美的钢琴曲,起伏跌宕,强弱相配,节奏梦幻。如同一个精灵在音域、频域和强度等多维度潇洒驰骋,烘托出一种难以名状的美感。

第一节:在A小调中,首先是一段十六分音符组成的升调,然后是断音及八分音符组成的降调。

第二节:有新的变奏,最后是回旋曲。

第三节:在和弦上做八度的跃升,节拍风格最后反转,和第一节一致。

第四节:钢琴在和弦伴奏下发出十六分音调的明快旋律。

第五节:全曲的高潮,气势如虹,有对第四节的回旋。

原来这是莫扎特另外一首不朽名作:《土耳其进行曲》(Rondo alla Turca)。该曲和《Ah! vous dirai-je, maman》一样有着莫扎特音乐创作的独特魔力。相对而言,《土》曲篇幅较长,添加有断音和回旋的应用,更富有生命力。我赶紧去书店买来同样的经典音乐磁带,放入爱华牌随身听播放器,每日每夜地聆听放松,所谓爱不释手!

一天清晨,天边稍稍透露出晨曦,我已起床,一边听着音乐一边攀高宿舍后面的岳麓山。山道蜿蜒,两边的草丛和松树在一片升腾的雾气中变得朦胧飘忽。不时远处的山谷传来几声喜鹊的欢叫,烘托出山野的安宁。15分钟后,我来到了丁文江墓。墓碑上有我们校友慈祥的头像,似乎对后来的攀登者投以鼓舞的目光。再往上,石阶变得陡峭,我只好放缓步伐,顺便整理下被露水吻过的头发。最后来到山顶的云麓宫时,人已经呼吸急促,汗水淋漓,汗衫湿透。举目东望,山下的湘江如一条闪亮的丝带舒缓地往北流去,和《土》曲的第一音节里的行板同拍。远处火车站方向云层由暗淡开始泛红。随身听正播放着《土》曲,当音乐进入尾声和高潮时,一轮红日喷薄而起,首先映红了远处的楼群和道路,然后迅速扫过江面、稻田和山林,把湘都清晰完整地展现在眼前。难道这震撼的日出是《土》曲的幻化?

某日下午,我照例来到外专公寓外的山径慢跑锻炼。附近的上坡上有一施工队在作业,我好奇凑近查看。工人们正修建一个陵墓,墓碑上有二战名将孙立人所题写的《齐学启将军之墓》。那时候,邓贤的

《大国魂》和其他远征军的文献我均有拜读,对孙/齐将军指挥的仁安羌大捷也是熟悉。我即刻默立致敬,耳边正播放的《土》曲仿佛带我回到平墙河畔的战火硝烟。在那里,两位将军以区区一团不足千人的兵力,硬撼日军近六千人的两个联队。将士们舍生忘死,奋力冲杀,最后终于击退日寇,并解救被围的英军第一师七千余人。跳动的音符变身为远征军将士,他们在急行军,他们在渡河,他们发起了总攻,不计后果地冲锋。直到曲目高潮的来临,那是惨胜后将士们的欢呼。

秋

傍晚空气清爽宜人。我到校区运动场附近漫步,在场地的北端高地,有一排桂树,淡黄的桂花绽放枝头。浓郁的花香和随身听中播放的《土》曲叠加,营造出一堂生动的植物学课。经春雨的浇灌,夏日的光照后,桂树的生命步入高潮,如同曲目中的第五音节,发出最强音。

春

我喜欢独自来麓山寺踏青。那里有座舍利塔，据说有上千年的历史。随身听中播放的《土》曲和那供奉的圣物也是相得益彰。清脆的击键声化作了佛祖的讲禅。第一音节叙苦谛，生老病死为苦。第二音节阐集谛，即为召集苦的原因。第三音节讲灭谛，唯灭惑业而离生死之苦。第四音节谈道谛，道为不计得失而完全解脱。第五音节是高潮和结局，象征涅槃，进入大同境界。

冬

圣诞节后居然降下一场大雪。雪后天晴，艳阳普照，冰清玉洁中校园有了几分别样的妩媚。我一直坚持游泳，此刻天寒地冻，我有些犹豫了。倒是身边的同学优新、敏灵豪爽，愿意陪我踏雪卧冰，入水战寒。这样，老陈，益民，老蔡，匡、艾、欧的一众兄弟结伴，走出研北楼，沿着厚雪覆盖的坡路向北行军。有人同行，气氛变得活跃，户外的冷酷冲淡了许多。暴露在强烈光辐射下的脸颊甚至隐隐感受到一丝春意，瑞雪迎春吧！

来到游泳馆，空无一人，冬泳的队友为避免受寒生病，都理智地没来，把偌大个场地慷慨地奉献给我们。赤足走在泳池边的雪堆里，眼前一片光亮。一泓清水，湛蓝荡漾，水天一色，入水似乎演变成飞天的冲动。皑皑白雪和纤纤素云魂牵梦绕，不离不弃。脚心触感连连，先有微痒，接着是刺痛，乃至灼烧，最后是木钝。恍惚中熟悉的《土》曲飘来，身心释然。跃入冰水混合的泳池，在《土》曲欢快的节奏中扬臂摆腿，水中行军。伙伴优新和敏灵很快也加入进来，瞬间冰水变得沸腾。大家击水高歌，和《土》曲谐振共鸣。最后，《土》曲第五音节的高潮如期而至，人在磅礴气势中陶醉，竟分辨不出寒暖，哀乐，上下，远近。甚至《土》曲也魔幻起来，仿佛是远古荆楚的《阳春白雪》在吟唱！

注：冥冥中的启示，《土耳其进行曲》和《阳春白雪》同曲同源。《土》幸而流传，《阳》绝而失踪，也从侧面反映出基督文明和江河文明的不同。

夏

暑期，湘都有着比三大火炉还高的气温，我只好躲到图书馆里。那时还没有空调，不过天花板下的风扇足矣。一次，无意打开一本《唐诗集》，重温白居士的《琵琶行》。随着耳机里《土》曲的涌动，居士的名篇变动生动起来。

《土》曲中大师创造性地揉入断音，居士言之为"未有曲调先有情"。《土》曲中的 16 分音符组成的快板，居士对应写下"嘈嘈切切错杂弹，大珠小珠落玉盘。《土》曲的其他美妙，居士在文字上也多有诠释：

间关莺语花底滑，幽咽泉流冰下难。
冰泉冷涩弦凝绝，凝绝不通声暂歇。
银瓶乍破水浆迸，铁骑突出刀枪鸣。
同是天涯沦落人，相逢何必曾相识！
居士若重生，《琵琶行》或许要改名为《突厥行》了。

◎ 旋乐小夜曲（Eine Kleine Nachtmusik）

多年后,受聘于一家电子公司,来到了位于赤道边的国家城市——新加坡。

新加坡盛名在外,号称花园城市,光鲜外衣下则是森严的等级。一方面社会顶层精英工资全球最高,20 世纪 90 年代已退休的资政李光耀年薪达 700 万新元,而广大生产线上的外籍和本国底层工人却报酬微薄,年薪不到 1 万新元。

初来狮城时,我在生产线上做工艺工程师,年薪 2 万新元,合同规定每周工作时间 66 小时:

周一至周五从早上 8 : 00 到晚上 8 : 00 为规定工作时间。

周六的规定工作时间则是从早上 8 : 00 到下午 2 : 00。

规定时间以外,在征得经理批准后,所工作的额外小时数才可计为加班。

我和另外一位同事在勿洛的组屋楼里合租了一间不足 10 平方米的小间。每天凌晨昏天暗地中早早起床,先搭乘区间 BUS 赶去勿洛 MRT 站,然后换成跨区 BUS 到位于后港的工厂。晚上,乘坐反向的公交一身疲惫地返回到住处,真真切切地披星戴月。

为了多获得些报酬,我拼命去加班(12 年后,我到深圳龙岗富士康工厂协调我们设计的服务器生产,看到了一模一样的心酸场面),其中有一个月我的加班时间居然有 120 小时，加上规定工作时间，当月做长工累计 420 小时。换算下来，在一个月 720 小时的总时间里，我除了睡觉，剩下的时间几乎都在工厂卖命。占工比达 87.5%。哎，人苟且起来毫无下限！

　　我所在的勿洛组屋距离环岛高速入口不远，不少拆装消声器的摩托车在进入高速入口时，轰鸣声响彻天外。这种噪声在午夜后变得更加频繁和刺耳，折磨着人一夜数惊。

　　生活单调苦闷，唯一的期盼就是度假，逃之夭夭！一次度假结束，乘坐马来西亚航空的班机回到樟宜机场。身着鲜艳马来裙装，妩媚多姿的空姐特意向旅客赠送纪念品礼包。在蜗居，打开礼包，发现里面有一张音乐光盘。随手将光盘放入音响，房间瞬间充满了旋律。光盘上有已熟知的施特劳斯的《蓝色多瑙河》，维瓦尔第的《四季》，贝多芬的《月光奏鸣曲》及圣桑的《动物狂欢节》。或许是审美疲劳，或窗外吹入的热风过于沉闷，或经月的劳作让人麻木，这些曲目听起来平淡如白水。这时，音响里传出一段似曾熟悉的旋律，一段大小提琴的合奏。有异于钢琴曲的清脆跳跃，小提琴的悠扬和大提琴的低浑营造出一份卓然雅致，让人耳目一新！忙回头查看曲名，惊喜地发现这又是莫扎特所谱写：《旋乐小夜曲》（Eine Kleine Nachtmusik）。

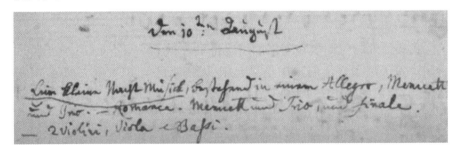

《旋》曲相比我在幼儿及学生时代接触到的莫扎特作品更加丰满，共有四个乐章。

第一乐章

快板，奏鸣曲结构。这一乐章具有进行曲风格，开始是四小节号角特征的引子乐句，G 大调、4/4 拍子。呈示部主部主题清新欢畅、情绪饱满，连续出现颤音，更显得生机勃勃。副部主题由两部分构成，第一部分节奏鲜明，旋律流畅优美，以连奏和断奏的音型交替出现，4/4 拍子。副部的第二部分是连续反复的颤音和断奏，蕴涵着一种自得其乐的情绪。展开部非常短小，主要是本乐章引子乐句、副部主题第二部分颤音和断奏音型的展开。再现部按奏鸣曲式结构原则，副部主题的调性由属调转为主调，其他都基本是呈示部的再现。最后在短小精悍的尾声中结束这一乐章。

第二乐章

浪漫曲，十分优美抒情，其结构具有回旋曲式的特征。主部主题淳朴、抒情，C 大调、4/4 拍子，曲调宽广。第一插部旋律富于流动性。第二插部跳弓与连奏形成鲜明对比。第三插部是全曲中唯一小调性的主题，它运用一个回音音型连续不断地出现于高音部和低音部，相互对比，加强乐曲的戏剧性，c 小调、4/4 拍子。

第三乐章

短小、精致的小步舞曲，复三部曲式结构。第一部分由明快有力和抒情流畅两种富于对比性的旋律构成，G 大调、3/4 拍子。中间部柔和甜美，像是愉快的歌声，它也是由两种富于对比的旋律构成，D 大调、3/4 拍子。

第四乐章

生动活泼的快板，回旋奏鸣曲式结构。呈示部包含有两个主题，它们与第一乐章的单调有着紧密联系。主部主题是一首威尼斯流行歌曲，它洋溢着青春活力和生命的光辉，G 大调、4/4 拍子。副部主题优美生动而玲珑纤巧，它与第一乐章副部主题的第二部分类似。展开部是以主部主题为基础的调性变化与发展。再现部的主部和副部是倒置出现的，即副部主题在前,主部主题在后,因此加强了回旋曲所特有的热烈气氛。整个《弦乐小夜曲》在兴高采烈的欢快情绪中结束。

《旋》曲可能是莫扎特所创作乐曲的典范,让人振奋愉悦:

这是酷热中的一丝清爽,正如清泉润过冒烟的口嗓。

这是重压下的片刻解脱,仿佛无辜当庭无罪宣判。

这是惶恐间的一缕慰藉,好比久跌不休的股市迎来第一次回升。

这是喧嚣里的须臾安魂,恰似惊涛中终见避风港湾。

◎ 又一代

多年后,落脚美国俄冈某集镇,购得一座独居房。房子不到200平米,对三口之家来说足够。最满意的是近四分之一英亩大小的后院,有木台、喷泉、砖地、草坪。围栏外即是高尔夫球场,举目远眺,天晴时能见到100公里外胡德雪山及圣海伦雪山的峰尖。饭后茶余,在草坪上或信步或卧躺,无拘无束。偶尔一只蓝松鸦飞到枫树上驻步片刻,一声欢叫后飞远,唤起《旋乐小夜曲》的韵味。

不久后，公子杰顿在此屋出生。为此，我几乎天天到"Toys" R "Us"购物，把成箱的奶粉、纸尿布、奶瓶、婴儿食品及玩具搬运回家，其中一个玩具是 Fisher Price 的 Select-a-Show SOOTHER Lullaby Music & Projector。

晚间，例行地给儿子洗澡，喂配方奶，然后将其轻手轻脚地放到婴儿床上。接着，按下那玩具上的按键，悠扬的《Twinkle, Twinkle Little Star》响起，同时星月投影在天花板上，仿佛深邃的夜空。

安详中，儿子很快入睡。我静立在一旁，欣赏着这伴随我长大的童谣，珍藏已久的去朝圣的心愿再次涌起。

三十多年过去了，整整一代人的变迁！唯一不变的是那安神宁志的不朽旋律和向往。

◎ Bethany 的民居

几年后，为了孩子的教育，我们不得不以华裔中的虎爹虎妈为榜样，跑去争抢学区房，最后在 Bethany 购得一处。房款几乎花费掉所有的积蓄，再请人装修实木地板就有些力不从心了。而地板在夫人眼里是必选项，理由是原屋主留下的地毯藏污纳垢，影响儿子们的健康，甚至可能引发哮喘。洋插队的我就此做起了木工活，以省下一万美金的装修费。隔行如隔山，装修做起来十分艰辛，还差点搭进去两根手指和半条腿。

修装第一步是采购材料。经过多番调研，锁定了 Lumber Liquidators 的橡木地板，并在其网站上下单。三周后，100 多箱总计两吨重的木板运到玫瑰城的货栈。立即驾驶 SIENNA 旅行车到客栈，从仓库里将木板一箱一箱地搬运到旅行车里，再开车运回到 30 公里外的新家。旅行车容量有限，不得不分批转运。历时近 10 个小时，总算把最后一箱木板在新居车库整齐地垒好，人已经累得虚脱，腰剧痛难忍。这时我必须赶到 20 公里外的托儿所接小孩，不容稍息片刻。孩子对人情世故挺敏感，每次我晚到托儿所，孤独落单的他都露出无助的眼神。作为家长，我绝不希望孩子再次经历我曾有过的心酸。

挣扎中，回到旅行车，立即发动引擎。车很快驶入高速公路，我一边把持住方向盘，一边扯开包装纸胡乱地将一块能量条塞进嘴里以充饥。不久后，点亮车载音响，欢快的旋律荡漾开来，曲目有我挚爱的《Twinkle, Twinkle Little Star》《土耳其进行曲》《旋乐小夜曲》……

此刻距离我初成朝圣之梦已有 41 年！奔波不止的我很是惆怅：

> 梦还是那样鲜活，可盛梦的心已负荷不堪。
> 腿依旧这般豪迈，但前方的路却终点无望。
> 曲仍然如此安魂，而辨音的耳早百孔千疮。

第二部　圆　梦

◎ 萨尔斯堡

伦敦希思罗机场

　　我正登机，飞往阿尔卑斯山麓的萨尔斯堡。朝圣之旅我足足期盼了43年，今朝终于即将达成。

　　作为粉丝，拜访莫扎特故乡，追随乐圣的足迹，余生心愿仅此而已。同行的旅客，服饰各异，有西人、亚裔、阿拉伯裔（长袍、面纱）、非裔等，其中不少看来也是朝圣客，去景仰天才大师莫扎特。

　　起飞刚过一小时，飞机即开始下降。翼下正是魂牵梦绕的千古小城萨尔斯堡。一江清泉从远处的雪山冰域飞泻而来，舒缓地穿城而过。巴洛克风格的教堂在一片古色古香的建筑群落里卓然耸立，教堂穹顶附近隐约可见莫扎特的雕像。远处，层峦叠翠，古堡巍峨，草青木荣，雪峰高洁。飞机上扩音器里应时地响起《旋乐小夜曲》，欢快雅致。乐声如归乡来的游子，急切地想冲到窗外，和江水同行，与钟声合唱，共草木而舞。哇，这圣地如同童话中的仙境，生机勃勃，如诗如画。

◎ 莫扎特雕像

萨尔斯堡市 Mozartplatz

下飞机后，我即刻乘车到老城区瞻仰乐圣莫扎特的雕像。

Mozartplatz 广场的中央有一个典雅别致的小花园，一盆盆鲜花争奇斗艳围绕着中心汉白玉石台，淡淡的花香弥漫开来，沁人心脾。光洁的石基上，立着乐圣莫扎特的青铜像。170 年里，乐圣不辞风雨，不论暑寒在此迎接了一代又一代的朝圣者。铜像顶天立地，气质飘逸，左手握稿，右手持笔，把乐圣勤奋创作，巧思灵动的谱曲过程刻画得淋漓尽致。乐圣容光焕发，双目深邃，卷发浓密，尽显年轻英武。相对乐圣的英姿，我这后辈倒显得发稀鬓衰，老态龙钟，实在有些难为情。

我轻轻走到铜像近前，献上新买的鲜花，然后默默围着雕像移动，目不转睛地仰视着乐圣，希望把乐圣每一寸神态，每一厘服饰都印刻在记忆里。

我喃喃低语，向乐圣细诉几十年来的离苦：

　　　　多少次，乐圣的名曲助我安睡入眠。
　　　　困惑里，乐圣的名曲让我明理懂道。
　　　　挑战前，乐圣的名曲勉我无畏坚定。

我总想不管不顾，来次说走就走的旅行，飞来这里，却一直未能成行……

就这样在久久的对视中,我倾吐完心语,人变得轻松无比。乐圣还是那样平和安静,一阵风温柔地掠过,乐圣嘴角似乎松动,露出一丝微笑。答复? 天机?

◎ Salzburg Cathedral

从莫扎特广场往西,步行 50 米即到达居民广场(Residenzplatz)。广场中央的喷泉正纵情奔放,激起的薄雾在阳光下如天使五彩的霓裳。记得影片《音乐之声》里的玛丽亚曾在这处喷泉里润手。继续前行,即来到萨市的天主大教堂(Saltzburg Cathedral)。教堂始建于 8 世纪(当时的东方的盛唐正经历着浩劫——安史之乱),后来经过多次改建,乃形成如今的巴洛克式雄壮富丽。

千年神殿因乐圣莫扎特在此受洗并担任首席管风琴乐师而名动天下，丝毫不逊威城的圣马克大教堂、罗马的圣彼得大教堂以及伦敦的威斯敏斯特教堂。

教堂内结构以多彩花岗岩石为主体，坚固恒远。带天窗的穹顶近50米高，气势恢宏。抬眼远望，墙壁和堂顶洁白的底色与彩色的壁画有序搭配，雕梁画栋，富丽明艳。顶、四壁和绘有彩画的大理石地面一起烘托出晶莹剔透，亮丽无比的圣光氛围，如圣诞夜后那喷薄欲出的旭日。近处细览，每寸每毫都有艺术加工，或浮雕，或彩绘，美轮美奂，和西斯廷回廊的米开朗基罗大作难分伯仲。复活画中的基督及圣徒们清晰纯洁，带着荣光，教诲俗人如我要时刻谦卑。

有幸的是当日的教堂弥撒正进行中。管风琴演奏着莫扎特谱写的圣曲"The Krönungsmesse（Mass No. 15 in C major, K. 317）悠扬恢弘。高台上，身着礼服的唱诗班虔诚高歌，和声在宽广的大厅里回荡激越，振聋发聩。美声美乐及上下荣光中，神殿洋溢着别样的安详庄严。哇，朝圣中的此时此地此景此曲，美妙无比！人生第一次被天主的喜乐所充盈，从不落泪的我双眼润湿。

◎ 莫扎特出生地（Mozarts Geburtshaus）

从大教堂醉晕般转出，往西北方向漫步，穿过两条街即来到乐圣莫扎特的出生地：Getreidegasse 9。这是一座共有六层的居民楼。楼的外墙特意涂抹成显目的鹅黄色，墙上写有"Mozarts Geburtshaus"。

该楼历史悠久，始建于 12 世纪，到 15 世纪时已经扩大成目前的规模。普普通通一座民房居然可追溯到南宋年代，近 900 年过去还整洁如新。环顾四周，似乎在这条繁华热闹，游人如织的商业街道两旁全是这种建筑风格的 4 ~ 5 层高的楼房，多达几百幢。奥地利人的建筑技术，修缮功底，文化传承令人叹服。

莫扎特父母（Leopold Mozart/Anna Maria Pertl）结婚后，即在楼的第三层租用了一套小公寓（一室一厅），直到 26 年后才搬离。在居住的第 9 个年头，1756 年 1 月 26 号，他们的第 7 个孩子乐圣莫扎特（Wolfgang Amadeus Mozart）诞生了。

正是在这栋楼里，莫扎特度过了童年和少年。莫扎特没有上过一天学，

完全在家接受教育。父母不仅生养了他,而且尽心尽责地培养教授了这位天才。

正是在这狭小的公寓里,在父母的激励和支持下,莫扎特开始了他辉煌的音乐创作之路。

正是在这平常之家,老莫扎特 Leopold 唯一存活下来的男孩集文化艺术之大成,携山川草木之灵气成长为惠泽万世的乐圣。

博物馆展示了许多珍贵的莫扎特幼年及青少年时期的肖像,天才神童的独特气质生动毕现。恍惚中,莫扎特从画中走了出来,在"家"学习乐理,练习乐器,构思乐谱……

注:无论何处,总能见到年轻夫妇在抱怨、苦恼,他们急于把孩子培养成天才而不得。不妨来莫扎特出生地参观学习。天才来自这古楼蜗居,来自虎爹的亲手教育,来自虎妈的若离若及。

上图展示的是莫扎特早年使用的乐器——Clavier。经过在这乐器上的实践,莫扎特很快就掌握了各种乐器(钢琴/提琴)的使用,成为非凡的演奏家。后来,莫扎特创作的歌剧《魔笛》正是基于在这乐器上获得的灵感。

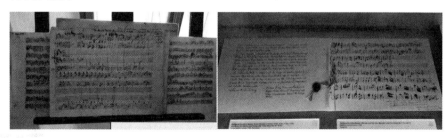

　　莫扎特 5 岁开始谱曲,7 岁开始创作歌剧,上面是相关的珍贵手稿。能见到这娟秀的真迹,心情除了激动还是激动。

◎ 老街 Getreidegasse

　　从莫扎特出生地的大门转出,信步走在楼前的商业街上。两边萨市民众世代居住的小楼窗明几净,粉刷如新。这里既有世界箱包服装的连锁商店,也有当地土产工艺饮品的招牌铺面。靓丽,和风,秀饰,醇香及美乐引来四海无数的游客。徘徊踯躅于古店,摩肩接踵于老街,人变得飘然,时间在凝固甚至回转。一阵风掠过发际,带着Salzach河水的清爽,迷幻中人穿越回东京汴梁,零距离体验着清明上河图中宋代市民的悲欢离合,朝九晚七。不远处,马嘶蹄欢,仿佛乐圣正往返于各个王国间举办音乐盛会。最后,奶油乳酪的浓香在弥漫,唤起儿时的饥渴,怀念起那些江汉的小吃:

胜利街的豆腐圆子；

中山路烧腊馆的包面；

聚珍园的八宝饭；

梅台巷的米粉。

老街闲逛，人深深感受到日耳曼民族的文化底蕴。文化的传承及发扬光大，不是在于口头上忽悠，更不是发动革命的荒唐，而是需要每世每代每人每派的自觉付出和呵护。否则，无本之木，无源之水，无魂之躯而已。

◎ 莫扎特故居（Mozart-Wohnhaus）

由于少年莫扎特名气日渐远扬，狭小的一室一厅根本无法满足慕名而来的粉丝。很快，莫扎特一家人搬到了Salzach河对岸。新居宽敞得多，甚至有一个上百平方米的舞厅。

故居在二战中毁于空袭,后来按原样重建,开辟为博物馆,供游人参观。

走进故居的舞厅,靠墙摆放着一架古老的钢琴。莫扎特和他同样才华横溢的亲姊曾经在这钢琴上合奏。墙上悬挂的莫氏全家福真实地记载了演奏会的盛况。

博物馆所展示的包括莫扎特年轻时使用过的乐器和大量的原始手稿。在这些珍贵文献中,我惊喜地发现了《土耳其进行曲》曲谱,上面是

莫扎特的亲笔。哇,这布满娟秀真迹的手稿,在我这粉丝眼里,分明是音符写就的圣经!同时,回想起《土》曲伴随我在湘都度过的点点滴滴,春夏秋冬……人再次感激得晕厥。

◎ Mirabell 宫及宫廷花园

　　从莫扎特故居往北步行 100 米即到达 Mirabell 宫,宫廷外的花园是萨市著名景点,游人络绎不绝。草坪上由鲜花组成的造型几百年来争奇斗艳,足见世代园丁的努力。沿着花坛中轴往南望去,大教堂的拱形塔尖及山顶的千年古堡 Fortress Hohensalzburg 尽收眼底。园内,喷泉和群芳争宠,绿树和草坪映天,雕塑点缀,花香风随。更重要的是,花园免费向公众开放,让游客心旷神怡,尽情领略德奥容克的贵族情调。

这里也是《音乐之声》的拍摄点，当年玛丽亚引领特拉普家的孩子们高唱着"哆来咪"，欢跑到花园正门，向两位运动健将致意。今日，来到现场，雕塑、小径、绿树依在，期待着修女和儿童们的重返。双脚走过碎石铺就的小径，沙沙作响，回忆起初中那堂英文课，向往终有实现之日！

今天在 Mirabell 宫殿有一场音乐演奏会，这是萨市夏季音乐节的一部分。来到宫殿歌舞厅时，这里已经聚集了很多观众，还再次和同航班的来自美国俄克拉荷马州的年长夫妇相遇。来自五大洲的音乐爱好者，为了朝圣莫扎特走到了一起。歌舞厅约 10 米高，宽敞宏大，富丽堂皇。相比凡尔赛宫的歌厅和维也纳的金色大厅，Mirabell 歌舞厅更具风骚，因为当年莫扎特在这里多次举办演奏会。

演奏组有四位乐师，三位小提琴手和一位中提琴手。整点，乐师们开始演奏，曲目是我钟爱的《旋乐小夜曲》。小提琴的清丽和中提琴的雄浑汇聚成丰满欢欣的和声激荡在金碧辉煌的大厅里。尤其是第二乐章的柔板配合着枝型吊灯和壁灯的柔色，营造出一种空灵磅礴的氛围，让听众如沐春风。陶醉中，我仿佛穿越回 18 世纪，正欣赏着莫扎特自编、自导、自演的演出……

◎ **石阶 Winkler Terrace**

在萨市的第二天。清晨,沿着山径 Mönchsberg 漫步,山丘上绿树葱茏,芳草萋萋,赏心悦目。晨风拂面,送来淡淡的清香,焕发精神。来到高处,这里能清晰地观赏萨市的全貌:古堡、神殿、雕像、丽水。继续前行几十米,有一段阶梯,这就是有名的石阶 Winkler Terrace。影片《音乐之声》中,玛丽亚带孩子们在此欢歌而行。半个多世纪过去了,这里风貌良存,歌声依然在石阶上缠绵。

◎ 庄园 SCHLOSS LEOPOLDSKRON

继续沿着山径 Mönchsberg 南行,起伏的森林落在了身后,乡间小路

两边换成了青草油绿的牧场,敦厚的奶牛和俊挺的跑马和睦共处,远望中各自美食着嫩叶。想起正是这条小道,《音乐之声》的玛丽亚蹦跳中赶赴特拉普庄园,去做家庭教师。

徒步追星,约一小时后,前方出现一座具有 15 世纪欧陆

王宫风格的建筑：庄园 SCHLOSS LEOPOLDSKRON。

上图，来自 1965 年影片《音乐之声》

上图，摄于 2014

　　庄园 SCHLOSS LEOPOLDSKRON 的后花园在影片《音乐之声》里
作为特拉普家族庄园的庭院颇为上镜。（不过特拉普家族庄园的楼房取
景却不是 SCHLOSS LEOPOLDSKRON，而是 Schloss Frohnburg）。

　　径自来到庄园的后花园，铁栅栏边的两尊石兽仍然忠实地守卫着。
初中英语课上观赏图片而臆想到的远山、碧湖、草木、花鸟、风情，今朝
总算身临其境了。一切是如此的鲜活秀美，暖风依旧。

◎ 秀湖 Gosauseen

在萨市的第三天,计划在萨尔斯堡 100 公里外的雪山 Hoher Dachstein 做徒步旅行。当值夏季,冰雪大多消融,否则来一次阿尔卑斯山滑雪也挺美妙。

从秀湖 Gosauseen 北端附近的停车场下车,背上旅行包,向湖边走去。穿过一片风姿婆娑,嫩绿秀婷的槐树林后,一幅天成的彩画展现在面前。一汪碧水静卧在突兀的群山之间,水清透亮,仿佛一颗巨大的绿宝石镶嵌于阿尔卑斯山脉。湖面之上,蓝天之下,森林、山岩、雪峰相拥怀抱。素云纤步,风啸空谷,水波不惊,如《旋乐小夜曲》之情调。鸭戏浅水,花艳香远恰《天鹅湖》所意境。光影声色,自然和谐。真想就地止步,不再漂泊。

　　小道沿着湖岸蜿蜒，道两边草木茂盛，不知名的野花四下点缀，或红或白，或紫或黄。来萨市朝圣，算是把憋屈的工作和繁重的家务暂时抛开，人无拘无束，在小道上走得轻松愉快。眼前的小道在俄冈也有不少，所不同的是心情。以前去小道徒步，总是匆忙，瞻前顾后，杂事缠身。

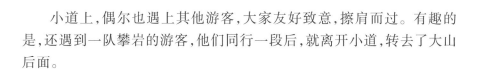

　　小道上，偶尔也遇上其他游客，大家友好致意，擦肩而过。有趣的是，还遇到一队攀岩的游客，他们同行一段后，就离开小道，转去了大山后面。

　　越往南去,森林越密。绿色舒展开来,包裹着低谷和高岗,形成林海。小道边的树木列队欢迎,饱含负氧离子的森林特有的清香充溢全身上下,让人彻底地放松,渐渐物我两忘,融化在这绿野里。

　　不到一小时,即到达湖的南端,小道开始回转。这里不见游客,我脱下布满尘土和汗渍的衣裤,赤条条地跳入湖水中沐浴,算是来此朝圣,接受洗礼。磨痛的双脚浸在冰凉的湖水里轻快很多。水中尽兴完,回到沙滩上,将衣服重新披上。远处,冰雪正融化,涓流汇聚成飞瀑,树木在成长,林涛阵阵。近旁,蜜蜂在采蜜,嗡嗡作响,山雀将归林,叽叽喳喳。水声、风声、虫鸣、鸟叫驱动着双腿,向前迈进。

◎ 山脊 Sonnenalm

　　徒步走完绕湖的环形小道，意犹未尽。不舍中，来到附近的缆车站 Gosaukammbahn。乘坐缆车，很快来到一高台，向下望去，刚用脚丈量过的 Gosau 湖变得娇小玲珑，熠熠生辉。

　　山道向上，双腿变得吃力，呼吸急促起来。倒是山坡下，喜见牛群在悠闲放风，或卧，或立，或步，或食。天高地迥，青冈广阔。这里正是玛丽亚载歌载舞的高地，《音乐之声》出镜最多的场景。

强忍饥苦，继续登高，即来到客栈 Sonnenalm。风中飘散着烧烤的香味，就食的欲望更加迫切。

酒足饭饱后，踱步到悬崖边，眼前 Hoher Dachstein 的群峰似乎触手可及。顺势躺在绿毯般的草地里，艳阳洒下照顾，和风送来安抚。身体在变轻，灵魂终出窍。九天之上，乐圣的身影若隐若现，忙循迹追随而去，残留下一缕余音回荡在阿尔卑斯山巅。

别了，终身挚爱的《星》《土》《旋》《哆来咪》。

◎ 后 记

影片《音乐之声》里的另一歌曲《雪绒花》也是极品,甚至可能是当代最接近莫扎特风格的作品。寥寥数语,短短音节即创作出至简、至纯、至清的境界。

Edelweiss, Edelweiss,

Every morning you greet me.

Small and white clean and bright,

You look happy to meet me.

Blossom of snow, may you bloom and grow,

Bloom and grow forever.

Edelweiss, Edelweiss,

Bless my homeland forever.

远方 的 神宫——印加宝藏

MACHU PICCHU

序

山重山，水卷澜，绝岭残桥风正罡。日转星移，小径寻梦忙
林恋衫，花吐芳，雷鸣天泪夜笼帐。雨霁虹现，晨烟伴鸟欢。

◎ 印加名曲 El Condor Pasa（鹰）

　　若干年前在西雅图的 Space Needle 大厦外面，遇到过一组印第安艺人，他们着装民族彩服，给过往游客献艺。在印加之鹰（EL Condor Pasa）中，我有一种触及灵魂的震撼。乐器起部的打击乐轰鸣，那是印加山民们不畏地震和天灾而努力砌石耕种。自然切入的排箫和横笛悠扬回荡，如怨如慕，那是山民们的坚韧向上和精工巧思。高潮时加入印第安语和声，烘托出乐天和豁达。古曲仿佛是乡亲的呼唤，昭示我的前世或许就在那南美安第斯群山里。陶醉和渴望幻化出一段心声：该南下去探幽了。

◎ 前站和印加开胃小菜

　　四月的一天，历经38 小时的辗转换乘，终于抵达南美洲安第斯群山中的 Cuzco——曾经的古印加帝国首都。在此我将和驴友、导游和山民助工会合，然后再一起前往印加小道。从空中俯瞰，整

座古城在阳光的照射下熠熠生辉,金光闪闪,真是一座黄金之城(难怪西班牙殖民军对此地的财富垂涎三尺)。据考古学家研究,古代南美原住民定都在这海拔 3400 米高地时,把整座城市设计成一只雄赳赳的美洲虎的形态,所谓的虎踞龙蟠。仅一瞥,我就被构架成就所惊叹,群里的老友们不妨来此考证。回想起中原腹地的洛阳,那也是多朝古都,历经夏、周、汉、隋、唐,兴旺时如盛开的牡丹。多次战火和拆迁后,哪还有形态? 大局着眼,细处入手,南美先民们精通呀。

注:附上谷歌关于 CUZCO 的卫星照片,看出虎头、虎躯和翘尾。

虎城 CUZCO 头部是古堡 Sacsayhuaman 遗址。古堡建于 11 世纪，比印加帝国还早数百年。慕名前往，我们所能见的已是断壁残垣，但都挺拔傲立。走到墙根，脸颊贴上巨石，手指滑过细缝，能深深感受南美古文明的庄重和底蕴。古墙壁由大小不一的石块累砌而成，墙面平整，严丝合缝，针插不进，水泼不透。南美先民在无文字、无车船骡马、无铁器情况下，设计、采集、运输、加工石料，丝毫不用黏合剂而建成这城堡，足见高超的工程技术。

最让人惊叹的是经过近千年的天灾人祸，古墙还完好如初。这片地区可是地壳结合部，地震、火山喷发频繁。灾害降临时，地动山摇，物毁人灭。想起前不久的汶川地震，那里的教学楼若有这城堡的抗震特质，损失也不至于惨重吧。

　　位于虎城颈部的是印加太阳神殿 Coricancha 的遗址。在印加帝国时期，神殿规模宏大，整个外壁披有一层厚厚的黄金。唉，昔日的金碧辉煌只能去想象了。当下，神殿幸存部分和后来建成的西式教堂，其他民俗房屋混在一起，显得不伦不类。来到里面，方能略微感受神殿的精致。神殿四周的支柱是高达 6 米的大理石拱门，上下两层。拱门上雕刻有精美的浮雕。外墙和拱门之间则是敦实的胸墙，有装饰和增强回声的作用。神殿的中央是祭坛，那原有一个巨大的黄金圆盘，用于添彩争光。印加山民对太阳神的敬拜彰显得那样纯净虔诚，我这俗人也为之感染，利欲之心，焦躁之绪淡去许多，一种同根的释然。

　　太阳神殿附近有富丽堂皇的天主教堂 Cathedral。西班牙殖民者起先依仗铁蹄利剑，天花伤寒把印加文明摧毁殆尽，随后对南美残存的原住民进行了 500 年的宗教洗脑。文化入侵、God VS Inti、掠夺与奉献，唉，太沉重的话题，暂不展开。无论如何,天主教在当下的南美还是居于上风,高大上的 Cathedral 凌压寒酸的 Coricancha 就是明证。也有终极审判的日子,1650 年、1950 年和其他的大地震来袭时,Cathedral 大部分坍塌,而 Coricancha 却毫发无损。

　　注:Cathedral 内有大量收藏,历史文献和精美装饰,若印加情节没到发烧程度,也不妨去参观一下。

　　除了印加古迹,印加美食也让人惊喜连连,乐不思蜀。傍晚,在 Plaza de Armas 附近的当地风味餐厅 Que Chicha 就餐。这是南美山地原住民开的特色餐厅,提供当地特色佳肴。在热情土著跑堂的推荐下,我试着点了一份 Ceviche。这菜主体是经卫生处理的鲜鳟鱼,配以柠檬、芥末、生蔬及酱清。菜色爽目,入嘴生津,肉质嫩滑,几下就消灭干净了。

　　主菜是红色咖喱配当地藜麦（类似中国粟米）。红色咖喱搭配鲜肉、鲜果、鲜椒、西兰花、洋葱、椰浆、姜黄，煮成滚烫，比泰式冬阴功汤还浓烈开胃，实在美味。

　　注：相对 3400 米海拔的 Cuzco 餐厅，塔顶餐厅如 CN Tower、东方明珠、台北 101、狮城 Equinox 实在过于低矮。而 50 SOL/ 人的消费也算是讲良心了。

◎ 印加小道|

　　在 Cuzco 休整两天后，我和其他驴友乘车来到山村 Piscacucho，从那经过检查站踏上印加小道。同行的有来自德国的父子，一位瑞典工程师，一位决然辞掉工作而周游世界的加拿大小伙子。当地导游和 5 名山民助工（他们讲印加语 Quechua）负责我们此行的衣食住行。皮肤黝黑的助工（和藏民一模一样的）面带微笑，精神抖擞。他们把食物、帐篷和游客的行李整理成一个近 2 米长的大包驮在背上，快速地往前赶路。我随身的只有一个小背包，里面有 1 ~ 2 件衣服，1 瓶水，手机和证件，当然登山杖、急救包和卫星通信仪是少不了的。步行数百米，即见到路边的小道入口标识牌，作为热点，每个登山游客都在那留影，算是见证安第斯山脉的陡峭和雪峰。留影后，闲庭信步般地来到检查站，向工作人员出示许可证和护照。检查通过后，转身踏上湍急 Urubamba 河上的悬桥。这铁索桥太现代化，失去了印加文明的韵味。个人更倾向走古山民用草绳搭建的悬桥，如当年 Hiram Bingham 所经历，那才刺激，有韵味。

　　小道的第一段相对平缓,加上山民帮忙扛行李,我步行得过于轻松惬意。对于过惯了苦行僧般驴友生活的我,有些不适应。我可是来寻根的,哪能享受中央委员的待遇?或好过释迦王子?想帮助工背包,可人家健步如飞,把我们游客甩下1～2公里。在激流的轰鸣声中,我把目光放远,扫过河滩,掠过青冈,越过山巅,直达云端。这山地大部分看来不适合耕种或放牧,物产不多。南美山民却不畏艰险,世代依山而居,培育出高产玉米和马铃薯,足见人定胜天。

　　沿着小道前行,在山脚两河汇合处,见到了印加废墟 Patallacta。据向导介绍,印加帝国时期,这里是重要的粮食生产地和交通枢纽,可是16世纪时,为了防止西班牙殖民军的追击,被印加人自己放弃和毁掉。

　　一阵山风吹过,天边铅灰色的卷积云快速逼近,雨飘在脸上,带来丝丝凉意。安第斯的天气真多变,雨水淅淅沥沥地洒落,如印加天神的眼泪,仿佛向我倾诉着山地原住民千年来的多灾多难。中午时分,前行中,找到了助工们支起的帐篷,他们已经做好饭,等着我们。午餐有热气腾腾的浓汤、藜麦饭和黄油烤脆的面包片,解馋暖胃。

午餐后，继续在雨中沿着蜿蜒向上的小道登山，历时 3 个多小时到达了海拔 3000 米高的露营地 Wayllabamba。助工们的一声 Quechua 语问候"Agua caliente！"让人倍感亲切。他们还帮我等游客搭好帐篷，并送来一盆热水。我换下弄湿的鞋袜及衣服，用热水擦洗，精神为之一振。晚餐很丰盛，沙拉、主菜（含牛排）和饭后水果。山民不仅耐劳，手艺也高，我陶醉并感动，佩服的五体投地。最后，回到帐篷，钻进睡袋，风雨声中很快安睡过去。

◎ 印加小道 II

小道上的第 2 天。一觉睡到天亮,全身通泰,这算是安第斯山神的恩赐吧,心里默默感恩。钻出帐篷,雨过天晴的早晨青绿滴翠,鸟鸣凤舞。空旷的远处,一道彩虹光耀天地,如天神加冕。一阵饭香飘过,看来助工们已做好早餐。我欢蹦过去,急切地想看看今天的印加美食。助工们精心准备了藜麦粥、煎蛋、培根肉、水果,还有古柯叶泡的茶水(有助于旅客适应高山缺氧环境),我全盘接受。

晨曦中,又轻装出发了。这里的一切都让人觉得亲切,仿佛我在后院散步。山林里,凉风习习。草丛间,山花怒放,淡香沁鼻。山涧欢腾,如飘扬的素巾。石阶旁,偶见摊位,身披彩巾的 Quechua 妇女热情地向游客推荐纪念品、饮料和土特产。走出 7 ~ 8 公里,海拔上升到 3700 多米,我们在一处较为开阔的山岗处停下休息。饮完矿泉水,吃下能量棒,展开睡垫,顺势在草丛里躺下。地当床,清风扬,天作被,鸟伴唱。算是来南美做疗养了。

半小时后,起身继续登高,迈向前面的 4200 米海拔的睡美人山口(Dead Woman Pass)。这段路较为陡峭,高原的骄阳烤得面颊和耳朵滚烫,队伍慢了下来,连山民助工也不例外。到达山口时,我已经双腿发虚,眼冒金光,口焦舌燥了。这山口的名字有警示作用,身体不适合,高原反应大的最好别来,否则可能长眠于此,和那美人做伴了。助工们没做停留,继续顺坡而下。望着他们因背包而拉长的身影,我感激不已,幸亏没重装上阵。高处景色独特,远处雪峰牵手白云,近旁彩蝶迷恋野芳。关山难越,众助失路之人。萍水相逢,同往心慕之镇。

　　山口风寒刺骨,为防止失温,我也没敢停留太久(群里的高人可能会在此结庐养性了),落俗地随他人下山。下坡往往更难更危险,之前在富士山和海滨山脉有过惨痛教训。好在印加帝国修建的石阶历时数百年而坚实如初,还配以钛钢登山杖,每迈下一步都小心翼翼,护踝踏实,最后平安到达露营地。

　　露营地设在山岗,附近有条小溪。逢水喜乐,脱掉汗水浸透的衣裤,冲入清冽的水中,一番激荡,算是圣浴吧。神清气爽中,对此方的王道乐土更加敬仰。

　　晚餐照例丰盛(这可是在绝少人烟的高原呀),有开胃小菜、主食和甜点。新添土豆馅饼(类似肉夹馍),酥软细腻,开胃热烈,远胜北海公园边的仿膳饭庄。

　　半夜醒来,四周宁静。梦游般地披衣走出帐篷,不经意抬头望云。碧空如洗的夜空,星光璀璨,绵长的银河映亮天穹。那些原以为触不可及的缥缈星座、星系及星云瞬间将我点亮、充盈。想起万里之外的亲人,当下可安好?默默祷告那光亮的银河普照众生:共浴这一泓天水,同享此一刻神威。

　　在印加文明里,银河系被称为 Mayu:天堂中一条赋予生命的河流。银河降临人间就幻变成安第斯群山里奔腾的 Urubamba 河了(就在露营地下面的山谷里)。天上的星座分为黑暗和恒星类型。闪闪发光的星座是天堂里的楼台亭榭。银河系里的暗云则是天上的众神,代表着世间的生命:牛郎、织女、羊驼、红狐、豚鼠、美洲虎。有趣呀! 也许印加人就是外星人的后代,他们的祖先真的乘坐光速飞船拜访过那些星座。

◎ 印加小道 III

　　小道上的第3天。愉快的早餐后，我们奔向下一个山口 Runkuracay Pass。

　　倘徉印加先民倾注心血的石径，零距离接触印加帝国500年前的工程杰作（注：当年这样的石砌国道纵横数千公里），我有些飘然，仿佛看见印加帝国当年的交通胜景。奔跑中的追风信使，他们以日行千里的速度把政令资讯传达到印加帝国的天涯海角。易货的农夫，贩布的主妇，出征的军团，嬉闹的儿童，社稷祭祀的族人，婚丧中的亲友。所谓的政通人和，国泰民安吧。

　　我很叹服，这样的土石工程500年后功能依旧，惠泽来者。秦有万里长城，如同虚设，法拥马奇诺线，实为废物。把"功在千秋"咽在嘴里，做到实处，能有几人？

　　沿着小道前行一阵,如期遇到 Runkurakay 废墟。这座半圆形印加古建筑几百年里一直静卧路旁,供旅客停歇和观景。走近废墟,烽火台般的休息站让人再次惊叹印加的建筑造诣。环顾四周,喜见奇峰异岭,花草林木,真是幸福满满!

　　继续前行,一路翻山越岭,钻洞过桥。不经意间,海拔 3600 米高的 Sayaqmarca(Sayaqmarca 意为牢不可破的雄关)废墟映入眼帘。这座古堡地处险地,三面绝壁,一面陡坡,有一人当关,万夫莫开的英姿。吃力地爬过百级台阶,来到近前,对印加建筑的崇拜更加泛滥,如天上滚滚黄河。古堡中有太阳神庙,比在 Cuzco 的那座神庙更加完整。五步一楼,十步一阁;廊腰缦回,亭台平阔;各抱地势,钩心斗角。作为古代神作,古堡配有自来水系统(储水池和输送通道),山泉流经大部分楼阁,若有神职人员在此修炼,则省去了挑水。可惜的是部分建筑被殖民者捣毁,不见屋顶。另一座印加废墟 Conchamarca 也在附近,从军事角度看,那是雄关的掩护阵地和前哨。互为依仗,实中有虚,妙!

登临古堡最高处,壮阔的天地山川让人净化、升华,宠辱皆忘,名利远遁。肃穆中,以印加传统仪式,大家一起做了敬拜:双手捧石,举过头顶,鞠躬三次,感恩神灵的赐福,随主去往理想国。

小道起伏婉转,如青山的腰带,又如扶梯把游客向前传送。续行2个多小时,我们到达海拔3600米高的Phuyupatamarca废墟(云上之城)。这座金字塔般的印加古建筑精妙无比,状如莲花。(到底是古埃及、古印度、古玛雅文明的融合?还是皆缘于灵的启示?)

拾阶而上,来到金字塔顶层的宽大平台,美景和风,花草池水处处诠释着云城的超凡脱俗的气质。有幸见到羊驼在平台踱步,人兽相安。潺潺溪水,绕城奔淌。紫色的秘鲁百合,火红的Cantuta,无名的黄花迎风摇曳,淡香四溢。俯瞰低洼,Urubamba河如银链,总不舍和群山的缠绵。极目远方,鹰击重霄,云罩峰巅。祥和宁静中,一种彻底的解脱感油然而生,如佛门的顿悟,基督教的喜乐,这分明是天堂……

朝圣完云城,心满意足中我们返回印加小道,继续向前,渐行渐远,直到那金字塔完全淹没在幽幽丛林中。这一段有古印加帝国留下的隧道、悬桥和泉眼,如野外博物馆,把单调费力的徒步演绎成有趣生动的考古勘探。一山一水,一石一物,一声一吟都是爱意满满,荡气回肠。

黄昏时分,在露营地 Winay Wayna,助工们准备好了丰盛的晚宴,还特意打开一瓶红葡萄酒助兴。太美好的服务,太神奇的旅行,我双眼湿润,感动到失语。

◎ 失落之城 I:第一道霞光

小道上的第 4 天。清晨 3:30,我早早起床,和导游 / 助工热烈告别后,独自赶往失落之城 Machu Picchu。失落之城的检查站 5:30 开门,晚到就会错过看日出的宝贵时刻。Machu Picchu 建于 15 世纪,在西班牙殖民军入侵时却神秘消失,直到 1911 年才被耶鲁大学学者 Hiram Bingham 找回而轰动世界。目前,这座失落之城号称新世界 7 大奇观之首,也是我这次印加朝圣的终极目标。

好不容易熬到检查站开门,顺着人流,我急急在石阶上跃进,遇到高陡的台阶还手脚并用,如信徒匍匐般。小道旁的树林越来越厚密,虫鸣鸟叫,充满生机。一个多小时后,终于在黎明前赶到了 Intipunku,从那奔赴最著名的太阳神庙 Torreon。我到达时,那里已经聚集了不少游客,大家正倒计时,等待日出。仰望天空,晴朗无云。

城市渐渐光亮起来,很快第一道霞光从东侧的顶峰上透出,顶峰后面光亮一片,如西斯廷壁画中耶稣头顶的光环。几分钟后,旭日冉冉升起,霞光首先映红了正前方 Huayna Picchu 山的顶天石柱,然后迅速扫过全城,把这失落之城的千百广厦清晰完整地展现在众人眼前。

一座印加王城历时 600 年还崭新如初！这是神迹还是蜃楼？低智商的我难辨真伪,久久陷于震撼中……

◎ 失落之城 Ⅱ

Machu Picchu 充满了奥秘,等待群里高人去研究。

其一:Intihuatana 是在失落之城发现的古印加文明的天文观测仪和年历。据考证,这花岗岩制成的精密石器有印加"易经"之称,可以预测未来,充满高能量。

其二:太阳神庙 Torreon,披上霞光时,更光耀。

其三：三孔神庙 Room of the Three Windows，奇妙的光影架构。

其四：巨型金字塔？还是科研梯田？

远方的神峰——乞力马扎罗

序

迈向海拔 6000 米高的非洲第一峰,领略赤道火日下的冰清,见证非洲莽原上的巍峨。

◎ 第 1 天入园

11 月下旬的一天,同伴卫和我离开坦桑尼亚的 Moshi 镇,坐上面包车前往乞力马扎罗山国家公园。透过有裂缝的车窗,终于一睹非洲第一高峰的真容。广袤无垠的蛮野上,墨绿丛林和红土种植园相间交错,乞力马扎罗山轰然而起,穿云触天,横亘寰宇,仿佛巨神。西南山坡有几缕白云缠绕,如巨神飘逸的丝绦。山顶白雪皑皑,似巨神珠宝荟萃的玉冠。一日之内,阡陌之间,非洲热带风情和高原戈壁雪域上下呼应,草原狮吼和火山霹雳远近相接,构成一幅壮阔恢宏的画面。我仿佛听到一非洲女歌手在吟唱,她那雄浑的嗓音如泣如诉,有对强者的膜拜,也有对弱物的垂怜。斗转星移,朝生暮死,升天入地,冷暖强弱,这该是非洲大陆千年来的自然韵律吧。

我们计划花费一周的时间,行程大约 60 公里,沿 Machame 路线攀登乞力马扎罗山顶峰 Uhuru。攀登非洲第一峰并不容易,很多名人尝试过,却未能成功。每年都有游客不幸在途中倒下,长眠于此。筹划旅行时,我们充分考虑过天气、体力和供给等因素,来到现场就看造化了。

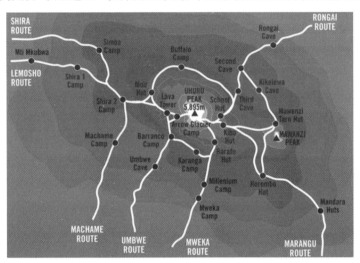

为了提高登顶的成功率,我们雇请了的当地导游和助工,共 8 人。面包车来到 Machame 村,暂停到一杂货店前做登山前的最后采购。村落有条尘土飞扬的主街,街两边是一些铁皮做顶的平房,高大的芭蕉树点缀其间。我们对新环境有些茫然而无语,和高谈阔论中的导游和助工形成鲜明对比。最后,汽车来到乞力马扎罗山国家公园的 Machame入口。

整个乞力马扎罗山区被坦桑尼亚开辟成国家公园,这也是受到严格保护的人类文化遗产(列入联合国教科文组织的世界遗产名单)。游客须由当地向导、助工陪同才能入内,在园区内也必须在指定露营地过夜,任何垃圾不得遗留在公园内。这一方面对当地经济有促进,另一方面也确保了对山区资源环境的保护。

公园的停车场,人声鼎沸。助工们忙着卸载登山用的设备、食品及帐篷。来自世界各地的游客则在树荫下小憩等候。大部分游客都很年轻,稍微年长的是一位来自德国的游客,体型魁梧,脚穿崭新的靴子,来回踱步,显得急于出发。不多时,导游哈姆迪陪我们来到公园办公室,出示证件,缴费,登记入园。最后,我赶紧去卫生间方便,那里还有现代文明的结晶——抽水马桶。(在很多国家露营过,野外的干马桶通常条件差得让人无法忍受）。

进入公园，即见一标识牌，供游客留影纪念。第一段路是碎石公路，可走车辆。2～3公里后，路变成供游客步行专用的小道了。小道穿行在迷人的热带丛林中，骄阳透过绿叶在路面上留下斑驳亮点，两旁密布着高大的乔木，有樟树、杜松、无花果树和野生芒果树等。鲜红的凤仙、无名的黄花及紫薇四下洒落，淡香远溢，引来昆虫和群鸟的阵阵欢鸣。

再往前，小道开始陡峭，步行变得有些吃力，同行的德国游客已经满脸通红，大汗淋漓了。一小时后，队伍停了下来，在阴凉处，我们坐下，舒缓下酸痛的双腿，并就食饮水。其间，几位助工头顶包裹，越过我们向上飘逸而去，真矫健！

五个多小时后，我们抵达当天的露营地——海拔3000米高的Machame窝棚，该处的植被比山下的雨林稀疏很多，荒野里多为低矮的灌木和地衣。助工们已经帮我们搭好帐篷，并送来热水。换下沾满尘土和汗水的衣服，用热水擦洗，精神为之一振。随后，去了一趟营地的厕所，那里密密麻麻到处都是苍蝇，我强忍着恶心，极速方便完，就逃了出来。

我们走到营地边，目睹夕阳从附近的另一座高山Mount Meru缓缓下沉。祥云舒展，光艳无比。万道霞光开始鲜红如血，后变得黄金般耀眼，直到温柔地消退为藕荷紫蓝。

助工为我们做好了晚餐，正餐前每人一碗香浓滚烫的黄瓜汤，主食有炸鱼、薯条，配以沙拉、红茶，吃得我心满意足，居然比在首都的标配伙食还好。

晚餐后，我们回到帐篷，周围漆黑，晚风刺骨。不远处的雪峰Kibo和夜空中的星月交相辉映，淡淡的银色弥漫开来，消去一切嘈杂。陶醉在宁静中，我对接下来的旅程充满了期待。

◎ 第 2 天 奔向 Shira 洞

清晨,当助工给我们送来热气腾腾的红茶时,我还在酣睡。起身,来到帐篷外,朝阳和煦,空气清新。附近作为厨房的帐篷里,飘出诱人的肉香,还有助工用 Swahili 语的高声交谈。我们决定在野外用餐,美食加美景。食物很丰盛,一大碗粥、煎饼、烤面包、香肠、煎蛋和新鲜水果。为了增强体力,配合环保,我们把食物全部吞下,不剩半点残渣。

今天,我们计划步行 6 ~ 7 公里,露营地是海拔 3900 米高的 Shira 洞。早上出发,赶上旅行团的大队人马,众人在火山熔岩的山脊上蠕动,拥挤不堪。助工们最淡定,他们大都头顶着大包裹,在崎岖的石缝间潇洒迈步,超过游客,快速前行。很多游客走走停停,对非洲的高原充满了好奇。其中一位绅士来自西班牙,他一直和伙伴们高声谈论着各种趣事,算话痨。我们加快步伐,渐渐把大部队抛在后面。路边草丛中,不少蜡菊正迎风怒放,修长的花茎,淡雅染红的花瓣加鹅黄的花蕊赏心悦目。

两个多小时后，我们爬上小道边的一个巨大的裸岩，眼前一片开阔。湛蓝的天宇下，白云、玉峰、山林、草原一览无余，万物勃发，生机盎然。非洲大陆如此壮美，而不是想象中伊波拉、艾滋病毒泛滥的鬼蜮。

回到小道，我们继续爬坡，路径越来越窄，沿着山脊蜿蜒盘旋。不经意间，头顶的积云开始变厚，弥漫开来，将整个山岭拥抱。朦胧缥缈中，一阵潺潺溪流声传来，清心悦耳。那是一条山顶积雪融化而成的涓流，正清冽地向下涌动。欣喜地跑到水边，把双手没入，接受乞力马扎罗山神的洗礼。

这里植被开始变薄，更加戈壁化，植物多为矮草和苔藓。四下有山蓟菜、紫菜，还有石南花，它们顽强地在高原上谋生存并努力把荒野打扮。在山脊下面的一个小沟里，遇见了赤道东非独有的树木（Dendrosenecio），树干像电线杆一样笔直，树顶如烛台般，在那长出芦荟状的青叶和花环。

同伴卫是学地质的，他的主要兴趣是在各种岩石上面，常拾起五颜六色的石块，研究一番。

再往前，小道变得平缓一些，到处都是石堆、石壁和石洞，还惊喜的见到了小瀑布，卷帘般挂在石洞前。步行5个多小时后，我们终于抵达露营地（Shira Caves）。露营地在一宽广的高台上，我们径自来到我们的帐篷，倒在睡垫上小憩。营地被浓雾笼罩，显得阴冷昏暗寂静，不时几声乌鸦的恬噪传来，烘托出恬静的短暂。体力恢复后，我们起身，在营地闲逛，遇到向导哈姆迪和他的助理胡生。他们带我们去参观附近的洞穴，那岩洞顶部因篝火而被熏黑，显得破败。哈姆迪解释说，助工和导游过去常常在篝火的温暖下睡在洞里，但现在已被禁止，因为收集木柴会破坏脆弱的公园生态。

在丰盛的午餐后,我们回到相对温暖帐篷里,我钻进睡袋听音乐养神,同伴卫则拿出一本书开始阅读。黄昏时分,我们又兴奋起来,跑到离营地远远的野外,去欣赏夕阳美景。在落日前的瞬间,云雾神奇般地消散了,群山如披上黄金铠甲,耀眼夺目——绝美到无语。

晚餐很快就准备好了,有芦笋汤、炖牛肉、米饭和青豆,地道穆斯林餐,比迪拜的餐馆还正宗。非洲助工的热情和厨艺,让人感动,我这时才开始理解 Obama 母亲的献身壮举。

用餐完,来到野外,这时气温已经降低到冰点以下,幸好我们穿上了羽绒服,还不至于冻僵。抬头仰望,夜空晶莹剔透,银河通贯,繁星璀璨。同伴卫特意向我指出一些在北半球看不到的星座。我朝着新结识的星辰膜拜,渐渐心中涌起神眷的安宁。

◎ 第 3 天 拉练

清晨,打开帐篷,惊讶地发现周边都是冰棱,真冷。这次我们特意带来了自己的 Thermarest 睡垫,把它们放在海绵床垫上,以增加隔热效果。我们自带的羽绒睡袋 Rab Andes 800 是 −20 级别,适宜野外低温。还有我们的羊绒内衣裤。没有这些防寒装备,我们估计一夜不得安宁。我们的导游和助工是抗冻的,他们也不得不四人挤在一个帐篷里,抱团取暖。

早餐包括新鲜水果,热气腾腾的粥、煎饼、煎蛋和香肠。用餐时,另外旅行团的一位厨师拉什达即兴献上一段滑稽表演,逗得大家开怀畅笑,煎饼也多吞下两个。这些坦桑尼亚助工朴质开朗,乐天知命,让人亲近。不像亚洲儒教盛行的国家里的人,动辄讲等级,尊卑。

今天的徒步将较艰难，旨在帮助适应海拔高度。从乞力马扎罗山由西向南，跋涉约11公里，上升788米，上升至火山熔岩塔（海拔4627米），随后下降641米至Barranco窝棚（海拔3986米）。从营地慢慢出发，登山靴踩在白雪覆盖的小道上嘎吱作响，开始时，这条小道相对平缓，蜿蜒穿行在Shira高台上。由于有雪，强烈的山风也卷不起丝毫尘土，附近的Kibo雪峰及Penck冰川清晰明晰，触手可及。我们不断超越其他游客，包括身材魁梧的德国佬。再往前，乱石嶙峋，几乎无路，要手脚并用，才能登高。这一段是火山熔岩带，土地特别贫瘠，只有最顽强抗旱抗冷的骆驼草、地衣才能生存。

当我们经过与Lemosho路线的交汇处时，云层在脚下翻卷，掩盖了山下的一切。不多时，小道再分成两部分，助工和体力不支的游客直接走北路奔向露营地，我们则走南路翻越火山熔岩塔，这也是冲顶前的一次热身。透过薄雾，我终于看到了火山熔岩塔，上面散布着巨石和黄褐的枯草。很快，我的双手冻得麻木了，赶紧停下来，添加衣物和手套。随着海拔的升高，我们的速度慢了很多。助理导游胡生不时回头笑着示意鼓励，用Swahili语说道："Pole，Pole"。翻上火山熔岩塔后，我们找到个平坦的地方，休息进餐。眼前Western Breach山口景色壮丽，偶尔Kibo顶峰也透过云层，露出一角。天上，更多的白嘴乌鸦在盘旋，它们伺机俯冲下来叼点食物。地上，一只花栗鼠也在周围窜上窜下，讨点剩饭，蛮可爱的。今天我们运动量大，胃口出奇的好，把饭盒里的食物吃得一干二净。当我们背上包准备前行时，西班牙人所在的旅行团也赶到了。今天，那西班牙绅士倒很沉默。

前往Barranco的小道先是一段陡峭的下坡，穿过一个小溪流后，再次上升，接着来到一片平坦的戈壁，然后又是下坡，最后来到一个深谷。这时，我开始感到疲惫，而同伴卫则全身大汗，脱得就剩下一层内衣了。露营地附近景观宜人，两侧的悬崖上清流飞驰而下，路边Dendrosenecio树高大直立，如哨兵张开双臂，热烈拥抱力竭的游客。

在营地办公室登记完，我们赶紧躺下休息。同伴卫觉得有些头痛，可能是高原反应。他喝了大量的水，服用了几片止痛剂。我有些担心他，好在晚餐时候，他基本恢复过来。晚餐有胡萝卜汤、意大利牛肉面和新鲜蔬菜。漫长而艰难的一天，耗尽了我们的全部体力。晚饭后，我们径直回帐篷入睡，再没有精力去观赏夜景了。

◎ 第 4 天 绝壁

　　昏睡中，临近帐篷的吵杂声把我们唤醒，尤其是拉什达的高音。走出帐篷，外面阳光明媚，抬头望向 Kibo 雪峰，那里积云翻卷，意味着今天的山地天气可能还是多雾。我们简单收拾后，散步去餐厅帐篷用早餐，路上见到大部分旅行团已动身出发了。露营地前，就是著名的 Great Barranco 石壁，垂直上下近 300 米，被游客戏称为"早餐墙"，有不少游客，助工涌到墙根，艰难地向上攀爬。每个游客都必须经此天堑去顶峰，别无选择。

　　早餐完，我急忙去卫生间方便，这里的工作人员认真负责，卫生间收拾得干净。很快，作为最后一批游客，我们也离开了营地，迈向石壁。石壁爬起来并不像看上去那样困难，沿着陡壁走之型廻线，避开岩石突出部分就好。这种攀岩其实很有趣的，不像昨天那乏味的慢步，薄雾挡去大部分太阳辐射，气温很适宜，否则就是上烤架了。同行的导游和助工，攀登水平实在高超，如履平地般，那种柔韧和敏捷让人叹服。

　　翻上绝壁后，我们停了一下，吃点零食，然后缓缓走向谷底。这里各种植物疯长，充满生机，有石楠灌木、开着芦荟花的非洲奇树（Dendrosenecio）、半边莲、黄菊和浅绿色的非洲艾草。小路分出一支向东，直通 Barafu，因常有滚石落下，造成人员伤亡，现被禁用。另一分支向北，穿过一系列小山谷起伏跌宕，然后进入一片贫瘠的高山沙漠。在那，锈红色的地衣覆盖了熔岩巨石，尘土飞扬的地面上有骆驼草散落其间。天气突然变坏，开始下起毛毛雨。我们拿出防水雨披，将全身裹上。狂风不时把雨水浇到眼镜上，模糊视线，旅行变得更加困难。小道在旷野里起伏高低,有些路段泥土和岩石掺杂,雨水淋过,变动光滑不稳。在一段下坡,我尽管足够小心,但还是在一块岩石上踩虚,失去平衡,摔往坡下。好在,同伴卫及时察觉,并一把将我托住。最后,我们总算平安抵达谷底。Barranco 山谷有冲顶前的最后一个水源,助工们忙着把随身携带的全部水瓶灌满。从谷底,在往前走 500 米,就到了我们的露营地 Karanga 窝棚。露营地海拔 4000 米,在顶峰 Kibo 的南坡上。

西班牙人所在的大队人马在 Karanga 窝棚用完午餐后,继续徒步,前往 Barafu 窝棚。露营地很安静,仅剩下我们和南非来的四名游客。午餐后,我们回帐篷休息,储存体力。到了日落时分,云已经消失,Kibo 顶峰上的巨石和冰川近在咫尺。晚餐还是那样丰盛。我尤其喜欢厨师萨利莫做的汤,香浓味美。

营地的夜晚万籁俱寂,唯有天上的星光,山巅冰川的银光,山下热带草原上的万家灯火温柔地交织着,传达着关爱和鼓励,让人感恩、喜乐。无论大小,我们都是宇宙的一分子,上苍既然能呵护我们前行到此,也一定能保佑我们平安回返。

◎ 第 5 天 冲顶前

清晨,当助工给我们送来姜糖水时,天已大亮。朝阳透过门帘照射进帐篷,和煦温暖,让人振奋。今天我们将徒步 4 公里,奔向海拔 4700 米的露营地 Barafu 窝棚。那是冲顶前的最后一站。

又一顿丰盛的高原早餐！很快，我们拔营出发了，经过一段陡峭上坡，我们来到一片平地。在那，以前的游客垒起不少石堆以作纪念，在雨雾天气，这些也是很好的路标。再往前就是一个大的山谷，贫瘠干燥，寸

草不生，让人联想到火星的表面。最后，我们总算到达了 Barafu 窝棚。露营地人来人往，喧嚣嘈杂。昨天同行的大部队已经完成冲顶，正陆续收拾行李，离营下山。远远地，我认出助工拉什达，不知他们服务的旅行团是否都成功登顶？

午餐有青菜汤、炸鸡、薯条、水果，我们全部笑纳，为冲顶储备体能。从餐厅回我们帐篷的路上，天开始飘雪，山风更加猛烈，仿佛跌入冰窖。在帐篷里，同伴卫和我都沉默下来，思考着冲顶的各种场景和应对方案。在睡袋里迷糊几个小时，我们回到餐厅，把一大碗意大利面填进肚里，然后继续休息。

◎ 第6天 登顶

我一觉睡得非常香,直到晚上11点左右被同伴卫叫醒。激动中,我立即起身,穿上我的全套登山服:一双厚厚的羊毛登山袜、羊绒内衣、羊毛衫、登山裤、GoreTex夹克。再次检查背包物件:羽绒服、头盔灯、绒帽、头巾、墨镜、防晒霜、润唇膏、急救药品、相机、备用电池,一些高能量条、一瓶热姜茶。随后,前往餐厅帐篷,在那里,助工们已为我们准备了姜糖水和饼干。哈姆迪、胡生和另一名助理导游走进帐篷时,我们正默默地喝着姜糖水。这三位经验丰富的导游,曾经数百次成功登顶。我们信赖他们,并要依靠他们来完成登顶和撤返。哈姆迪和我们一起进行了最后的检查,确保一切就绪。午夜时分,我们离开帐篷,开始冲顶。在头一个小时里,东边不断有闪电,好在闪电离我们越来越远。这是个好征兆,表明风暴正在过去。今晚,只有少数几个游客尝试登顶,他们的头灯在下面的黑暗中一闪一闪。随着海拔升高,气温急剧下降,我们头灯清晰地映照着我们呼出的白烟和冰粒。雪不断地下着,时间变得无关紧要,因为我们只需要专注前面伙伴的脚印。

步行约2小时后,同伴卫开始出现高原反应。他无力地迈不开步,并感觉恶心。他越来越频繁地停下,撑着登山杖喘气和干呕。整个团队停了下来,把同伴卫安顿到一小洞穴里静养片刻。这时,我很紧张,思绪万千。如果同伴卫不能坚持,那我只能陪同他返回Barafu营地,取消登顶计划。

OMG,主保佑! 休息一阵后,同伴卫有所恢复,他告诉大家他能坚持下去。哈姆迪对同伴卫做了仔细检查,并把同伴卫的背包交给了助理导游。在助理搀扶下,同伴卫又缓缓前行了,大家围着他,一起行动,奔向顶峰。

　　我开始有些恍惚,不知这样的徒步还要走多久,四下宁静,唯有呼吸声和登山靴踩雪的声音表明我们还活着。很快东方开始泛亮,霞光扫过高地,把 Mawenzi 雪峰和我们脚下的雪映成彤红一片。

　　突然间,我也出现高原反应,好像体内的某个开关被触动,所有的能量随即被抽走。这种感觉并不难受,相反人在其中还有一种解脱感,我觉得身子腾空,漂浮起来。看到我的迟缓,胡生赶紧靠近搀扶我,并替我背上我的帆布背包。半梦中,我们来到海拔 5756 米的 Stella Point。看到标识牌,我热泪盈眶,因为我们非常接近顶峰了,我和同伴卫紧紧拥抱,为我们俩的决心及毅力。这时,云已经消散,晴空丽日,朗朗乾坤。不远处,有 Rebmann 冰川,浩浩荡荡,今天我们一直围绕着它攀登。山下的非洲草原往天边无限延伸,横无际涯。到底是法力无边,还是主爱满满? Anyway,绝岭大观再一次美到窒息!

喝完一杯热姜茶,我们继续往 Uhuru 顶峰进发。同伴卫体力已大部恢复,稳健地走在前面。我实在一点力气都没有了,每隔 100 ~ 200 米就不得不停下来喘息。庆幸,胡生一直陪同着我,鼓励我,给我信心。当我站不稳时,他总及时把我扶住!

一寸一寸地挪动中,历时 9 个小时,我们终于来到 Uhuru 雪峰的标牌下:非洲第一峰,海拔近 6000 米! 这时没有其他游客,非洲屋脊仿佛成为了我们家的后院,我们尽情地欢呼,拍照。

考虑到同伴卫和我都有不同程度的高原反应,哈姆迪不久就理智地催促大家下山了。我们快速撤退到 Stella Point,不做任何停歇,继续沿着大雪覆盖的陡坡下行。随着海拔的下降,同伴卫和我神奇地恢复了体力,神志也清醒起来,似乎往鬼门关走了一遭而又活着回来。

回到 Barafu 营地,吃完午餐,简单休息后,我们就动身,沿着 Mweka 路线,前往海拔较低的 Millennium 营地。该营地干净整洁,绿树环抱,多日的颠簸跋涉后,总算有处安宁,能踏实地睡一觉!

◎ 第 7 天 出国

天大亮时,我才从美梦中醒来。起身收拾完,来到帐篷外,雨过的清晨,空气清新,鸟欢虫鸣。今天我们将下行 11 公里,步行终点是 Mweka 站。早餐完,我们很快就动身了。小道在火山熔岩区沿着山脊蜿蜒,远处山坡的茂密森林郁郁葱葱,十分养眼。下山难于上山,以前在麦金利

峰、富士山、雨人山所遭遇的事故都发生在下山时，因此这一段我们特别谨慎，走走停停，不敢疲劳超行。途中，我还看到有急救人员急急扛着担架往山上赶，衷心希望不要出现重大伤亡。

　　小道的最后一段穿行在原始森林里，道旁密布着各种高大树木，四下的凤仙花、秋海棠迎风怒放，唐菖蒲和野生黑莓灌木成片密布。不时见到白首疣猴在树顶欢窜，草丛里也有声响，原来是几只可爱的羚羊在觅食。好在没有非洲豹来骚扰，掀起血腥。

经导游胡生佐证,坦桑尼亚政府为我们颁发了乞力马扎罗山登顶证书,为获得它同伴卫和我几乎付出了生命的代价。

◎ 后 记

坐在回酒店的面包车里,我久久回望那云巅上的顶峰,感慨万千。

乞山是百宝库:风光无限,真情隽永…
乞山是试金石:挑战极限,死而后生…
乞山是里程碑:绝岭携手,积少成多…

乞山是启示录:

人在呼吸困难时,方知空气之必要。人在寒夜中,才念朝阳之和煦。人在焦渴里,最觉泉水之甘怡。

取之不尽,用之不竭的空气、水、阳光实乃你我共有的最大财富,宠辱云烟,权贵浮尘。

远方的神礁

序

千里彩礁,生于毫末。万紫千红,起于平素。丰物富产,缘于珊瑚。

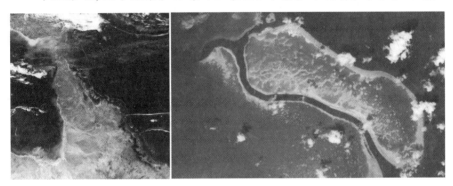

大堡礁位于澳大利亚昆士兰州海岸线外,连绵数千公里。如此规模宏大的海洋生物集聚体,也是在太空能观测到的最明显的地球生命标识。

起于仅有厘米长的珊瑚幼虫,众多小虫经共生、钙泌,叠构而缔造礁石,礁石扩展数十万年而营造出含有丰富鱼类、爬行类、植物类及鸟类的巨型海洋生态,多姿多彩,气势恢宏。这才是世界上最大的生物工程,让人膜拜,惊叹。海上惊涛骇浪,风疾雨暴,水下弱肉强食,明枪暗箭,珊瑚在此中世世代代奋斗不坠,达此奇观,正所谓因柔弱而刚强。

◎ **计划**

孩子们长大了,越来越要求独立,不再愿意和父母一起去旅游,嫌弃我们思想落伍,教育粗暴。这次,我们计划去万里之外的大洋洲,那里的袋鼠、树熊考拉和蚌壳状的歌剧院可是名动天下的。庆幸,孩子们因这些名胜而没有反对,不过提议一定要去游览澳洲大堡礁。孩子们环境保护意识强,关心全球变暖。他们浏览过大量的关于大堡礁的报道,了解到这一大自然奇观会很快因海水升温等变化而消失。(注：孩子们整天玩游戏，好奇他们还有时间关心天下大事！)

孩子们胸怀全球，比当年只顾温饱的我强太多。但游览名胜开销不菲，额外再添加几千美刀的支出，对于中下阶层的我实在是压力山大。为此，我踌躇多时，最后还是把大堡礁添加到名单里。

◎ **抵达澳洲**

圣诞节我们从家出发，辗转多地，历时 28 小时，终于抵达澳洲悉尼。飞机上俯瞰，悉尼城碧水荡漾，高楼壁立，海湾中的大剧院造型奇异，大铁桥如长虹卧波。现代文明和自然景观结合，明朗中彰显典雅。走出国际航站楼，阳光明媚，暖风拂面，我们赶紧脱掉冬装，公子们甚至换成体恤衫和短裤。这也是移民为主的国家，服务人员以中东移民、越南移民、东欧移民、印度移民为主，华人不多。倒是汉字随处可见，仿佛到了某某租界。

我们来不及逛街，当天将转机到昆士兰州的 CAIRNS。CAIRNS 在澳洲北部，距离悉尼近 3000 公里，属于热带，那里是游览大堡礁的枢纽。很快，水土不服的症状就发作了。

第一档烦心是租车。这次出行，我们先后要游玩澳大利亚、纽西兰的 10 个城市。按照在美国的习惯，临上飞机前，才预订租车，包括在纽西兰皇后镇的。匆匆预订完在纽西兰的租车后，即发现了问题，纽西兰皇后镇的租车公司 SCOTTIES 平时下午 5：00 就下班了，一周后我们的航班下午 6：30 才到达那里，这样我们无法取车。在悉尼候机期间，我一直试着和纽西兰的租车公司 SCOTTIES 联系。越洋电话打过去，租车公司奥克兰总部的人推说皇后镇办公室，而皇后镇办公室的电话很难打通。好不容易打通，又遇上个白痴，根本不受理，一句话不合就挂断。前后 3 小时，弄得我踌躇起来，难道我穿越了，回到清朝和衙门打交道？最后 F 字眼涌到了嘴边。

第二档烦心是办理登机去 CAIRNS 的手续。从悉尼飞 CAIRNS，我选了一家廉价航空 TIGER AIRLINE，该公司真是一头恶虎。在检查随身行李时，一般航空公司看一眼旅客的行李箱，若不太出格就放行了。TIGER AIRLINE 则不然，那位工作人员，客气地要求我们把所有的行李箱堆到秤上，在加上我们随身的冬装、水杯、电脑包、iPad、免税店买的红酒、食物和玩具（要送礼给澳洲亲友），然后和蔼地告知我们行李超重了，每个乘客需补交 130 澳元的行李费。OMG，这也太苛刻了吧，廉价航空机票把杂费加起来根本不便宜呀，真不知道澳洲人是如何生活的。无奈中，我们赶紧满航站楼找寄存处，我已经 30 多个小时没进食睡觉，弄得头昏脑胀的。匆忙中还把信用卡遗留在登机柜台，又不得不跑回去，狼狈不堪！可是，整个悉尼机场居然没有一个供游客暂存行李的自动存储箱（北美、欧洲等地的机场，车站都有这样的自动存储服务，投入 3～5 元硬币即搞定），倒是有人工维护的寄存处，物件每磅每天收费 10 澳元。最后，我们只好花费 100 澳元把礼品寄存，扔掉全部浮游设备和多余的衣服和鞋。这样才勉强过关，其中我还把冬装和多套衬衣、长裤穿在身上，臃肿肥大，显得和众人迥然不同。

飞机起飞时，我已捂得快虚脱，赶紧把多套衣裤从身上脱掉。夫人在一旁点评：就知道省钱，亏欠自己，还拖累孩子们。唉，出门诸事不顺，我开始对接下来的旅游担心起来，会不会赶上风暴，我们没法出海游览大堡礁？

◎ 海滨小镇 CAIRNS

起飞后 4 个多小时，飞机抵近目的地。小镇 CAIRNS 依山傍水，悠闲地静卧在港湾里。墨绿的热带雨林如巨大的地毯漫山遍野，生机盎然。走出机场，坐上出租车，我们去往在市区的酒店。当时正好下过一

场雷阵雨,拂面而过的晚风略微带着一丝凉意。路边是大片林地,嫩绿的新叶婆娑摇曳,把清香四散。这一路的烦心和疲惫也为之消退。

　　CAIRNS小巧玲珑,方圆就几公里,出租车很快把我们送到酒店。酒店前台服务员热情周到,让我松了口气。若都像悉尼的航空地服和纽西兰的租车公司,我估计会直接乘下一趟航班回家。来到我们的客房,放下行李,我即拿着水瓶去灌水。酒店没有饮水机,在酒店餐厅里,招待员直接把一个泡有菠萝、草莓的大罐交到我手里,并友善地告诉,CAIRNS水源优质,全部来自附近雨林中的涌泉,酒店自来水可以直接饮用,比商店买的Evian矿泉水还清纯。兴冲冲回到房间校验,果然如服务员所说! 这真是天堂般,天然泉水如甘露,清心爽口,还免费。

　　晚间，一家人漫步来到当地的夜市 CAIRNS NIGHT MARKET。夜市里的 FOOD COURT，有各种风味的摊位，包括中餐、日餐、马来穆斯林餐及美式快餐，让人回想起乌节路上的小饭中心。在孩子们的齐声反对中，我还是选择了中餐摊位。不到 10 澳元一人的自助餐，十几种饭菜式样（含海鲜、猪肉、牛肉、鸡肉），我很知足。一家人取完饭菜，坐在有空调的大厅里一起用餐，其乐融融，这算是三天来的第一次正餐了。我还跑去甜点部，特意买来水果拼盘和冰激凌，这样孩子们就无暇报怨了。美食完，我们顺便逛夜市，孩子们看中了澳洲飞镖。传说中，澳洲土著的飞镖十分了得，不仅能击中目标，还能回转。万里来此，买个飞镖，物有所值，也培养一下孩子们的科研兴趣。

◎ 海上波折

在 CAIRNS 的第 2 天

　　全家人早早起床，赶往海港码头，孩子们尤其兴奋，对大堡礁满怀憧憬。当出租车把我们送到港口时，那里已经聚集了成千上万游客，各种肤色和口音交织在一起，人声鼎沸。难道大家都以为大堡礁很快会灭绝而急急赶来做最后一游？

　　港口大楼看来刚翻新，宽敞整洁。在那里，我们打听到游船的位置，然后径直前往码头 3 号。登船不久，游船就起锚出海了。这艘船不大，容量 300 人，上下 3 层，马力很足，以 25 节的速度破浪向前，很快港口的楼群变得渺小起来乃至于消失在海平线下。

　　船上服务人员都是帅哥美女,对游客尽心尽责,热情有加。大部分游客和我们一样,都是第一次去观览大堡礁,对天气,海浪,和大洋中的有毒有刺的水母,嗜血大白鲨充满疑虑。服务人员一一解答,为此大家放下包袱,轻松起来。服务人员还提醒大家,风急浪涌,船体颠簸,可能造成晕船,有此类反应的游客,最好提前服用晕船药比如 Dramamine,这药游船免费提供。

　　首先,我们还兴致勃勃地爬到顶层甲板,观赏海景。举目远望,天宽海阔。蔚蓝的天穹下,积云翻卷,如天女舞袖。猎猎疾风中,矫健的海鸥忽而展翅高飞,忽而写意俯冲。无涯的洋面上,海浪激荡,扬起的浪花和天上的云彩斗艳争宠。大自然的壮阔衬映出人舟之卑微。

　　不久,海风愈烈,海浪叠高,我赶紧抓住扶手并降低重心,生怕被风浪卷走。游船在无边的汪洋中,如同一片落叶,时而跃上波峰,时而坠入谷底后来,左晃右荡,仿佛随时要倾覆解体,我们紧张得退回到船舱里躲避。在舱内,动荡继续,客桌上放不稳任何物品,不时水杯,盛满食物和水果的碟盘随着游船的起伏而滑落到脚下。撞击声、波涛声、风声、跌落声此起彼伏,总算见识了海洋的咆哮。当年蒋南翔振臂高呼:"华北之大,竟容不下一张安静的书桌!"经此风浪,方能体会到风暴中人的焦虑、惊恐和脆弱。

　　一小时后,小公子晕船症状变得明显起来,呕吐不止。服务人员快速来到近旁,更换呕吐袋,并建议我们转移到底舱的尾部,那里相对平稳些。来到舱尾,那里已经挤满了晕船的游客,好不容易我们挪开工具箱,才勉强坐下。我挨着我们家小公子,不停按摩他的背部和足三里穴位,希望能缓解一下症状。Anyway,孩子适应力强,他很快就恢复过来,又开始玩起 iPad 上的游戏。相反,受周围呕吐声感染,我突然一阵胃痉挛,喉部酸苦,也开始了呕吐。接下来的几十分钟里,我用光了身边的 8 个呕吐袋,似乎肠胃里的一切包括胆汁都吐尽。人生几十年,这还是头一次晕船,头胀目昏,身肌强直,咽鼻苦涩,难受无比,真想一头扎入海中,一了百了。

　　煎熬中,我无力地睁眼环顾,那些船上服务人员(全是欧陆白人的后代)却还是那样活跃积极,没有一丝的不适。难道,车船眩晕为农耕民族所特有?还是欧陆海洋民族世代海上谋生存 / 寻发展而进化?

　　为了前方海上的大堡礁,我已经周折了 60 多个小时了,身心因饥惧虚弱而癫狂。冥冥中,仿佛化身为哥伦布,正生死挣扎,扬帆破浪,去探寻新大陆。

◎ 堡礁 Thetford

出海两个多小时后，游船来到 Thetford 堡礁。服务人员乘小艇迅速在堡礁周围拉上防鲨网，随即游客们涌出船舱，跃入海中，开始浮游。

我本想借着停船期，喘息休整，但孩子们要下海。担心他们在深海里出意外走失，只好拖着无力的身子，和他们同行。这茫茫汪洋中，风云际会，水流不定，什么都可能发生。我这一把老骨头扔于此也就罢了，孩子们则不容半点闪失。

穿上防湿泳服，带上浮游镜和浮游吸管，脚蹼来到船舷，然后在服务员热情引导下从延伸出的台阶入水。看到我家公子们年幼，游船公司还特意安排了一位帅哥全程陪伴我们浮游，为此我那快绷断的心弦才略感轻松。

孩子们在大洋里自在从容，时而下潜畅游，时而跃出洋面。在五颜六色花丛般的珊瑚间近观，和星罗团簇的鲜艳鱼儿戏玩。海底多姿多彩的礁石和伴生的众多海洋鱼虫，让孩子们惊喜连连，兴奋不已。他们还嫌我在一旁碍事，催我离开。（唉，为人父母不易呀！）

默默来到一片开阔水域,周边空无一人。惊喜地发现,不再头晕乏力。暖风拂面,似情人低语。波涛也变得温柔有加,如慈母展开胸襟,拥抱归来的游子。湛蓝的大海无边无际,透明清亮。望着闪着宝石光泽的清水,一种宁静安详从内心深处唤醒,恍惚中,时光倒流,穿过奔波中年,热血青年,无忧童年,定格在胎盘中羊水包裹的新生命。海洋即吾乡:生命源于斯,生命归于斯。

天上传来几声海鸥的欢叫,提醒我水下大堡礁还待欣赏。我赶紧头朝下,划动手臂,击打脚蹼,向海底滑去。珊瑚真是超凡的建筑大师,在水下营造出梦幻洞天。海下起伏的石丘仿佛一巨幅立体动画,美轮美奂。礁石形态各异,色彩多变,有些如兰草,婀娜摇曳,有些似繁花,姹紫嫣红,还有灌木状、灵芝状、面条形、焰火态,让人惊叹。海葵、海星、海参、海草和堡礁相亲依偎,添色增彩。各种鱼类摇头摆尾,在礁石间穿行,生动可爱。尤其是 NEMO 鱼,和带刺的海葵花共生共命,让人想起迪士尼的著名大片。在水下,还与大海龟不期而遇,看着脸盆大的海龟扇动巨长的前肢,潇洒地掠过眼前,好激动!

◎ 堡礁 Milne

不久服务人员吹响了鸣笛,宣告在此堡礁的游玩结束。意犹未尽中,我们回到船舱内,不久游船启动,奔向下一个堡礁。这时,我才觉得饥渴,赶忙奔向餐厅,那里有丰盛的食物和饮料,供游人自助。我把一个汉堡包和一盘沙拉吞下。不幸的是颠簸中,晕船感再次袭来,担心呕吐,我没敢再多吃一口。

　　在下一个堡礁，我报名了初学者潜水团，到水深30米的海底去探险。随后，参加培训。潜水教练对我们新学员进行了简单示范，教授如何使用潜水装备，如呼吸调节器、面罩、浮控衣、压力表，讲解水下安全和通讯手势。（水下没有政客发号施令，有意思吧！）

　　续航1个多小时，游船来到堡礁Milne。我先跑去左船舷，安排好孩子们的浮游，叮嘱服务人员全程关照他们，然后回到船尾，在教练的指导下穿戴好全套潜水装备。背着15公斤重的氧气瓶，人很笨重，吃力地挪动到舱门外，并从那里下海。一旦入水，人则变得轻松自如。

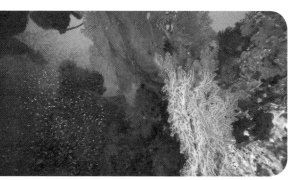

　　在水下1米处，教练把我们三位学员再次聚到一起，让大家实践，学习正确操作潜水设备。在确保大家掌握基本技能后，我们一起继续往海洋深处进发。先飘落海底，近观多彩多姿的水中花园，然后摆动脚蹼，向前滑行，和鱼群嬉戏，最后飞升昂首，如鸟翱翔。好一番梦幻仙境里的神游！

　　相对与浮游的局限（仅能在水深处做暂短停留而不尽兴），潜水则开启了一个神奇的崭新世界。

　　在水下，我居然可以欢畅地自由呼吸！口衔调节器，徐徐将气呼出，然后如饮酒般泯下来自高压瓶的氧气，享受无比（发明氧气瓶和吸氧方法的科学家太伟大）。几十年来教育和亲历让我一直对水有种本能的恐惧，目睹过的落水而亡的悲剧将这种沉重感进一步加深，乃至于人生因阴影而灰暗。而此时此刻，深渊中的我终于迎来云开日出，枷锁打碎：一种战胜恐怖，获得新生的释然。

在水下，一切是如此的安宁！这里，不闻语录、广告、喧嚣、训斥。这里，无须自我检讨，低三下四，唯唯诺诺。这里，心声终得以释放。经水过滤后的声场竟是如此美妙，让人灵魂出窍，润物疗伤。想起几年前在CLEAR湖畔的露营，那夜风平山空，月明星稀，安详四溢。那还仅仅在水边，其实水下的静寂更让人留恋。

在水下，有自由的升华。潜水中，无论飘落还是飞升都在昭示：左右开通，前后无阻，上下自如。这里，没有人设的独木桥，远离拥挤踩踏。这里，无须后门捷径，拒绝钻营投机。这里，一切开放，处处相通，供游人在三维空间里任意驰骋。

在水下，有包容和温情。这里对一切生物开放，没有围栏和门票，更没有粗暴的屏蔽、查封和垄断。适度的碧水温柔地将全身包裹，仿佛情人相拥。潜行中，柔水抚面如临春风，体态轻盈有如神助。灵动的鱼儿如好奇的幼童，时而来到近旁相随，时而害羞般远遁，最有趣的是和澳洲鱼（Maori Wrasse）的不期而遇，鱼约2米长，憨头憨脑，见到游客，它不仅不回避，还像一位绅士缓缓上前，礼貌迎接。我们兴奋地围着乖鱼，拍照，戏玩，轻抚。（比家中的小猫小狗还可爱有趣！）

在水下，有和谐和互助。珊瑚幼虫因共生海藻提供的营养而壮大，形成堡礁。众多海洋生物借助堡礁躲避天敌，繁衍生息，从而造就巨大无比五彩斑斓的海洋生态。生于毫末，始于平淡，而终成奇妙大观，这其中的道理不是显而易见吗？

◎ 后　记

傍晚时分，金色霞光中，游船回到 CAIRNS 港口。回望大堡礁，久久不愿离去。体验过那海底的梦境，难道不觉得世间的横征暴敛，尔虞我诈，兄弟相残，夫妻反目很无趣？

富含生命的堡礁让人难忘，给人勇气，示人未来。

> 昆士兰海历惊涛，
> 颠簸晕呕倍煎熬。
> 碧海深处桃花源，
> 万紫千红大堡礁。

> 珊瑚红妍因微藻，
> 细菌益生助肠道。
> 世风日下是转非，
> 天若有情天亦老。

远方的神洲

序

超凡脱俗,宇宙征程最前站。缥缈冷峻,遐想沉思无尽长。

第一部　去往南极的路

◎ 起　航

南极洲位于地球最南端,重洋把它和其他大陆分隔开来。拜访南极,游客和科研人员通常要乘坐轮船,在海上漂

泊 1000 公里以上。最短的海上走廊是南美洲和南极洲之间 DRAKE 海。DRAKE 海是因英国航海家 FRANCIS DRAKE 而命名，早在 1578 年他所率领的探险船到过这片海域。DRAKE 海以风疾浪险而闻名，加上寒冷，16—19 世纪期间这里吞噬过不少木船和海员，可谓海上坟场。（注：其实美洲、澳洲、太平洋土著早早就来过这片海域。唉！历史从来都是为胜利者而书写）。

二月的一天，我在南美洲南端的 Ushuaia 登上 Akademik Loffe 号考察船，激动和担忧交织中开始了南极之旅。由于 DRAKE 海正经历一场九级的强烈风暴，启航不得不延期。之前出海，曾经遇到过 4 级风浪，那已经把人折腾到晕船至死，煎熬万分。这次会不会是更大的酷刑？

◎ 海上风暴

午夜前，考察船终于缓缓离开港口，疲惫不堪的我居然就此安睡过去，再次睁眼时，已是第二天早上。旭日东升，将金色光芒带到宽大的餐厅，一扫沉重，游客们一边愉快地用餐，一边兴奋地交谈着，似乎因海浪而晃荡的船体对大家没什么影响。

领队波随后来到餐厅，向大家通报一下航线状况。

（1）根据气象预报，在接下来的航程里，我们将经历很大的风浪，可能会给大家带来一些不适。

（2）考察队配备有专业医护人员，若有需求，请及时与医生联系并寻求指导。

（3）考察船上工作人员都有丰富的经验，经历过无数次大风大浪，有些比这次的还要恶劣得多，大家尽可放心。

（4）和游客同行的，还有南极考察队专家们，他们将举办各种专题讲座，希望大家参与，加深对南极的了解

看到服务人员如此周到细心，大家有些释然。其实，游客们都对晕船做了准备，携带不少 Dramamine 和 Benadryl 之类的晕船药。

午餐前，我开始有些晕船。医生佳迅速赶来查看，她让我服用了几片药，这些能即时缓解恶心，随后，还在我耳后贴上两片膏药，并告诉我这些是中长期有效的晕船药。我回船舱，躺下休息，一小时后，难受感减轻不少，到后来居然体力有所恢复，随即起身回到大厅。

这时，海风愈烈，海浪叠高，考察船在咆哮的汪洋里，忽而跃上波峰，后又跌入谷底，左晃右荡，仿佛要倾覆解体，这可是重达近万吨的破冰轮船。遥想几百年前驾着木舟来此探险的先驱们，分明是九死一生，在敬佩探险勇士同时，也深深对自己鄙视了一番：几十年胆小畏缩，活得窝囊！

随即，服务人员赶紧召回在甲板上的全部游客，并关闭舱门以确保大家安全。我原想回底舱房间静卧，那里相对平和，又不甘落后，最后还是随着众人来到顶层大厅。透过大厅的玻璃，可以看到小山般的浪头涌上船的前舷，撞击中水雾冲天，轰响震耳。仿佛置身决战的战场，敌方的冲锋源源不断，排山倒海般，打退一波，另一波在呐喊声中又呼啸而至，紧张到腿软，或战而胜之，或逃之夭夭，看命吧！倒是轮船的机组人员，

镇定自若,驾驶着巨轮继续破浪而前。

当天下午,风暴达到 10 级,船体的起伏更加明显。这次,我居然没再呕吐,好神奇,内心一阵轻松,并默默感恩上苍的眷爱和服务人员的帮忙。人摆脱受刑般的煎熬后,对一切都有了兴致。我先在图书馆上网浏览,向万里之外的家人报个平安,又找来介绍南极的旅游指南开始认真拜读。后来,还赶到会议室,听取讲座。其中一位生物学家提到南极洲内陆 Vostok 考察站下面有一个与大气层隔绝几十万年的淡水湖,该湖的生态和木星卫上的冰层下湖一样,并可能存在原始生命。这太让人振奋了,若能在缺氧环境发现或孕育生命,那人类殖民外星的前景就大大光明了。实在是对这个充满欺诈谎言的俗世厌倦至极,企望着新世界。

随后的日子变得滋润起来,餐厅 24 小时提供免费美食热饮,还有桑拿室供游客发汗欢聊,节目多得应接不暇,好一番逍遥快活。同行的游客来自世界各地,大多热情开朗,相处愉快。尤其是一对来自德国的老人,每次见面都对我关照有加,问寒问暖,生怕我错过了轮船上的任何有趣活动。

◎ 日出,冰山,新世界

第4天,凌晨时分,定时把我唤醒,按照计划轮船在日出前将抵达南极洲海岸。兴奋中,我穿好全套冬装,

带上相机就匆匆赶往顶层甲板。我到达时,那里已经聚集了几乎全部的游客,大家如朝圣的信徒,肃穆等待着那神圣时刻:新大陆的第一个日出。清冽的晨风缓缓拂过面颊,涤污去垢,让人想起《新世界交响曲》的前部。海面不再翻腾,平整如镜,倒映着天空中的一抹晨曦。水天之间隐约可见黑黝起伏的山体,让人安释,我想基督徒来到 ZION 神殿,穆斯林见到麦加大清真寺的圆顶,佛教徒抵达岗仁波齐神山,心情大抵如此吧:见证神明的时刻。

很快第一道霞光从东侧的天际透出,四下渐渐光亮起来,彤云如血,如西斯廷壁画中耶稣头顶的光环。几分钟后,一轮红日从海面跃起,首先映红了远处的山体,然后迅速扫过湛蓝的水面和晶莹玉洁的冰山,把冷峻奇秀的新世界清晰完整地展现在众人眼前。有生以来第一次感受圣洁,震撼无比。相比这荣光,一路的颠簸和付出真不算什么了。

考察船继续向东航行,沿途观赏到不少漂浮海上的冰山。这些上万年形成的冰山形态各异,有的平整圆润,如洁白的雪莲花座。

有的冰山异峰突起,似巍峨的金字巨塔,还有的仿佛秀楼雕栋。鬼斧神工的巨型天作缓缓而来,静静而去,庄重中不失艳丽,清静里偶露柔情。不时,洁白的立壁上滑落一些雪团,扬起一阵白烟,如仙女吐兰,冰山

变得更加鲜活。蔚蓝的天空下,素云团卷,好像冰山倒挂,让人不识上下,难辨虚实,梦幻飘逸。

　　近旁游客一声惊呼,转头望去,原来一组座头鲸正在不远处漫游腾跃,激起喷泉般的水柱和涟漪。座头鲸体型巨大,它们喜欢到寒冷的南极附近水域进食,然后迁徙几千公里到赤道附近的温暖水域哺育后代,十分有趣。喜欢这片海域的还有企鹅和海狮,海岸边、浮冰上,不时能看到牠们可爱胖墩的身影。

　　天空中,偶尔有海鸟掠过,转瞬又不见踪影。新世界,冰水刺骨,寒风透心,也难掩生机。最前端,相去万里,无春绝秋,仍龙腾虎跃。足见神眷之广,主爱之深。

第二部 南极海岸

◎ 同 欢

　　这两天,乘坐橡皮艇,登上海岸,有幸拜访到原住"民"。企鹅成群结队,挺着将军肚,迈着绅士步,彼此打闹游戏。游客来到近旁,它们也视为无物,没把人类当天敌,和平同乐,真好!

海狮们懒散贪睡，偶尔睁眼，看到周围的游客，倒是报以友善的摆头，可笑可亲。

◎ 南极荡桨

今天是个特别的日子，我将参加探险船组织的冰洋皮划艇活动。荡桨离家万里的南极海域，并可能近距离地观赏南极特有动物和生态，好憧憬！一大早起床，来到甲板，天晴微风，祥云盘旋，好兆头！匆匆在餐厅用完早餐，就和其他皮划艇组员一起来到会议厅，参加集训。导游马克给大家做了简单的冰洋划船的介绍，重点在安全及注意事项，毕竟这海域的水温几乎 0 摄氏度加上可能的风浪，不小心落水是有生命危险的。另外，导游也提醒大家不要过分靠近冰山，鲸鱼，海狮。因为冰山随时会爆发雪崩，40 吨重的座头鲸跃起砸在皮划艇上，谁也吃不消。

会议结束，来到设备间，先穿上自带的紧身防湿服，然后穿上旅游公司提供的冬装，滑雪裤，手套及冬帽，套鞋，救生衣，呼叫口哨，随后登上了橡皮艇。皮艇开出几公里到达预设海域：奇瓦海湾，我们使用的皮划艇早已运到那里。两位导游从两旁稳住皮划艇，我顺势移到皮划艇，封舱，抄桨。不多时，我们全组的游客登舟就绪，随即在导游的带领下，兴冲冲地向前划去。

我挥动船桨，左右击水，迎面的海风越来越猛烈，撩起发梢，吹动衣角，清凉四溢。人渐渐觉得被托起，如鸟儿冲破牢笼般翱翔在天地，快速射向远方。一番激越后，皮划艇来到一座冰山旁，山体巍峨，洁白里闪烁着蔚蓝。海风至清至纯，焕发精神（这里环境可是几十万年原生，无烟无霾！），我贪婪地大口吸入，恨不得彻底暴露，打开每个毛孔。碧蓝的海水和湛蓝的天穹交融，把人包裹其间，爱意满满，仿佛曼托瓦里的名曲《LOVE IS BLUE》在耳边回响。大小不一的冰块四下散落，如白玉般闪亮晶莹。似乎进入了如痴如醉的童话世界，时空定格于美妙的极致。

陶醉中，远方一阵欢笑传来，不久一艘橡皮艇来到附近，原来探险团的领队特地给大家送来热气腾腾的巧克力热饮。这太让人惊喜！感激中，接过饮料，边饮用，边继续享受美景静安。

随后的二个小时，我们继续荡桨前行，壮丽山水让人痴迷。突然，几只海豹直奔我们的皮划艇而来，在不到一米的距离，它们从水下探出头，大方的向我们问询，亲切地甚至想跃上皮划艇和我们拥抱，看到我们不解风情，很快又转身，往岸边游去。

下午，在夕阳的映照下，团队返回到轮船上。南极击水这一人生梦想终于实现，美妙至极，好比 A 股跳到 8000 点。

第三部　南极腹地

◎ 考察站 CONCORDIA

CONCORDIA 考察站位于南极大陆腹地,南纬75°05′59″,东经123°19′56″,海拔3233米。该地孤远奇寒,气温低到零下70摄氏度,距离最近的海岸也有1000公里,超出想象的纬度、温度、隔绝度和时空,仿佛置身外星球。

◎ 着　陆

经过4个多小时的颠簸,乘坐的 Twin Otter 号飞机终于接近 CONCORDIA 南极站,从空中朝下望去,白茫茫一片,除了考察站主楼和配属的几个窝棚,不见任何生命的迹象,无草无木,绝岩绝流。根据考察站介绍文档,这里其实是一个几十万年前形成的巨型冰川,深达3000米。这样的时空跨度,如此的体量规

模太让人开阔眼界,宇宙实在是浩瀚无边,多维莫测! 记得我那同窗常提到三季人,因为"夏虫不可以语冰"。同理,拘泥于方寸,纠缠在分秒哪能培育出寰宇胸怀?

飞机停稳,随着其他几位乘客,走出机舱。双脚踏上冰原的刹那间,既喜且忧:

(1)有生之年,总算迈出了星际旅游的第一步。

(2)如此高寒,缺氧,会不会高原反应?

(3)孤身荒野,会忧郁?

好在考察站的每个人都热情友善,让人轻松起来。先期到达的安带领大家参观了考察站的每一个工作室,随后新队员来到医务室做体检和上岗培训。

晚餐很丰盛,有烤鱼,披萨饼,通心粉,沙拉和精致甜点,在这几千公里内皆荒无人烟的地方还有如此高质量的食堂,十分难得。

饭后,直接到作为宿舍的帐篷,瘫倒在行军床上。一晚上,辗转无眠,头疼胸闷,高反和忧郁还是找上门,最后不得不服用止痛剂和安眠药,才迷糊了片刻。

◎ *滴水成冰*

次日,早早起身,来到户外。气温零下 40 多摄氏度,一阵强风刮过,带走了全身的热量,虽然穿有多层防寒衣裤,还是感觉冷彻骨髓。深吸一口南极的空气,凉意从鼻口一直传到咽喉,乃至于胸肺。极度的酷寒让嗅觉，味觉失灵，把一切凝固，甚至包括时间。活动一段时间，呼气会很快在胡须，眉发上结霜，一幅圣诞老人的模样。赶紧又跑回宿舍，添加外套，并带上面罩，这样才不至于冻僵。

今天随气象科研组到到户外作业。任务是调研如何安装7米高的桅杆，然后将天线和太阳能电池板固定在上面。第一步是在雪中挖坑，这是强体力活，刨冰比挖土要困难许多。用电锯将雪切成块，用镐撬开冰块，然后用铁锹（和人的手）将松动的冰从坑里取出。该方法似乎很野蛮，其实高效而有趣，大家分工合作，按期把深坑挖好。头疼也随之减轻很多，看来与人援手，自己也受益。其实，相对于严寒，孤独更煎熬，和队友说说话，感受关爱，人轻松很多。

◎ 野外调试和难度

今天所在的科研组花费了大量时间对数据收集系统 CR10 做时钟同步。CR10 是一台 CR10 嵌入式系统，被布置在野外。它的串口可以通过电缆连接到一台电脑，然后在电脑上完成时钟的设置。我们使用了一台较旧的笔记本电脑，它不带 DVD 光驱，而应用程序在一张 DVD 光盘上。一番折腾后，终于成功地将程序在电脑上安装好。

随后，科研组驾驶雪上摩托来到距离基地1.8公里的采样站，到达现场后，不幸的是旧电脑开机不到2分钟电池就耗尽了，可能电池快到寿命加上室外温度极其低。赶紧跑到附近的货仓，从里面找到一台 UPS（不间断电源），可惜电源板的插座和电脑电源插头不匹配，又不得不花费 40 分钟，自制了一个适配器。吃力地抬着 20 公斤重的 UPS 电源，回到采样站，刚通电，UPS 就叫上了，并停止工作。不得不再次返回货仓，找了另外一台 UPS。这次，UPS 总算工作了，可是外面日光太强，电脑屏幕上的显示根本看不见。又赶紧把电脑周围罩上，这时惊骇地发现，刚安装的程序并没有设置好与 CR10 通信的端口和 baud rate，不得不重设。

这时，已到午餐时间，科研组决定推迟午餐，继续奋战。（否则，对不起政府的巨大投入）。电脑还是没有和 CR10 通信上，排查中发现，串口电缆不抗冻，变硬断线了。不得不重返基地，焊接好一个新的电缆并裹上厚厚的树脂以防冻。

把所有的部件一一特殊处理完，以适应南极恶劣天气，最后终于成功地将 CR10 上的时钟做了同步。正如意大利同事所说："C'est l'Antarctique！"

◎ 后 记

无春绝秋，南极思樱柳，恍处月宫冷寂苦，酷寒凝掩清流。

冰海鱼跃依旧，冰川万丈俊秀，冰山映亮双桨，冰原有爱忘忧。

远方的神豚

序

物华天宝,光耀欧亚之远疆
人杰地灵,声震汪洋之极涯

　　云端俯瞰,水城威尼斯状若欢跃的海豚,这是天作还是架构设计的精妙?

　　公元初,威尼斯不过是亚得里亚海边的洼地,仅有渔夫暂住的窝棚,和辽东的胡家窝棚没什么两样。五世纪后,洼地华丽转身成为世界贸易中心和金融中心。水城长盛不衰历时千年,还有世上最长的共和政体(1297年的共和史),不尽的财富,绚烂的文化。这一切只能是海豚精灵的幻化吧。

◎ 成　行

　　威尼斯向往已久了。早年读莎翁的《威尼斯商人》,留下印象的不仅有犹太人夏洛克的贪婪,还有水城美女 Portia 的婀娜多情和威国金融的淌金溢银。后面欣赏大师 Vivaldi(毕生在威城创作音乐)的协奏曲"四季"，音乐营造中的威尼斯更激发想象，是如此的周年如画，浪漫梦幻。作为曾经的海洋文明圣地，威尼斯至今还保留着巴洛克风格，拜占庭岁月及文艺复兴期间的众多殿堂，雕刻、字画、乐谱、廊桥，真是仙境梦乡。可水城远在欧陆腹地，亚得里亚海之滨，似乎遥不可及。

一晃几十年过去，梦想犹在，路途恒长。有一年，我家大公子在全国CogAT测试中成绩进入前1%。作为奖励，我们许诺带他去旅游，地方由他定。他脱口而出欧洲。孩子们是金口玉言，父母从来都是不计成本地去满足。咬牙中我们定下了这次的欧洲之旅，威尼斯是其中最重要的一站，终于要圆梦了。

注：可怜天下父母，自己向往每每落空，孩子随言总当旨奉。

◎ 前　往

我们先到伦敦，后转德国，参观名动天下的新天鹅城堡，然后乘火车经阿尔卑斯山南下，来到意大利北部。列车在旷野奔驰，路旁是大片的农作物，青绿掩红，生机益然，有橄榄、葡萄、小麦、西红柿等。再往前，来到跨海长堤，视野更加宽广。激动中，放眼望去，远方水天之际浮现大片建筑物，红顶丹墙在蓝天，白云，碧海的怀抱中尽显光耀和娇艳。

◎ 运河水道

火车来到终点：威尼斯的Santa Lucia站，我们随人流下车，奔向站前广场。广场到处都是游客，热闹非凡。有趣的是不见一辆车，更没有黄牛拉客。在自动售票机上买好PASS，我们登上大运河里的水上巴士。船上满满也是游客，好在礼貌有加，有两位北欧绅士看见我家公子年幼，还特意让出座位，好温暖。刚启程，一座汉白玉拱桥（Ponte degli

Scalzi）即映入眼帘,那石桥雍容华贵,横卧碧水,尽显罗马帝国雕刻底蕴。很快,一艘单桨木舟（Gondola 贡多拉）驶到近旁,引起游人的一阵惊呼。Gondola 世界闻名,是当地沿用千年的交通工具,今天总算亲眼所见,难免又一番激动。（我开始担心若在水城一直这样受刺激,心脏能否承受?）Gondola 艄公是位帅气的小哥,头戴黑帽,身着黑礼服,写意荡桨,构成一幅奇异的动画,众人频频按下相机快门。汽艇继续蜿蜒前行,碧水涟漪和天上卷云比欢争宠。两岸画栋雕檐鳞次栉比,暖风拂面,酒香扑鼻,人声欢动,算是水城热情的迎接吧。

◎ Basilica di San Marco

　　水上巴士带我们来到威市中心广场，那里有座千年神殿——天主教堂 Basilica di San Marco。神殿外墙由大理石垒砌，气势雄伟，尽显拜占庭风格（唉，拜占庭千古王朝却早已灰飞烟灭了，拜占庭国都君士坦丁堡也易名）。教堂顶部有 5 座高大浑圆的穹顶如美妇玉峰般，纵横交叉形成一个巨大的十字架。那精妙架构带有浓厚天主教神韵，象征基督钉十字架救赎众生。面墙上，有精美鲜艳的大幅壁画，内容多为圣经故事和威尼斯的变迁。和壁画、石柱相间，还有大量浮雕，天使、圣斗士、圣狮、花草林木，生动逼真。大门中央上方，四匹青铜骏马（源于公元前 4 世纪希腊名家）扬蹄昂首，代表着威尼斯共和国欢快前行，奔向理想国。这不是想象中饱经千年风雨的破庙废墟，而是完整无缺，尽态极妍的文化奇迹，融汇上下两千年欧非亚艺术创作的精华！让人敬仰，震撼而几乎窒息。

　　注：相比拜占庭建筑最高成就圣马可大教堂，莫斯科的克里姆林宫则是拜占庭建筑的山寨赝品。

　　和参观过的各国神殿名刹一样，圣马可教堂也不收门票，免费入内。教堂内观更加让人惊叹，真觉得这几十年算白过，到此方知世间有殿堂，人类善建造。教堂内结构以多彩花岗岩石为主体，坚固恒远。带天窗的穹顶近 50 米高，气势恢宏。抬眼远望，墙壁和堂顶大部镶嵌着内含金箔的玻璃亮砖，和绘有彩画的大理石地面一起烘托出晶莹剔透、亮丽无比的圣光氛围，如圣诞夜后那喷薄欲出的旭日。近处细览，每寸每毫都有艺术加工，或浮雕，或彩绘，美轮美奂（听说，二楼走廊原来还有不少精美油画，可惜为强调雕塑而撤掉，好比选妃中的苦恼）。金砖上的古画有不少和教堂同龄，历时多个世纪还鲜活艳丽，在我这艺术盲眼里，这些太过神奇了。画中的圣人，圣母及圣徒们（马可、克莱门特、彼得、约翰……）清晰纯洁，带着荣光，教诲俗人如我要时刻谦卑。我还有幸参加了当日的教堂弥撒，管风琴演奏着悠扬的"Sacrae Symphoniae"（神圣协奏，Giovanni Gabrieli 谱曲）叠加唱诗班的和声在宽广的大厅里回荡。美乐及上下荣光中，神殿洋溢着安详庄严，让人收获一份难得的宁静。真想就此时光永驻，无欲无求。

　　教堂收藏珍品无数，包括"十字军"东征时从君士坦丁堡掠夺来的青铜四骏马原件（2400 年前的原创），给这座艺术殿堂锦上添花。对于热衷信仰的群友，教堂内的圣徒马可墓（教堂因此而建）一定要拜到，感受传道的艰险和殉道的圣洁。

◎ 晚餐

欣喜地拜访完大教堂,在孩子们的催促中,我们全家去用晚餐。在威尼斯,陆上交通唯有步行。我们走在弯曲的小道上,穿街走巷,多次迷路回转,历时近一小时才来到预约的餐馆 Taverna da Baffo。餐馆坐落在居民区的一小院落里,露天下,几排餐桌分列开来,周围点缀绿树和草坪,环境雅致。招待员全是年迈的大爷,好在热情周到。都怪世界各地来的游客太多,哄抬物价,逼走了当地年轻人。我们点了4份当地特色饭——墨斗鱼汁面,外加烤鱼、沙拉、甜点加红酒。墨斗鱼汁面闻起来有腥味,口感倒不错,大人小孩都很饥渴,风卷残云般把面吞下,最后满嘴和牙齿黑黑,好像啃泥,十分有趣。菜上齐时,暮色已降临,全家人在烛光下,推杯换盏,大快朵颐,美食一番。烤的鱼虾外脆内嫩,味道棒极了。孩子们一致投票,这是欧陆之旅最好的一顿晚餐了。(是呀,欧洲其他地方,要么没什么可食,要么太贵不敢多吃)

◎ 轻舟(Gondola)和石桥(Ponte di Rialto)

欢宴完,夫人和小孩们兴致又起,我们继续逛街走巷。威城水网密布,五步一浦,十步一河,楼随河转,花伴桥行。放下执着,信步而动,全家人轻松愉快。孩子们又嬉闹上,笑声不断。不经意间,我们回到大运河边。沿河漫步一段,碰巧又遇到白天那位操桨的小哥和他的空荡轻舟。我们就此请他载上我们全家,去往古桥 Ponte di Rialto。小哥热情,从小在水城长大,一路耐心给我们讲解两岸的风土人情。一轮明月伴随着潮声而来,轻舟在波光中静静滑动。朦胧的光线下,四周的楼宇,游人,渡船忽隐忽显,远处的古桥如蛟龙出水。天地万物自由自在,灵动不

息,妙哉!(荡舟竟能有如此化境,水乡长大的我也是莫名惊诧,大概是崇洋心理吧)

　　古桥边,我们告别小哥,登岸,加入人潮。Rialto 石桥建成近 500 年,每天无数行人来往穿梭而丝毫未损,足见工程水平之精湛。至于桥的造型和雕刻,还是留给群友亲自来欣赏吧。摩肩接踵中,我们好不容易挨到桥的中央,头顶的明月,四处的灯光,和脚下的运河景色宜人,让人想起若虚的名篇《春江花月夜》。这水城四季如春,夜夜花浓,也只有盛唐诗人才可能给这艺术之城,添上一抹亮丽。

　　　　江流宛转绕芳甸,月照花林皆似霰。
　　　　空里流霜不觉飞,汀上白沙看不见。
　　　　江天一色无纤尘,皎皎空中孤月轮。
　　　　江畔何人初见月?江月何年初照人?

◎ 多彩小岛 Burano

　　威市的第 2 天,在酒店用完早餐,我们兴匆匆奔往水上巴士站。清晨的威尼斯,阳光明媚,街道上行人游客不多,有种家园的温馨。在一路口,我们遇见一当地美女(导游大使),一副威市狂欢节的打扮,头顶彩帽,脸罩面具,身披民族彩服。孩子们很好奇,围着人家问这问那,最后

还兴奋地合影,好可爱!

　　我们乘水上巴士在 Murano 岛中转,该岛是著名的玻璃制造中心,有很多世代相传的器皿作坊。来到作坊,看着工匠高温熔炼,吹制精致的玻璃器皿,蛮有意思的。

　　最后来到 Burano 岛,这里是威尼斯地区的一个居民点,特色是居民楼色彩鲜艳,风格各异。整个小镇仿佛是文艺复兴时代画家的调色板,富有艺术格调。我们四下闲逛,在食品店品尝冰激凌,在礼品店买些纪念物,算是很不错的消闲购物体验了。

◎ 画廊 Gallerie dell' Accademia

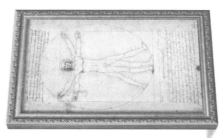

　　和马可天主教堂一样，威尼斯学院画廊是当地又一座历史悠久的艺术丰碑，收藏有文艺复兴时期的众多名家绘画，包括达·芬奇的真迹《Vitruvian Man》。满怀崇敬，我们来到博物馆里，没想到收藏的作品多达千件，个个构思精巧，色彩亮丽，气势恢宏，再次被震撼！

　　达·芬奇的真迹不在这期间推出的展品里，略微遗憾。从介绍上看，《Vitruvian Man》是一个素描作品，大师简单几笔就流芳千古，可见艺术无价。回想起中学时，有道著名的作文题"画蛋有感"，也是基于达·芬奇的故事，我几乎交了白卷，并因作文不好被打发到野（冶）鸡（金）学院，好想看到大师作品来补课。（注，这企望直到后来在卢浮宫拜见大师的另一作品蒙娜丽莎才终于实现了。）

　　这次，有幸欣赏到 Titian 的巨幅名作《Présentation de la Vierge au Temple》（圣母在犹太神庙），彩画生动活现圣经典故，彰显神的旨意。

这幅《复活升天》的圆盘画富有创意,尤其喜爱画里的天使们,助人脱离苦难,消除恐惧。

这幅《The Ambassadors Return to the English Court》逼真地反映古时教徒的日常生活,难得的历史见证。

名画《Rinaldo and Armida》(由威城出生的浪漫派鼻祖 Francesco Hayez 创作),"十字军"东征的故事,骑士必须在道义和美人间做抉择。

威尼斯画家笔下的水城,千年的辉煌和不变的神韵。

◎ Doge's Palace 总督府：共和政治丰碑

近700年历史的总督府和圣马可教堂相邻。正面望去,这座融合了哥特,伊斯兰及文艺复兴风格的巍峨建筑端庄敦实地矗立在运河边,由众多大理石柱营造的多孔拱门及顶部锯齿装饰起伏荡漾和水中的波浪形成呼应,动静相趣。

又一座令人惊叹的艺术宫殿！来到总督府里，里面每一间房，每一面墙都装饰得金碧辉煌，配以无数的名画雕刻，光耀着威尼斯商业帝国的影响力和财富（中国秦汉唐宋的皇宫可比）。最著名的绘画是《天堂》，由 Tintoretto 创作，至今还陈列在贵族院议政厅内。《天堂》画规格达 22 米 ×9 米（世界上最大的油画），铺满整面墙，画中描绘了 500 个圣徒飞升天堂的动人场景，诠释着这帝国千年来政通人和，意气风发的共和精神。

总督府是千古威尼斯共和国的心脏，里面集总督官邸、贵族院、法庭、军事委员会、商会、监狱于一体，好比白宫、国会山、五角大楼、联邦法院、牢房合为一处，免得顾客四下奔走。威尼斯共和国从 5 世纪立国开始，在吸收融合意大利本土、欧、非、亚大陆的文化的基础上，设计出一套完整的民权政治体系：以贵族院为本，强调全民共和自由，总督有限权利的平衡政治制度。这套政体突出民权，抑制神权，抛弃君权，为帝国带来经久繁荣，被历史学家称为共和神话。看看当年远道而来的高卢人、雅利安人、犹太人、摩尔人、穆斯林、婆罗门移民在威国享受的平等待遇，让人不得不佩服这民权政体的优良。

英国思想家约翰·洛克 17 世纪曾经来威尼斯膜拜，回国后总结出："权力不能私有。"

法国思想家孟德斯鸠 18 世纪也曾经来威尼斯考察，回国后完成巨著《论法的精神》（De l'esprit des lois）。

美国政治家富兰克林 18 世纪曾经来威尼斯膜拜，回国后和杰弗逊一起把"人人生而平等"写进《独立宣言》。

每个游客来此都能得到政治启蒙。民权共和政体应该是威尼斯帝国文化遗产得以保留并发扬光大的根源吧。在古老的东方，暴秦帝国也曾经兴建过的象征无限权力和财富的阿房宫，雕梁画栋遮天蔽日，字画珍宝不计其数，可早早就因楚人一炬而灰飞烟灭。秦人不暇自哀，而后人哀之。后人哀之而不鉴之,亦使后人而复哀后人也。

　　有趣的是在总督府还专门设计了一场所供人叹息,那就是闻名天下的叹息桥(Bridge of Sign)。叹息桥横跨运河,连接法庭和监狱。违法作恶的人,被法庭判刑后,都要经叹息桥押往监狱。犯人每每在那因感于法律威严而叹息。特意前往参观,见到铁窗、阴森通道和昏暗牢房。游人来此也是一声叹息,不为犯法,而为摧毁消失的先秦文化,为如浮萍般虚无的华夏传统。

◎ Lido island（丽都胜地）

威市的第 3 天,我们转移到 Lido。该岛西侧和威尼斯隔湖相望,东侧就直接面对浩渺的亚得里亚海。Lido 岛道路笔直,没有了威市小道的缠绵,迷人迷到不知东西。

换好泳装,我们来到海滩。孩子们最高兴,在海滩上追逐、嬉闹,很快和其他孩子们玩起来,用沙共建城堡(不知他们用什么语言交流)。信步走到海边,海潮卷着浪花,如约而至,轻柔地漫过脚面。海风带着滋润,掠过胸膛,撩起发梢。地中海和煦的朝阳普照天地,传来温馨。人有些无酒自醉,松软地倒在沙滩上,享受自然,开始白日春梦。梦中,仿佛回到远古,再见威城的轻舟、廊桥和神殿,重温巴洛克圣乐的悠扬。

也不知多少时光流逝,恍惚中几声鸟鸣将人唤醒,休整一番,精力重新充满。起身四望,天地无限宽阔,素云和白鸥共舞,蓝天和碧海相连,自由自在,生机勃勃!

装备完毕,全家一起跃入海中,开始浮游。深吸一口气,然后下潜,包裹在醉人的湛蓝中,世界一片宁静。来到海底,一片白沙上,不时可见海草、海蚌和海星。可爱的五彩小鱼,摇头摆尾,快速游过身边,超道前行,我赶紧摆动脚蹼,想同行同往,却越来越落后……

◎ 尾 声

第 4 天,我们坐火车离开威尼斯南下,不舍中回望,感觉水城比来时更加神秘梦幻……

难忘这灯塔帝国的一切:共和民主,神殿画廊,天然人文,真是海精灵的幻化和护佑(神佑而非神权)!

远方的神果

序

菩提无树,明镜非台。

神果无花,涓流空埃。

◎ 初识无花果

年少时,对周边的一切都充满了好奇。一天,母亲把几粒黄色的蜜饯交到我手里作为零食。蜜饯约鸡蛋的四分之一大小,表面有条条内陷的纹理,发黏。近嗅,几缕混香扑鼻,介于水芙蓉的清秀和白玉兰的浓郁之间。入口,肉绵籽滑,生津提气。惊喜中,忙问母亲此为何物,来自何方? 母亲答道:"无花果,原产于西亚两河流域。"好奇这神果的名字,没有花的绽放,居然结成果实。无花果带来的精神冲击和震撼远大于物质体验,几乎颠覆了朦朦渐成的世界观:

(1)原来,佛界的因缘业报也有例外,有果却乏因。

(2)或许,鱼儿可以离开水域。

(3)可能,儒经的名句"仁者先难而后获,可谓仁矣"也有歧义,成仁不必经过磨难。

沉思冥想中,似乎听到一个声音,告知我此果乃神物禁品,源于伊甸园。

◎ 无花果含花

多年后,漂泊南洋狮城,租房给我的房东香珍女士也提及无花果。她用无花果作药引,煎熬成汤药,说对胃疾有奇效。我兴冲冲跑去中药房,买来一包。品尝中,淡芬里,一种久违的甜美充溢全身。享受之余,我还特意去图书馆查证,方才得知无花果(Ficus carica Linn)归桑科、榕属植物。该植物其实有开花的,不过雌蕊、雄蕊都生长在花托的内壁,不得见光。自 6000 多年前的苏美尔文明起,无花果就在西亚栽培种植。古希腊哲学家提奥夫拉斯图斯(Theophrastus),被誉为植物学之父,曾经对无花果做过研究和描述。在他眼里,无花果全身是宝,充满神性。他还特意提到和无花果同科同属的高大榕树(Ficus benghalensis)。在西亚这样高大的无花果树巍峨挺立,冠盖无垠,仿佛巨神的遮阳伞。亚历山大东征时,有次突然暴雨倾盆,上万士兵纷纷跑到旷野唯一的榕树下躲雨,居然没人被淋湿。

为此,对无花果新添一份神往。

◎ **无花果非果**

后来移居波特兰,一次在朋友家聚餐,主人端上一盘新鲜水果,说是刚在后院采得。鲜果体态饱满,藕荷带青,色泽光亮。捧到手中,有种温润如玉的质感,同时一股清雅的淡香拂面而来。送入口内,啖下些许,皮薄脆嫩,肉滑汁美,芳韵弥漫。环顾四下,众人也是一副解馋贪婪的吃相,很快一大盘水果被扫一空。有客询问此为何物,主人笑答:"无花果。"没想到新鲜无花果竟如此绝艳极美,比干果态的蜜饯升华太多。经陶醉,人羽化登仙般,真有种死而无憾的觉悟。

随后,大家热烈讨论起无花果的妙处。在 OHSU 做科研的李博士说道:"无花果抗癌,含有的羟基苯甲醛、补骨脂素、香豆素等成分,可以使得癌细胞蛋白质合成受到抑制。"夫人评价到"无花果抗衰老,抗氧化和清除自由基。其中含有丰富的前花青素和多糖,具有较好的清除自由基和增强抗氧化酶活性的作用。"有人还提到无花果疏通肠胃,改善便秘。更多的女士们则说无花果是最佳的美容护肤品,此刻雅诗兰黛(Estee Lauder)如同地摊货,羞于启齿。在众多专家面前,我近乎白痴弱智,羞耻之余,激发出研究无花果的热情。

　　无花果实呈圆形，呈紫黑色或淡黄，具有明显的"乳头"结构。无花果在解剖学上并不是真正的果实，而是包裹在光滑花托皮囊中的数以百计的花朵和无数细微的结果。无花果树同时有雄性花和雌性花，被称为雌雄同株，叶子坚韧含蜡质。

　　肥沃的无花果因其独特的肉质空心而与众不同，其内壁长满微小的雄蕊和雌蕊，它们授粉后最终变成果实。授粉一般要借助外来的黄蜂。无花果顶部有开口，雌性黄蜂从开口爬入，并穿过一条长长通道，通道内衬着朝下的鳞片，只允许单向前行。黄蜂在无花果体腔里面寻找两种雌花：有茎的短花和没有茎的长花。随后，黄蜂给花授粉并产卵，不久力竭而亡。几周后，她的后代孵化成型，其中雄性幼虫没有翅膀，雌性幼虫有翅膀。雌性交配完，咀嚼出一条通道，飞出。雌蜂随后会飞到另一个无花果上，一个新的授粉周期开始。无花果通过自身的消化酶将残留其中的母蜂及雄性幼虫分解一空并吸收，最后成熟蒂脱。

　　无花果的生命周期充分展示了大自然的造化，物种共生，飞蜂赴死，破茧成蝶，乃至开花结果，化腐朽为神奇。

◎ 神 助

多年后，全家到夏威夷度假。一天午后，驱车来到名胜 Honolua Park。公园位于 MAUI 岛的西北角，远离喧嚣拥挤的度假村。茂密的原始雨林和蜿蜒的海滩相拥缠绵，碧波荡漾的港湾烘托出晴空的湛蓝，漫步的素云和翻卷的浪花上下辉映，好一片祥和心怡。

停好车，带上泳具，经过一片森林往港湾走去。孩子们爱上了浮潜，急切往前，我一人远远落在了后面。

漫步在松软沙土的小道上，人很受用。花草四布，古树参天，枝叶婆娑，处处显得安静别致。不时清风拂面，莺歌入耳，让人开颜忘忧。

一阵熟悉的香氛飘来,原来前方不远处挺立着无花果树群。无花果树多达十几支,有的树龄有 300 年以上。靠近一支古树边,细细观赏。那树干足有 15 米以上,粗硕的分支放射性地向四周延伸开去,树荫覆盖一个篮球场有余。藤条交错,枝叶密布,仿佛锦缎披身。树梢处,隐隐可见浑圆青果、无花果。眼馋仰望,满嘴生津,方才对曹孟德的"望梅止渴"之说有了深切的共鸣。

陶醉中,人恍惚起来,渐渐物我两忘,灵魂出窍……迷梦中,乘上无花果的香云向西飞去。不知多久后,来到另外一个海岛,岛上无花果树处处可见。

在一处棕榈叶搭建的窝棚硼里，一群当地部落首领正在讨论新建校舍。长老们非常支持他们的孩子，并希望为他们提供最好的教育，但是社区没有任何资金可用于开发。一家亚洲伐木公司提出要采伐岛上的木材，以换取足够的资金来建造一所新学校。酋长们不安，因为他们几代人的生存都依赖于森林，甚至他们的祖先也是生于斯，归于斯，最后化为生态系统的一部分。另一边，深爱无花果的一组植物学家则提出开发旅游观光来筹集建校所需的资金。理事会上，众人载歌载舞，频频举起盛满卡瓦酒的土杯，痛饮开怀，并就他们岛上树木的命运激烈讨论着。伐木？还是生态旅游？五个多小时后，长老们一致同意贷款并即刻展开生态旅游项目。

最终，新学校顺利落成，而借助旅游收入，社区很快就偿还了相关的债务。无花果居然在社区层面发挥了决定性的作用。

梦醒时分，我还在惊叹这神果的妙用：神助！

◎ 神　性

又过去多年，举家远赴大洋洲游玩。圣诞后的第三天，我们乘机抵达布里斯班。机场不大，但维护一新。商店最红火的居然是美国甜甜圈，为孩子们买来半打，他们都说味道正宗。卫生间里，有免费淋浴，除了东京成田机场，我还没见过如此高规格的。走出机场，一阵热浪袭来，我们赶紧脱掉离家时穿上的厚厚冬装。忽然，我想起150年前的同一天，澳洲无花果树之父 George Watkins 从英伦抵达了这里。George

Watkins 来到澳洲后一直在药房谋生，最后被选为昆士兰州制药协会主席。业余时间里，George Watkins 喜欢做自然历史研究，并参加了多次探险。1891 年，F.M. 贝利以他的名字命名了一种无花果品种，它被称为 Watkins 无花果、该树在大洋洲很著名。另一个著名的澳大利亚无花果树则是昆士兰州 Atherton 镇郊外的窗帘无花果(图如上)，它的众多根系占据了近一英亩的土地，几乎可以比肩历史上最有声望的亚历山大无花果树了。

办完租车手续，我建议去心仪已久的无花果树小道游览，可孩子们不同意，要求直接到黄金海岸。孩子们平时常去森林骑车及登高，对树有种本能地审美疲劳，更无法理解父辈在贫乏幼年时所生成的对神果的渴望及期盼。由于澳洲也没打算再来，我只好为这一生一次的机会去力争。最后，孩子们总算松口，容许我在无花果小道做半小时停留。

将车开出停车场，很快并入高速公路。澳洲车辆左行，我起先很不

适应,生怕开反,撞上迎面而来的车辆。各种行车的操纵杆也和我原来的车不一样,经常想打转向灯却误碰了雨刷开关。不断的忙乱中,终于挣扎地来到小镇 Kenilworth 附近的无花果步行小道。

踏上小道的第一步始,心中就涌起一阵回家的轻松。小道、廊桥、植被、树丛、涓流、光彩、微风一切是那样的熟悉和亲切,仿佛前世或梦境曾经无数次地造访过。

小道的风格和温岛的北美西海岸步道类似,大部分地段为一米宽的柏油路,沼泽区则是有围栏的木板栈桥。小道两旁、芳草、灌木、乔木相伴共生,错落有致,色彩斑斓。不远处潺潺涓流,树梢上绿叶轻颤,空气里黄鹂抒情,尽显一片生机。暖风中,时而香浓不腻,时而淡雅而绵。前行 300 米,即见那支标准性的无花果古树,树径约 10 米,树冠耸立,盘根错节。树身凹凸,纹理奇特,香艳宜人。

树根处,褶片宽大,表皮外翻,预计原始果树成型后果实落地,长出众多新的枝条,新枝条环绕原树茁壮发展,最终成就巍峨之势,正所谓十世同晖。

往上敬仰,各式蝴蝶正翩翩起舞,有燕尾类、柠檬类、晚棕类、山茱萸色类,五彩缤纷,赏心悦目。无花果鲜嫩的果汁为蝴蝶提供了无尽的食物。不时,黄鹂鸟也飞到树上,叼起一颗鲜果又很快飞远。

树冠上,几支澳洲特有的松鼠(possum)在流窜,他们的吃相欠佳,不断有残片碎渣掉落,满地狼藉。

还有授粉的小黄蜂和夜间出没的狐蝠。无花果树俨然一巨型粮仓,引来众多食客。

最后在众多硕大无花果树的注目礼中,意满而不舍的开车离去。

澳洲之行完,回到家中,我还不时回味那无花果树的伟岸和丰裕。难道,上苍在创建此神果时就注入了普世共济的神性?

◎ 下一站

计划远赴南美,见证无花果如何支撑起亚马逊整个生态。

远方的 神川

-TORRES DEL PAINE

序

山重山,湖透兰,冰川悬桥风正罡。日转星移,小径寻梦忙。
林恋衫,花熏岗,雷鸣天泪夜笼帐。雨霁虹现,晨烟伴鸟欢。

◎ 世界第八大奇观

位于南美洲最南端的 PATAGONIA 地域相距楚地有两万多公里之遥,那里的国家公园 TORRES DEL PAINE 号称世界第八大奇迹,著名的 W 型小道就穿行在公园的冰川、深谷、碧湖、野地、草木和尖峰之间,令全世界的热爱大自然的徒步旅行客神往。

◎ 南美第一站 – 智利首都圣地亚哥(SANTIAGO)

经过十几个小时的多次换乘,飞机终于离智利首都圣地亚哥不远了,这时空勤小姐带着甜蜜的西班牙语调提醒乘客留意窗外的 Cerro Aconcagua 峰。该峰位于安第斯山脉的南段,高达 6900 多米,是地球

上除亚洲之外的最高山峰。望着窗外的巍峨雪峰，不由产生一种冲动，思考着是否来一次登顶。至今，所登上的最高峰就是海拔 4300 米的 Mount Evans，很想尝试海拔 6000 米是什么样的感觉，另外据说 Cerro Aconcagua 峰坡度较缓，攀登的技术难度不大。

飞机着陆后，很快入境，入住酒店及入睡。或许这里是南半球，磁场和家有异，大脑有些不由自主地亢奋，放起幻灯，讲述着智利这块神奇土地的故事。

最先浮现脑际的是和我们血脉相通的商朝遗民残子，3000 多年前他们在周人的赶杀下四处逃生。后来，实在无法立足于辽东，有些商人只好上船出海。洋流和风浪中，他们飘过白令海，进入美洲的阿拉斯加。在此暂停后，商周大战的血腥如噩梦般缠绕，他们继续向前方狂奔，过高山、穿密林、闯沙漠，多年后，恐惧不再涌现，腿也难以挪动，他们才在安第斯山脉的某处重新落根。这可能就是智利先民的一只吧。

后来，梦起麦哲伦的首次人类环球探险。麦及船队于 16 世纪初来到新大陆最南端的一片陆地，他碰巧遇到几个身材魁梧，大手大脚的当地原住民，为此他宣称这领地属于西班牙国王的 PATAGONIA（大足人之地）。智利因此而载入史册。麦哲伦船队继续沿狭窄而波涛汹涌的麦

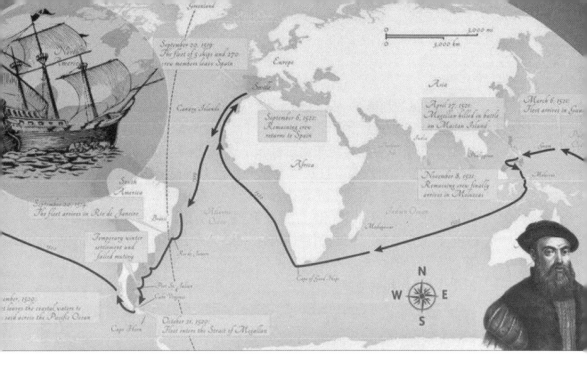

哲伦海峡西进，九死一生地挺进到一片开阔海域（南太平洋东区）。幻画中不断有海员在风浪中，在箭雨里倒下，包括麦本人，好在少数幸存的海员最后还是驾船回到了欧陆，为探险画上句号，也证明地球是圆的。

　　接下来的一幕就是西班牙人殖民。16世纪，美洲大陆被欧洲人发现，西班牙殖民军骑马扛枪，来到了南美洲，摧毁了印加帝国，建起天主教堂。智利的金、银、铜矿被大量挖掘，无数财富被掠夺到欧洲。远方永远有希望，从来多宝藏，乃圆梦之地。

还梦见智利第29届总统阿连德（Salvador Guillermo Allende Gossens），这可是共产主义中空前绝后的人物呀。儿童时期，从宣传中了解到，阿连德及其领导的智利共产党通过和平选举（而不是通常的血腥暴力革命）取得了智利政权。自从马克思开始的共产运动，在世界范围内的200多年历史中，这是和平议会路线唯一一次成功！可惜，阿连德的美好政治理想（共产、国有化、反美联俄）被现实狠狠打脸，本人也被抗议及军事政变吞噬。不过，阿连德尚有节操，殉职在总统职务上，也没有打着国家复兴的幌子而大肆以权谋私。极权政治，你不干掉对手，就会被对手干掉，你死我活的。

梦醒时分，天已大亮。窗外，由近及远，能观览到天主教堂的塔尖，摩天高楼，群山。街上，人来人往，熙熙攘攘，Promaucae、伊比利亚、印加、商华各种血统交织着，南美的清晨带着热情，喧嚣和生机。

有些迷茫，到底是千年一瞬，还是方寸万里？一片神奇的土地呀，不知前面有多少惊喜和重温。

漫步来到圣地亚哥市的 Cerro San Cristobal，这是一处高地，来到智利的西班牙殖民者最早在此定居。山顶建有圣母玛利亚的雕塑。艳阳和蓝天的映衬下，素装中的圣母慈祥恢宏，让游子心安，助凡人忘忧。无论居家还是远行，人都要神明的指引，也须心存敬畏，否则无法无天，就会遭遇文化革命（实则文化毁灭）的浩劫。

　　随后,赶去参观人权纪念博物馆 Museo de la Memoria y los Derechos Humanos。阿连德政府被军人政变推翻后,智利经历了长达 17 年的军人专制暴政,其间大量智利平民被迫害、摧残,该博物馆就是为了纪念这场苦难而建,警示全体智利公民要珍惜人权自由,要永远埋葬极权专制。馆内气氛肃穆、压抑,满墙满壁贴挂着受难者的照片,有些甚至仅有一行姓氏,当年那些可是一个个鲜活的生命,一缕缕激扬的灵魂,我仿佛置身于那当年的血腥和恐怖中,威吓声、谩骂声、拳头、皮鞭、刺刀,呼啸而至的枪弹……

　　观览结束,心情沉重地来到楼外,才意识到这是一座精美设计的现代建筑,足见智利国民对过去苦难的重视。因难而生美,经乱而致治,这似乎成了几千年人类文明的轮回。联想起 Giuseppe Verdi 的歌剧名作《NABUCCO》,这部基于古代犹太人被奴役 / 流放 / 欺压的舞台表演,旋律哀婉,声乐激越,感人至深。

　　"Va, pensiero sull'ali dorate, va, ti posa sui clivi, sui colli, ove olezzano trepide e molli,

　　l'aure dolci del suolo natal! Del Giordano le rive saluta, di Sionne le torri atterrate...

　　Oh, mia patria sì bella e perduta! Oh, membranza sì cara e fatal!

　　Arpa d'or dei fatidici vati, perchà © muta dal salice pendi? Le memorie nel petto raccendi,

　　ci favella del tempo che fu! O simile di Solima ai fati, traggi un suono di crudo lamento,

　　o t'ispiri il Signore un concento, che ne infonda al patire virtù! che ne infonda al patire

　　al patire virtù, che ne infonda al patire, al patire virtù! al patire virtù!"

名曲以"经历美好"而结束,用音乐诠释了苦难的美感。至于其他艺术形式的苦难生美的创作,只要有心,就不难发现,如莫斯科的"苦难墙",梵蒂冈的耶稣复活图,屈原的《国殇》……

傍晚,回到圣市老城区 La Piojera 餐厅用餐,这是一家有当地特色的小酒馆。规模不大,生意兴隆,里面充满了顾客和欢笑。热情的酒保带我入内就座,点好一份特色配餐,有南美粟米饭、沙拉、肥肠加土豆泥,饮料是冰激凌啤酒(取名地震)。

不久,菜饭酒水带着浓郁胡椒、洋葱、橄榄油的诱香端盛到面前,让人胃口大开。肥肠滑口圆润,味美细腻。沙拉鲜脆清爽,粟米松软透香。冰激凌啤酒冰凉沁脾,甘、酸、涩、苦搭配有度。陶醉中,望向周边,有些食客在观看电视的足球比赛并热情加油。智利的足球在南美,相对巴西、阿根廷和乌拉圭还是稍逊,但智利的足球文化气息却同样恢宏,真希望他们的国家队他日能杀入世界杯决赛。有些顾客在聚会高谈,甚至有的随性拿起吉他演唱,弦乐和歌声弥漫开来……

◎ 地区首府 Punta Arenas

从圣地亚哥市继续南下，很快乘机来到 PATAGONIA 地区的 PUNTA ARENAS。这是一座人口上十万的海滨小镇，位于麦哲伦海峡北岸，美洲南端的海陆空枢纽。

十一月的当地算是末春，海风依然料峭猛烈，我赶紧从背包中拿出过冬的夹克添上。倘徉中见到了麦哲伦纪念碑，寰宇航行的第一人伫立在碑顶（如同当时航海中久久坚守在船的桅杆上观察），碑墙上还制作有美人鱼，南美大足的原住民。敬仰和激动呀，我也有幸来到这片新天地，真切感悟探险的艰险，绝望和喜悦。当地的景点 Museo Nao Victoria 也是为纪念麦哲伦的环球航行，1519 年 9 月 20 日从西班牙海港出发时，麦哲伦舰队共有五艘海船，两年后仅有 Nao Victoria 号千辛万苦地回到始发地，成为唯一的幸存探险船。博物馆有重建的同样尺寸的 Nao Victoria 号木船，这艘 30 米长，近 20 米高的海船在 16 世纪可称得上巨轮了，来到里面参观，每物每室，寸木寸金，海志海仪，看得人更加敬仰和激动。

人生轨迹的交集太奇妙了，这次旅行不仅见到了崇拜的麦哲伦，还见到了达尔文。达氏继麦氏的足迹，200 年前也登陆 PUNTA ARENAS，展开科学调研，发现多种物种，为他的名著《进化论》写下最后一章。

短暂停留期间，还坐船到附近的小岛 Isla Magdalena。

　　那里有成千上万的企鹅,自由自在地生活在大自然里,远比在动物园见到的企鹅活跃,幸福。一些企鹅在海里扑食,一些在岸上孵卵,一些绅士般腆着肚皮在踱步,滑稽可爱! 企鹅作为鸟类没有翅膀,不是翱翔在空中而是畅游于大海,是不是很奇妙? 进化? 天成?

◎ 奔往 TORRES DEL PAINE

　　清晨兴奋地坐上长途 BUS,奔向神往已久的 TORRES DEL PAINE 国家公园。在广褒无垠的 PATAGONIA 原野上,汽车沿 9 号高速公路向西北疾驶,路旁的草地上不时可见放牧的牛群和马背上的牛仔。雄鹰翱翔天际,和浮云动静成趣,俯瞰着地面上的草场、荒野、树林、湖泊。远山如黛,隐隐可见山顶的积雪或冰川。这片千万年来原生无扰的土地虽然偏远,位于 52 度南纬,风烈气寒,仍弥漫着让人陶醉的野性和生机。

想起小时读过的古诗（敕勒川，阴山下。天似穹庐，笼盖四野。天苍苍，野茫茫。风吹草低见牛羊。），此时此地才开始理解那淡淡数笔文字后的大自然美韵和生机。

　　几个小时后，汽车转到碎石路上。面前的 TORRES DEL PAINE 群峰如林立的刀剑冷艳壮阔，一组野生羊驼（guanacos）在山岗上漫游，有人说这南美特有的动物是达尔文最早发现的，我有所怀疑，因大师太近代。最后，汽车终于抵达公园入口。

　　在 Lago Pehoé 湖畔，背着厚重的旅行包登上轮渡，去往露营地 PAINE GRANDE。邮轮启动，在闪耀着蓝宝石光泽的湖面上向前滑翔。举目远望，天高水阔，蔚蓝混成。湖上白浪翻卷，山巅素云凝结。水域明亮平展，山岭暗晦尖突。近旁山驼信步，远处巨鹰翻飞。空气清冽无染，朔风猛烈含香。不是天堂，更胜天堂！

　　片刻功夫，船已到岸，有些不舍离开，美景总是看不够。露营地离码头不远，居然看见一只狐狸在近处的灌木边晃荡，与狼

共舞,生态和谐!

◎ W 小道第一分支(PAINE GRANDE–REFUGIO GREY)

在 W 小道的第 2 天!今天计划经 MIRADOR GREY 前去观览冰川 GLACIER GREY。冰川现在很珍稀(全球温升对冰川是极大的摧残),它们一般经历万年而不融化,甚至百万年。惊叹冰川恒久和灵性,每次遇到,我都要敬拜,以求心灵身心的净化。夫人还借此嘲笑我,敬拜了这么多次,也没求来财运,到现在还是个穷光蛋。

昨夜下过阵雨,清晨醒来,四下仍雾气弥漫。在营地食堂早餐时,和其他众多徒步客就天气展开热烈讨论,看来这里山地气候多变,一日之内可遍历春夏秋冬。鸟鸣声中,轻装上路。碎石小道在山谷蜿蜒,两侧山梁植被稀少,岩石裸露,残树黝黑,看来这片经历过山火,难怪整个公园除了露营区全面禁止篝火,每个游客都必须自律,保护这片绝美而娇脆的原始生态,我甚至想离开时给公园管理处捐助些美刀,聊表心意。再往前,绿意渐浓,山毛榉树开始成片,灌木草丛茂盛四溢,空气变得清香,唤起昨日游湖的美好记忆。

徒步两个多小时后，来到山顶的一次眺望台，从散开的云雾中，第一次目睹了冰川GREY/PATAGONIA冰原的风貌。PATAGONIA冰原是世界上仅次于南极和格林兰岛的第三大淡水资源，覆盖面积超过台湾岛，冰川GREY是该冰原的重要部分。冰川厚达几百米，玉龙般的身躯恢宏庞大，横无际涯。冰川涌入山谷，其尾端不断剥落、融化、跌入谷底的大湖LAGO GREY。激动震撼呀，以前膜拜过的哥伦比亚冰川，WHISTLER冰川和眼前的冰川相比，实在渺小，耳边响起元稹的名句"曾经沧海难为水，除却巫山不是云"。真的，此行归去就没必要再旅行了。

继续沿小道前行，山脚冰川的尊体越来越清晰，动静越来越轰鸣。不时巨大的冰川中挤开一块，嘶喊着跌落湖水，溅出巨大的水花。漂浮的冰块大小不一，形状各异，有些通体剔透如同巨大的蓝宝石，美轮美奂！

从山顶沿着皮划艇旅游的标识向行，艰难曲折中来到大湖 LAGO GREY 岸边，欣喜地发现今天的皮划艇游玩还剩名额，赶紧付钱加入。

教练和船员交代完注意事项（尤其不要过于冰川入口，以免受伤），我迫不及待地全身披挂，入舱离岸，赶去崇拜玉龙大帝。挥动船桨，左右击水，迎面的山风越来越猛烈，撩起发梢，吹动衣角，清凉四溢。人渐渐觉得被托起，如鸟儿冲破牢笼般翱翔在天地，快速射向远方。一番激越后，皮划艇来到一片浮冰区，冰块巨大，洁白里闪烁着蔚蓝，至清至纯，焕发精神（这里环境可是几十万年原生！）。从光滑的冰体上敲下一块，玉石般晶莹，放入口中，顿时清爽、甘甜无比。相比这至纯至洁的万年造化，其他世间所谓的琼浆佳酿则根本不配一提。品尝完，继续往冰川挺进，不过很快被教练从后面叫停。近距离望向碧空碧水间高达百米的冰川，敬意万丈。似乎玉龙用满满爱意将人包裹，羽化，时空定格于美妙的极致。

朝圣完，三步一徘徊，五步一回首，沿小道回到了在 PAINE GRANDE 的露营地。

◎ W 小道第二分支（ PAINE GRANDE–ACAMPAR ITALIANO–MIRADOR BRITANICO ）

　　在 W 小道的第 3 天！今天早早起来，简单早餐后，就收拾好帐篷，行装，拔营，跋涉奔向下一个露营地 ACAMPAR ITALIANO。小道先沿着湖 Lago Skottsberg 岸边的高地盘旋，然后左折进入山谷。远处，白雪覆盖的 Cuernos del Paine 顶峰，祥云缠绕，不绝如缕。峡谷中，弗朗西斯河如天女的洁白丝绦，飘逸奔放，两岸的山毛榉林逐渐浓密，空气清爽宜人。大约两个小时后，终于到达了一座吊桥，晃悠摇曳中过桥，即是露营地 ACAMPAR ITALIANO。

　　搭起帐篷，并在餐厅用完午餐后，就轻装前往高地 MIRADOR BRITANICO。

　　这段小道多为上坡,行走吃力,幸好随时有登山杖,否则一脚不稳就可能受伤。山腰有大片森林,高树下,灌木间,紫罗兰正怒放。在山毛榉树,能见到一种杏黄色的真菌 Cyttaria darwinii,这高尔夫球状的蘑菇是达尔文在他的南美考察旅行中发现并命名的物种。长时间登高后,全身发汗,口舌发干,就近到小溪中取来冰川融水,不用过滤处理,直接畅怀痛饮,爽口生津,回味绵长! TORRES DEL PAINE 的馈送无价且珍贵。

　　最后走出密林沟壑,来到开阔的 MIRADOR BRITANICO。有生之年,总算真切(而不是被动受骗地)感受了壮丽山河! 蔚蓝的天穹下,360 度视野里,群峰、冰川、巨石、森林、河流、湖泊错落有致,色彩交辉,动静相宜。山巅弗朗西斯冰川漫布团簇,如白袍加身。届时正赶巧 Cerro Catedral 处发生雪崩,大量冰雪激扬下坠,轰鸣通响,空气颤动加剧,引来林涛阵阵,进而劲风撩起发梢,吹拂衣衫。峰下岩石裸露,寸草不生,那是积年雪崩留下的印迹。山腰处,因雪水滋润,落叶的山毛榉树和长青杉树茂密葱茏,彰显生命。近旁,鸟欢虫鸣,鹿奔豹突,身后碧波荡漾,蛮野无垠。仿佛一只无形的手在排山倒海,在指挥交响合奏,在精雕细琢,也在教人懂谦卑,要有度。

顶部山石经冰雪去土侵蚀后，仅剩花岗岩部分，如巨人的雕刻，为此世人充分发挥想象力，为它们一一取名，Aleta de Tiburon 峰恰如鲨鱼之鳍，Cabeza del Indio 峰状如印第安人头，Fortaleza 峰好似要塞。

景色壮阔，评为世界奇迹，实至名归！

◎ **小道第三分支**（ACAMPAR ITALIANO–ACAMPAR LOS CUEMOS –ACAPAR CHILENO–MIRADOR BASE DE LAS TORRES）

在小道的第 4 天！今天在睡袋里赖到 9 点多才起身，经历一周多时间的颠簸让人疲惫，需要充分休息来恢复体力。在营地厨房做好早餐，麦片粥，煎培根肉，就着全麦面包，美美享用一番。随后，收拾行装，重新回到小道。小道沿着湖 LAGO NORDEMSKJOLD 伸展，有些路段就是堆满光亮石子的湖滨。湖面微风吹拂，漫山遍野山花灿烂，芳香阵阵，很是陶醉。

南美野生蓝莓 CALAFATE 绽放出鹅黄的花瓣，成片团簇，为有些冷峻的群山增添些许暖色。随手采集些此灌木的果实，捧在手心，饱满而富有弹性，送入口内，不嚼自化，顿时甘甜感扩散开来，生津提气。

智利火焰灌木有着红得发紫的花瓣，鲜艳无比。海葵花家族的

ANEMONE MULTIFIDA 花瓣淡雅，花蕊金黄。还有美洲野外常见的紫色鲁宾和洁白兰花，一起装扮着这段小道，真是归隐出世的世外桃源！

　　3 小时后，步行来到当天的露营地 ACAMPAR LOS CUEMOS，重新支起帐篷。中午，直接来到营地餐厅用餐，特意点上一大杯智利生啤。

　　饭后，放下行李，一身轻松地回到湖滨，躺在鹅卵石上，阳光、和风、微澜、花香，宁静得让人灵魂出窍，可却做起了噩梦，过去在京都、市、狮城遭遇的白眼，喧嚣和挣扎从心底泛起，往事不堪回首！

半夜醒来，四周宁静。梦游般地穿戴好走出帐篷，重新来到湖边。星光通亮，在湖面跳跃。天籁悦耳，如天意启示。猛想到，世上诸多定律（门捷列夫的周期表、傅里叶变换……）是否就是天籁催生，涟漪解码？还有大明若暗，大成若缺，大盈若冲，大巧若拙，大直若屈，大悟若梦。

在小道的第5天！今天有种大梦初醒的感觉，原来世上是没有高低之分，也没有富贵贫贱之别，该听佛祖一句，放下偏执！例行的用过早餐，拔营上路，今天的露营地是19公里外的 ACAMPAR CHILENO。

再次踏上 W 小道，心生亲切，一来追随先辈探险的足迹，二来这纯朴无染的原野排毒清志。起先一段穿过一片高岗，可能离水源较远的缘故，这里不见乔木，仅有些灌木稀疏散落，土壤贫瘠。再往前，小道变成较缓的坡路，人开始气力不加，呼吸急促，双肩背包勒得人酸痛不已。驻步小憩，拿出 KIND 牌能量条配着脚下溪流中的雪水进食，精神重新振奋。

大约三小时后，天上飘去冻雨，冰粒裹着劲风敲打在脸上，痛麻不已。小道拐进一个深谷,坡度变陡,人很吃力,尤其害怕路滑摔倒。就这样挣扎前行,露营地似乎遥不可及。也不知过去多久,最后全身湿漉发胀地挪到了 ACAMPAR CHILENO。办好入住手续后,赶紧换衣烘干,野外受湿失温十分危险。

草草吃点干粮后,即钻进睡袋休息。今晚午夜就得起身,赶去山顶 MIRADOR BASE DE LAS TORRES 看日出。

在 W 小道的第 6 天。手机里闹钟准时响起,不过我实在困乏地不想动弹。刚工作时,有一次半夜登泰山看日出,可天亮时除了见到满满的人群,太阳的边都没瞅着,最后十几万人蜂拥下山,要不是年轻抗击力强,可能就挂在踩踏中了,至今还心有余悸。多年后在夏威夷,全家赶去 3000 米高的 Haleakala 山观日出,也是看得云里雾里的。日出这种靠天吃饭的事,往往去时兴致勃勃,归来扫兴沮丧。不过,在这片神奇原野上,天主也许会眷顾我一次吧?

穿戴齐整,来到帐篷外,雨早停了,宁静的夜空星光闪烁,这是天晴的好兆头!野外,寒冷刺骨,赶紧拿起手套和厚帽带上。小道蜿蜒湿滑,四下漆黑,幸亏这次携带了徒步专用的高亮度头盔灯和登山杖,否则肯定会掉到坑里。浓密的夜幕中,不时有光束划过,那是其他的登山者正奋进,这也让我因结伴而释然。

大约 2 小时后,到达了 ACAMPTA TORRES,这是观日出最近的露营地,不过当下正关闭维修,不对步行游客开放。从 ACAMPTA TORRES 出发,W 小道直达 Base de Las Torres。路非常陡峭,路旁草木深深,溪流纵横,再往上,植被变得稀疏,爬上 MIRADOR BASE DE LAS

TORRES 的时候，四周就只剩下冰川消退后的石场，如同来到了木星。微明的晨曦中，塔楼般的石峰 Torre Sur（海拔 2850 米），Torre Central（海拔 2800m）和 Torre Norte（海拔 2600m）屹立在前方，这是该国家公园标志性的地标(Torres 即西班牙语的塔楼，PAINE 即蓝色，公园 TORRES DEL PAINE 就是蓝色塔楼状石峰公园)。巨峰下有个圣湖，平静的湖面光彩梦幻，如同一个超大的教堂洗礼池。好一处天然神殿！

在黎明前的酷寒中，和众多游客一起静静等待着日出，气氛庄严，如同伯利恒的牧羊人在平安夜虔诚地敬仰那颗明星。周边渐渐光亮起来，很快最高的中峰的顶部鲜红起来，仿佛在燃烧，火焰随即扩大，南峰、中峰、北峰光亮一片，像极了西斯廷壁画中耶稣头顶的光环。几分钟后，曙光迅速扫过，把这无与伦比的山巅祭坛染成代表新生命的血色。这是神迹还是蜃楼？我难辨真伪，久久陷于震撼中……

◎ 瀑布 SALTO GRANDE

在 W 小道的第 7 天！昨晚睡得特别安稳，醒来周体通泰，看来到山顶观日出，崇拜，精神大有收获！早餐后，整理好行李离开 ACAMPAR ITALIANO，走完 W 小道的最后一段，抵达 Hosteria Las Torres。

离开公园前，还特意去观赏在汽车中转站 GUARDERIA PUDETOD 附近的瀑布 SALTO GRANDE。瀑布清纯，源于冰川，仿佛圣母的目光，欢腾中带着柔曼的薄雾跃入下面的碧蓝大湖。瀑布饱含能量，在坚固的花岗岩石山体上经年冲击,破围而出。瀑布富于韵律,舒缓的音符夹着晶莹的水珠弥漫开来,消除旅人的困顿,冲淡游子的思乡。眼前的山、水、花、木、天、地、道、桥把层次、绘色、韵律、冷暖、交通演绎到了极致!

 ◎ 后 记

　　道法自然之诠释就在 W 型小道交织的 TORRES DEL PAINE!

远方的小窗：记同学T

◎ 引子：有信寄往天堂

愿信捎去对笑容的渴望
江水漫漫，自顾茫茫
各奔东西
渐行渐远

愿信带去对笑声的期盼
大洋漫漫，松涛裹荒凉
纵使相逢难相识
尘满面，鬓如霜

愿信唤回共度的幼稚园
高凉棚，象鼻滑梯，大草场
青梅竹马
同食共窗

愿信唤回共读的中学堂
晚自习，早操场
秋去春来
秀女初长

◎ 半个世纪

一番往事，一段同程，在楚地故都郢城的外埠沙市。

与女生 T 最早相识在半个世纪前，回想起来，似沧海桑田。

T 和我同年，60—70 年代出生在航空路边的市第一人民医院妇产科。

刚有记忆时，T和我在机关幼儿园同班，全班几十名同学同在一个锅里吃肉喝汤，同在一个大寝室住宿。

当时，我们俩还同名，被彼此的家长冠名以"红"。那是一个以红为荣的时代，民众普遍喜欢给子女取名"红"，张红、刘红、祁红、邓红、数不胜数。这让我困惑，尤其在星期六的傍晚，那是家长来幼儿园接寄读的孩子回家的时分。黄昏里，家长们争着同声呼唤"红红"，难辨是哪位同学的父母。

◎ 邻童幼少，旭日初照，灼灼其华，桃之夭夭

我就读的机关幼儿园，主要招收事业机关工作人员的子女。幼儿园是全托式，每周学生在学校生活学习6天，学费32元人民币/月，含食宿。由于名额有限，我父母四下托关系，开学后数月我才插班进去。（这段启蒙生活，我必须感恩父母，拿出全家三分之一的工资供我寄读，实在不易）

上学的第一天，母亲给我换上新装，领着我来到中山公园旁的幼儿园。进入校区，映入眼帘的是一片庭院，绿树葱郁，花团锦簇，与大街上满目的上山下乡的标语，横幅和纸屑形成鲜明对比。沿着红砖砌成的步道走出100米，即见一个高顶的大厅，大厅东西完全开放，北边是数米高的围墙，南边相邻的则是一排校舍。同学们都称呼这大厅为"凉棚"，我回想后觉得称它为体育馆＋剧场更为贴切。大厅里摆放有一部象鼻

滑梯，一个篮球架，一部管风琴和其他乐器，供同学活动及演出。这些都让我兴奋，好奇，出生几年了，我的活动区域终年不足百米，随身的也没几个玩具，捏捏泥巴而已！（现在偶尔和我家公子们谈起这些过往，他们是完全的不解。其实当年闭塞贫乏的我也想象不到后来的发展，比如待我家老二出生时，我也能拥有 200 平米的独居，700 平米的后院建有滑梯、篮球架、秋千及喷泉。）

很快，随母亲进入教室，见到了正上课的班主任乙老师。如同基督徒赴教堂并受洗，我开始了文化启蒙，面对着慈爱而威严的班主任。乙老师停下正教授的美术课，向我重复了入学须知，引见了讲台下的同学们，并让我做简单的自我介绍。头一次，我置身窗明几净的大教室，面向一群穿着光鲜的同学，这对于一个 4 岁左右心智未开的幼童太过冲击，我脸颊通红，憋不出半句话，紧张中居然尿了。（乙老师见状，也不再勉强，指向一个空课桌，让我过去坐下。我狼狈地挪过去，坐稳后，才注意到同学 T 就在邻桌。T 唇红齿白，鼻挺眸明，乌黑飘逸的长发烘托着清秀的花容，如初春桃树上鲜活透红的花蕾。她友好地冲窘迫中的我报以朝阳般的灿烂微笑，顿时让我轻松许多。她的目光如一股清波，天然平和，她肯定能体察我身上隐隐的异味，但丝毫没表现出嫌弃和厌恶。那笑容令我至今还感念，这是一粒文明互尊的种子吧。

当天傍晚，杨老师帮同学们做过简单的个人卫生后（70 年代学校还没有淋浴设备，估计现在应该配备了），我们就到寝室早早上床入睡了。寝室宽大，容纳下我们全班，学校每晚还专门有老师来值班陪宿。我喜欢这样的集体生活，人多胆壮，坏人及豺狼远遁。放松中，一觉睡到天亮。至今都怀恋那段时光，平安，温暖，宁静，几年间居然不曾起夜，从不尿床。

在幼儿园，我们一起共餐有几百天之多。幼儿园早餐提供稀粥、煎蛋、肉包、花卷、肉丝面等，中晚餐也是荤素搭配，配汤有西红柿鸡蛋汤，或青菜豆腐虾皮汤，或排骨藕汤。从幼儿到读研，那段时间的学校伙食最好，现在也难忘润滑细腻的狮子头，香酥脆爽的鲫鱼块，何况那是灾害频发，饿殍遍地的供应制年代，每个家庭每月才半斤肉票。除去 3 顿正餐，学校在课间还提供点心和水果。美食美味，我从来都是狼吞虎咽，如饿牢中放出。同学 T 则优雅得多，不争不抢，波澜不惊，颇具食不厌精，脍不厌细的古风，可能家境充裕吧。餐桌明阶层，吃相表人生，乃至于"何不食肉糜"的段子流传千年。饭后，同学们轮流收拾餐具，记得同学 T 是组长，我有幸和她同组，被分配把用过的餐具运回厨房。回想起来，T 可能是我遇到的最好的领导，公正、体贴、包容，彰显团队管理的精髓。

在幼儿园，我们同窗学习知识，课程涉及天文学。当时正值东方红一号卫星发射成功，举国沸腾，为国家跻身世界航天大国行列而高兴。老师在课堂上特意对此作了讲述，长征火箭如何厉害，让卫星冲破地球引力，让卫星翱翔在太空。当晚，同学 T、陈曦、沙哥、阿杨、阿雪、红卫等相约溜出寝室，来到空旷的草地，仰首夜空，希望能看到东方红号卫星的身影。时间一分一秒地流逝，眼酸颈痛中，天上的星辰还是牢牢定格。不久，陆续有同学回转。同学 T 还坚持陪着我和阿杨，霜露中如一株迎风的嫩草。最后，就剩我孤零零还在守望，也不知过去多少小时，头昏眼花中，我似乎察觉到一个星闪着微光在移动，好激动！（至于是不是东方红一号，还是探险者 11 号，史普尼克 18 号，只有天知地知了）。几年的日子，老师讲授了许多动人的星空故事，我们一同为之憧憬。

嫦娥奔月，寂寞冷宫
北斗如勺，相晖北辰
牛郎织女，鹊桥相会
星分翼轸，地接衡庐
银河光年，黑洞吞噬
彗星来袭，天狗食日

其实，幼儿园的同学们何尝不是宇宙的一群小星星，彼此照亮，取暖抱团。

在幼儿园，我们同窗学习音乐和舞蹈。我们一起携手唱过《我们的田野》，歌中提到的无边的稻田，遍布芦苇、莲花、鲤鱼的湖泊正是我们所在江汉平原的生动真切的写照。至于森林、群山及草原，那是激励我成年后走向远方的原始动力。我们也一起排演过《红色娘子军》，男生争着做党代表洪常青，女生则抢当吴琼花。表演中，同学 T 头戴八角帽，一身红军装，舞姿婀娜，握枪挥刀，如宋玉笔下的小神女。

貌丰盈以妹庄，苞温润之玉盘，瞭多美而可视。眸子炯其精朗。
眉联娟以蛾扬，朱唇地其若丹。素质干之实兮，志解泰而体祥。
既媲婳于幽静，又婆娑乎河山。宜高殿以广意，翼故纵而绰宽。
动雾以徐步兮，拂声之珊珊。望余帷而延视，若流波之将澜。
奋长袖以正衽，立踯躅而不安。澹清静其魄兮，性沉详而不烦。
时容与以微动，志未可乎得原。意似近而既远，若将来而复还。

　　幼儿园少管教,课外活动丰富。我们每天有大量的自由时间,溜滑梯、荡秋千,玩得不亦乐乎。记得学校特意竖立了三根 5 米高的竹竿,我常在竿上手脚并用,奋力上爬。近些年,在美西北攀登了不少雪山,Mt.Rainier、Mt.Hood、Mt. Bachelor、Mt. Evans,这些都得归功于幼儿时期打下的基础。

　　在幼儿园,我们还一同接受马列主义,不过仅追溯到辩证唯物主义,诸如前进中的曲折,量变到质变,有些肤浅空洞,激发不出热忱。几十年后,我才接触到苏格拉底的求善,柏拉图的理想国,以及亚里士多德的"吾爱吾师,吾更爱真理",悔之晚矣! 真希望我们的后代能有更早的思想解放,敬畏心及普世观。

　　和幼儿园一墙之隔,是中山公园的一大片草地,有 2 ~ 3 个足球场的规模。课余自由活动期间,老师常带我们到草地玩耍,有时也领引我们游园。当时,公园里鲜有游客,几乎是我们小伙伴们的私家庭院。公园里有春秋阁、纪念碑,沙石也在附近的便河岸上,文化历史价值不输苏杭,后来,携家人拜访奥兰多的迪斯尼乐园,居然觉得底蕴还不如中山公园。

　　T、我和其他同学们一起漫步拱桥,俯瞰高大法国梧桐树拱卫的林荫道,藕色荷花装点的池塘,散落四方的勿忘我花清香沁鼻。我们流连于柳堤,清风中传来黄莺的欢叫,波浪漫卷着岸石。我们一起荡桨,引来春燕的陪伴和涟漪的四散。

那片绿毯般的草地是我的最爱。我经常静躺在草里，仿佛回到了母亲的怀抱，或碧天观云，或白日发梦，十分地放松悠闲。经常连根拔起小草，放到嘴里咀嚼，尝试甘苦，从中我才发现草茎是中空的。草本植物远不如实心的乔木挺拔，这大概是其中的原因吧。

我们争着在草里抓蚂蚱（家乡话称之啄米倌），那昆虫带刺的双腿孔武有力，常常敏锐地提前跳开。这样，追捕往往进行几个来回，多以失败告终。记得有一次拨开草丛，发现了两只青色的螳螂。螳螂和蚂蚱同类，不过体型大不少，腿上的成排的刺锋利，能轻易切开我们的小手。有过教训后，对付螳螂，我们十分小心。两只更让我怵头，只好先在一旁静静观察。缠绵的螳螂形态怪异，一只俯压着另一只，看来哪里都有压迫！过了一阵，下面的那只螳螂突然转头，一口咬断它伙伴的头颈并吞下，看得我目瞪口呆。雄螳螂悲催呀，交配时不仅献精，还可能献生，看来人间的大男子汉们算是走运。

那时，同学 T 不像我们这些的野男孩，躺草地打滚，窜枣树摘果。她常常文静地待在一旁，有时看到一棵野花就上前拨弄一番，或追逐五彩斑斓的蝴蝶。

风吹叶落，雪融花开，几度寒暑，很快我们的全托幼儿园生活结束了。父亲来接我回

家,自行车无声地前行,后座上的我最后望向渐渐模糊的校门,真不舍这段岁月静好,期盼着将来的重逢。

◎ 邻子渐高,轻云月皓,其叶蓁蓁,桃之夭夭

5年后升级初中时,我考入第三中学。此时的三中,百废待兴。进入校区,即见一处花坛,有些常青的灌木,色彩鲜艳的百花却难觅踪迹。当时,除了一座3层主教学楼不那么显旧外,其他都是老楼和窝棚。楼间是泥土铺建的操场,不见寸草。晴天,操场尘土飞扬,雨天则泥泞不堪。唯一养眼的是主教学楼前的一排从北美引入的冷杉,常年苍翠。另外,有几处不时吐艳的夹竹桃树,为学校配上一丝光鲜。后来,学校新建了图书馆和演讲厅,同学们开会不再担心淋雨。

沙漠般的校区让我深深怀恋起幼儿园,尤其是那片草地。多么希望时光倒转,躺在绿草地上,观白云飘逸,让清风吹拂,任美梦缠绕。我所在的二班集中了体育尖子生,整天和短跑冠军,跳高记录保持者等为伴,单薄廋弱的我更显弱势。一天,课间休息,一位邻班的女生迎面走来,她目光清澈如皓月,面颊红润,鼻梁高挺,似乎熟悉。我一时愣住,那女生倒自然,微笑示意后,即擦肩而过。后来,一次做广播体操,散会后我们再次相遇,这让我认定她是以前的同学或邻居。为此,我特意跑去向陈曦咨询,陈和我幼儿园同班,小学同班,读初中时也在三中。陈数落我,她就是我们幼儿园班的舞后T,这次分配到四班,怎么这么快就

遗忘呢？我好罪过哟，不过 T 由稚嫩儿童长大成芙蓉初开的少女，变化很大。

后来，在学校每次和 T 见面，我都想和她闲扯，聊聊幼儿园时的小桥流水，星空绿地。T 却变得矜持，礼貌地应答一两句即离开，仿佛清风吹起的绿叶飘向远处。或许，她父母有告诫，要集中学习，心无旁骛。或许，青春期的她有了隐私。或许，她简单地不屑再搭理我这样的小屁男孩……

每日，太阳从新纱厂方向升起，放学时分落于荆州古老城墙的后面。农作的更迭从白露，经小寒换到了清明，芒种。我们的教室也从平房，砖楼，最后挪到学校西北角的一座木楼（木楼容易火灾，不知 40 年后那木楼是否还幸存）。初中三年，学习较以前紧张多了。哆来咪的音符跳到ABC 的字母。闪烁神秘的卫星、行星、恒星被物理学的对流、传导、辐射所取代。古文也列入教纲，范翁的"先天下之忧而忧，后天下之乐而乐"传颂开来。那段填鸭式的灌输，我们只能被动接受，毫无乐趣。倒是电影院开始上演一些欧美日的影片，让人开阔眼界，让想象力放飞，对我充满吸引力。比如，电影《追捕》中的横路敬二就很令人震惊，原来通过药物完全能控制人的大脑。还有电影《未来世界》里面展示的机器人、电脑，AI 概念超前，影片中的女记者试图用色相诱惑机器人服务员，可机器人毫无反应，可能尚无荷尔蒙和 EQ 机能吧。另外，阿兰德龙的剑侠片《佐罗》也让人看得亢奋激动。影片中有位女子奥顿西娅，热爱自由，反抗暴政，敢于牺牲，同学 T 和她有几分神似。

有一次学校组织同学去看西德电影《英俊少年》，进入影剧院，惊喜地发现同学 T 就在邻座。T 桃花般的微笑让我回想起幼儿园的入学，十年过去了，美好和真挚依旧。很快电影开始放映，主人公少年海因切（Heintje）自立、乐观、坚强、果敢，影片展示的西德现代建筑、公寓、制造中心、高速火车及德国奔驰汽车让人耳目一新。当海因切用他嘹亮富于磁性的童声唱起主题曲《小小少年》时，我们都醉了。

小小少年，很少烦恼，眼望四周阳光照。

Kleine Kinder, kleine Sorgen。Und ein Haus voll Sonnenschein

小小少年，很少烦恼，但愿永远这样好！

Kleine Kinder, kleine Sorgen。Könnt' es so für immer sein

一年一年时间飞跑，小小少年在长高。

Doch so schnell vergehen die Jahre。Jeder Junge wird zum Mann

随着岁月由小变大，他的烦恼增加了。

Und er steht auf eig' nen Füßen。Fängt sein eig' nes Leben an

共鸣呀，我们共度的童年也是无忧无虑，在幼儿园时我们的童声同样嘹亮清越。现在我们正长大，苦恼于竞赛和会考，困惑于青春痘和初潮……

◎ 邻女影飘，清音袅袅，有蕡其实，桃之夭夭

高中时在三中，T 和我一同分到四班，再次同窗，幼儿园的玩伴继东、阿舒也加入进来。世界太小，还是有缘？

高中的学习更加繁重，新名词，新概念不断涌来：

基于质子数的门捷列夫元素周期表

脱氧核糖核酸及核糖核酸

安培定律

双极性晶体管及场效应管

立体几何及渐开线

柳永的词：《雨霖铃》

马恩的《共产党宣言》

晚上自习和课间休息时，偶尔 T 和我讨论一下学习上的困惑。T 依旧平和的语气中洋溢着青春活力，丰腴如暮春盛开的桃花，抱憾的是蛾眉从舒展变微蹙，足显学习的压力和对未来的迷茫。后来的高考印证了这忧思，除了极少数幸运儿如王猴子，大家都是 loser ！这体制真无法恭维。

我们为女排国家队首次获得世界冠军而集会游行，一同激昂地高呼，走过新沙路、中山路、江汉路，最后经北京路回到学校，漫长而喧闹。郎平、袁伟民一夜之间，圈粉无数。后来，这样的激情经历得太多，如千禧年、奥巴马2008，以及当下的黑命贵（BLM），成为权势人物的玩偶。

排球运动接着流行起来，我们年级也开始组织联赛。我们班的排球队（队员有敬党、开亮、国青、国兴、明军和我）和二班的有过一场比赛。场上争夺激烈，一发后银色的排球来回飞行多次。场外，继文、清文、军美、T 等同学在捧场，加油助威。最后，我们队还是因技不如人而被淘汰，但团队精神的体验美好而深远。

T、我及其他同学参加团委组织的活动，一同乘车到宜昌游玩（那是80年代初，团委的张书记能有这样超前的旅游意识真是不错）。当时，葛洲坝水利工程（号称世界前五）刚建成，水坝本身就是一座长江大桥，连接南北两岸，另外还有发电、闸控来往船只的功能。走在大坝上，脚下的水泥钢筋还是崭新发亮，也算见识了技术进步吧。随后，我们前往三游洞观览，三游洞，洞穴幽深，乱石嶙峋，光影明灭，没明白其中的妙处，倒是这三游中的三位文人白居易、白行简、元稹名气太大，如雷贯耳。后来，拜读了三位大师更多的作品，方觉那次的文化朝圣太值了。

居易大师的作品高产而磅礴，《琵琶行》《草赋得古原草送别》《卖炭翁》《大林寺桃花》脍炙人口，《忆江南》更是山水诗歌的典范：日出江花红似火，春来江水绿如蓝。《长恨歌》的名句：在天愿作比翼鸟，在地愿为连理枝,或许正是大师和胞弟及好友元稹携手共游三峡时,因观赏到江面上的天鹅及江畔的连木而激发的灵感。

行简大师虽居于胞兄的阴影下而名不显达,其实也是佳作流芳,其中《天地阴阳交欢大乐赋》更是华夏历史上的性爱圣经,引来无数外国粉丝的追捧。好比股市,居易大师,元稹大师仅为道琼斯上的蓝筹,市值数千亿美刀,而行简大师则是翘楚,市值过万亿。

元稹大师和居易大师齐名,《离思》中"曾经沧海难为水,除却巫山不是云"传颂千古,同时把三人同游三峡时所看到的巫山云雾创作成后人难以企及的美学顶峰。

三游洞山岩下,一泓清水(下牢溪)开山破石,汇入长江。同学们兴奋地租来小舟,开始了划船。双脚猛踩踏板,催动着扁舟在闪耀着绿宝石光泽的湖面上向前滑翔。举目远望,天高水长,蔚蓝混成。溪上白浪翻卷,山巅素云凝结。水域明亮平展,山岭暗晦陡立。两岸林密幽静,水中笑声清脆。鸳鸯戏水,巨鹰翱翔。空气清爽无染,江风拂面含香。这让 T 和我想起幼儿时唱过的《我们的田野》,一切如童话般美丽。

一年半后，我们班重新调整，部分考文科的同学分离了出去。大家都有些不舍，纷纷离别留言，互相赠送纪念品。惠平，T 最为热情，积极筹备，购买礼品，欢送晚会开得比以往的毕业典礼还隆重。我收到一个礼包，里面有一个精致的水杯，还有精美的留言簿。班团委委员金淑敏在贺卡上，留下美好祝福。同学 T 用娟秀的仿宋体写道：宝剑锋从磨砺出，梅花香自苦寒来。当时，好感动，为苦学中的这份温暖。

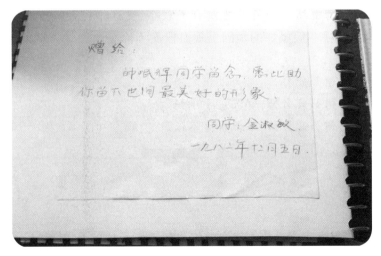

高中时，同学们参观过当地唯一的高等学府：江汉石油学院。学校现代气息浓郁，教学楼、实验室、体育场馆、闭路电视、电脑机房、石油井

架、石化车间应有尽有。在那里，我第一次接触了电子计算机、键盘、打印机；第一次看到了基于阴极射线管（CRT）的电子示波器。也是在那里，我第一次见识了如何用打孔输入的方法，给电脑编程。后来，我的大学专业竟是电气电子，乃至毕业后成为电子工程师，与电脑、示波器、SI 为伍了几十年。不知，T 和其他同学是否也在那里见识了未来所从事专业的仪器设备？风起于青蘋之末 涛成于微澜之间，蝴蝶效应，先微后著。曾经的同窗，未来的鸿沟（往往因毫厘之差而引动），无趣，无常，无助。

◎ 最后的见面

85 年寒假期间，我曾到同学 T 家拜年（市体委职工楼？），相谈甚欢。我们从幼儿园的合唱，一直谈到彼此当下的专业学习，感念幼儿园的伙食，感叹三中时的学习，也憧憬着将至的毕业，工作。之后，因学业、生计，我不得不跨过湘资沅澧，越过南中北岳，渐行渐远，乃至于远隔重洋和故园遥遥相望……

◎ 花落香陨

30 年后，重新和四班的故友有了联系，交谈中提及同学 T，不承想纯真、友善、桃花般姣好的她因出现血栓而不治。

> 为何如此匆忙，活力停止流淌。
> 为何如此匆忙，臂沉重手难扬。
> 为何如此匆忙，眼低垂唇不张。

◎ 后记 1

近日，再次观赏电影《英俊少年》，似乎影片中的《夏日最后的玫瑰》才是主旋律，如同圣经中的启示录，早早就昭示了宿命。

'Tis the last rose of summer left blooming alone

玫瑰独放

All her lovely companions are faded and gone

影只无伴

No flower of her kindred, no rosebud is nigh

花蕾隐遁

To reflect back her blushes and give sigh for sigh

唯有息叹

I'll not leave thee, thou lone one, to pine on the stem

不愿孤单

Since the lovely are sleeping, go sleep thou with them

宁可同亡

Thus kindly I scatter thy leaves o'er the bed

花瓣落英

Where thy mates of the garden lie scentless and dead

殒玉消香

◎ 后记 2

岁岁清明,行人断肠,愿君安好,在天一方。

共度的花季如欢歌,如柔水,如春风,如阳光。那是佛徒历经苦境、集境、灭境、道境而得的磐涅通亮。那时灵魂看破亲疏,摆脱利害,粪土贵贱的助力珍藏。那是一份永久的追思,直到海枯石烂,地球停转,直到乾坤合一,重逢天堂。

远方的小镇

序：八千里路云和月

　　Inuvik（爱斯基摩语的 Inu 港湾之地）是 C 国北极圈内的小镇，那可能也是 C 国 300 多万平方公里的北极圈内的国土上唯一的城镇。

◎ 决　定

　　一天，无意中翻看 C 国地图，惊奇地发现在北冰洋海岸边，麦肯锡河入海口附近居然还标有一个城镇：Inuvik（ 68.360 7° N，133.723 0° W ）。据统计，C 国 95% 的人口都居住在离美国边境不到 100 公里的地方。最北边的大城市 Edmonton 离边境也不过 400 公里。Inuvik 距离美国边境，直线距离即达 2 500 公里。我很好奇，那里的居民是如何生活的？冬天零下 40℃，房子如何防冻？供应从哪来？植被如何？方圆上千公里，无人烟，不害怕？当然，那里的夏天有极昼一定好玩，还有那神奇的北极光。

当即,我有了去那里探险的冲动。日子一天天过去,始终未能成行。神秘的远方小镇常在我梦中出现,还有见到北极光、北极熊、冰川、白鲸、爱斯基摩人,以及雪狼。

◎ 森林大火

多年后的某夏季,我不管不顾地上路去圆梦。开出 100 公里,我才想起野炊用的小型液化气瓶没有备份。在 Chilliwack,我赶紧下了高速公路,去到一家体育用品商店,可该店缺货。最后,在 Canadian Tire 才谋到。我又到 A&W 买了份 Mozza Burger,一边开着车,一边狼吞虎咽地把 Burger 吃完。车经过 Hope 城,继续沿着 highway One 向北。很快,来到小镇 Yale。这镇和著名的耶鲁大学同名。

越往北走,天空暗淡起来,雾霾乍起。我觉得咽部干痒,拿起矿泉水,喝下半瓶,还是难受。再往前,烟雾更浓,人不由得咳嗽起来。挣扎地来到 Cache Creek,在路边看到一指示牌,显示前面 5 公里处路封掉了,不通。我只好改道去 Kamloops。"

我到 Kamloops 时,已经六点多,这边雾霾相对淡些。找了几家酒店,如 Best Western,Holiday Inn,居然都客满。最后,我找到 Hampton 酒店,要了仅剩的一套房。250 加币一晚!这一天,折腾得精疲力竭,也才往 Inuvik 方向前进了 300 多公里,路还很长,很远。

第 2 天,一大早,就起床赶路了。车一头扎到浓烟里,即使关窗,设置成内循环,我还是觉得呼吸很困难。车在山路上蜿蜒前行,由于胸闷体乏,我只好在每个休息站停下休整。两个多小时过去,才经 highway5/highway24 回到 highway 97 上的小镇 93 Mile。在那里可以看到禁行的路牌,南下的路已封。整个地区,烟雾笼罩,看来火还没扑灭。我右转北上,想尽快逃离火灾区。开出 100 多公里,车抵达 highway97 上的大镇 William Lake,那里也是一副劫后余生的景象。公里两边,大片的树木被摧毁,留下部分烧得黢黑的树干。绿叶、绿草或任何带生命的痕迹难以寻觅。还有辆汽车,倒在路旁,烧得只剩下底盘。我好奇地去打探,被告知两周前这里有很大的森林火灾,树木被雷击点燃,全镇的人都疏散了。

原打算在该镇住下休整,也只好调整行程,继续开车北上。开到 Quesnel,终于能见到部分蓝天。傍晚时,到达 Prince George,这边没有雾霾。该市的酒店也基本客满,最后还是 Day Inn 的前台经理 Lisa(四川来的移民,讲中文,亲切)帮我腾出一间办公用的客房,我才得以安顿。

◎ 登高远眺

第 3 天,一觉醒来,已经 8 点,体力恢复得很好,咽部也不再干痒,匆匆吃完早餐,又启程了。沿着 highway16,后转 highway 27,来到 Fort Saint James 附近的 Mt Pope Provincial 公园。我把车停在公园的

parking lot，然后走上小径 Graveyard Crawl。一路往上，在森林中穿行，赏心悦目。不时山风拂面，给人带来清凉和陶醉。和煦的阳光透过叶间的缝隙洒落身上，温暖身心。不远处，偶尔传来啄木鸟击木的脆响，更显出山林的宁静。登山 1 英里，呼吸变得有些急促，脚和小腿有些发酸，后背开始湿润，我就势在一供游人休憩的小凳坐下，拿出矿泉水瓶和 Energy bar。期间，一高大绅士带着儿子超过我，奋力前攀。那男孩 10 岁左右，竟穿着单件短袖汗衫，朝气蓬勃，还友好招手致意。

这时背上的背包开始感觉沉甸，双脚在松软的土路上不再轻快。抬头望去，山顶观览台的棚顶还是那样遥不可及。想起读过的书里面常见"高攀不起"的字眼。是呀，高处不是人人都能到达的，那是标杆，对人能力、体力、意志力的考验。我自言自语地念道："我一定要坚持爬到山顶"，然后平缓呼吸，不再他想，继续迈步。中途，几次累得想停下，又不好意思让其他登山者撇下太远，最后还是一口气爬到 1 500 米高的山顶。

脚下就是 30 公里长的 Stuart 湖。远山、蓝天、白云、森林、风声、鸟语构成一道大自然的风景，美妙得让人心醉。恍惚中，耳边响起王子安的名句：四美具，二难并。穷睇眄于中天，极娱游于暇日。

最后依依不舍中，抬腿往山下走去。下山的路，更难。重力压在脚趾上，指甲入肉的痛感越来越强。好在，干粮和饮水大部分进肚，行囊轻

松不少。回到车里,顾不上喘气,继续西行。当晚,来到镇 Smithers,入住 Prestige Hudson Bay Lodge。大堂经理又是位华裔 James,香港移民。他待我很热情,主动把房费调低了 10 加元。他告诉我,早年在温哥华就业,这边有机会,就过来发展。华人勤劳吃苦,勇于进取,估计有的把事业已做到 Inuvik。

注:后来发现,真正在 Inuvik 做大的是印度裔的移民。在硅谷,在伦敦,在华盛顿特区也是如此。

◎ 高湖泛舟

第 4 天,我开车北上,沿着 highway37 来到很出名的 Meziadin Lake Provincial 公园。

这公园可以露营,并提供完善的设施,有淋浴室、冲水马桶、儿童游乐园及船坞。

登记完,来到湖边,很快将帐篷支起,然后一头钻进去。躺在柔软的气垫上,耳听湖水拍岸的涛声,远处白云和雪峰交辉,四下香风和绿叶相随,心里一阵放松,很快入眠。

软软地醒来时,日已偏西。草草在野餐桌上煮碗方便面吃下,就带着皮艇走去船坞。太阳光有些刺眼,我赶紧涂上防晒霜,随手也在周身喷上驱蚊剂。下到湖里,我先划到湖中的小洲,绕过它,湖面宽阔起来。碧水、绿树、雪峰、蓝天,让人精神振奋,我双手快速挥桨,皮艇如箭掠过镜面般的水面,冲向远方。渐渐,桨声、风声、鸟声不再明晰,天光、波光、雪光浑然一体,我真切感到远方的呼唤,奋力前行,仿佛人腾空,在空中翱翔,物我两忘。

　　运动到 9：00PM 左右,我才意犹未尽地回到营地。这里靠北,落日在 11 点左右。晚间,我还兴奋地起来,期盼着北极光,可是没看见,有点失落。

◎ 圣洁冰川

　　第 5 天,我来到 highway 37A 上的 Bear Glacier Provincial 公园。车刚开到 Strohn 湖边,就被对岸玉龙般的冰川震撼得无语。在艳阳、蓝天的映衬下,耀眼的冰川覆盖着山岭,然后顺山势翻卷而下,直抵湖畔。在刀劈斧削般的山坡上有成片的山林,饱含生命的嫩绿点缀着恒远的冰川,让人感叹世间的造化。

 从车上卸下皮艇,穿戴整齐,我登船离岸,奋力向冰川划去。记得很多书里都提到雪山,圣湖朝圣的故事。我以前理解不了。现在,我似乎感悟到虔诚。可能,冰川雄伟,亮洁,昭示着至纯、至真、至善的天性。

 弃舟登岸,来到冰川上面。我尽量沿着冰川的边缘往上爬。冰川多洞,掉进去后果不堪设想。攀登上去 100 多米,出了谷口,眼前豁然开朗,冰川比山下看到的要壮丽万分。冰川正消融,晶莹的冰水布满表面。我用瓶接上那圣水,牛饮起来。冰清的圣水绝对是极品,略微带着甘甜。名动环宇的法国 Evian 矿泉水,和冰川上的水相比,则乏味得多。

 不知待了多久,直到夕阳把冰川抹上一层金黄,才意识到该离去了。

◎ 野 兽

第 6 天，拔营，离开 Meziadin Lake Provincial 公园，继续奔赴北极圈。沿途，镇越来越稀少，野生动物多起来。多次见到黑熊。他们一般在路旁地沟里寻食，各种浆果（berries）是他们的主食。有些还大摇大摆地穿过马路。

◎ 单骑数万里

在镇 Eddontenajon 加油时，遇到几个骑摩托车的年轻人。我看到，有一个车牌是纽约州的，很好奇，于是上前打听。

"您是从纽约出发，到这儿的吗？"

"那是我朋友尼米兹，来自纽约，我从墨西哥过来"

"WOW，那更远。您的目的地是哪里？"

"我们计划先到 Inuvik，然后回返，经过 Dawson 去阿拉斯加，目标穿过死马抵达北冰洋"

"真棒,我也要去 Inuvik,希望我们还能相遇。"

"一定会的!"

看着他们风驰电掣地驶去,我很羡慕,那真是气吞万里如虎。同时,我也平添几分信心。随后,开车进入 Yukon 地区,在镇 Teslin 找家酒店住下。

◎ 一泓清江

第 7 天,我终于开到了 Yukon 的首府白马。白马是个清洁,亮丽的小城。S.S.Klondike 号蒸汽邮轮,讲述着 Yukon 昔日的辉煌和淘金热。江滨公园步行小道干净、惬意。站在江边,望着静静流淌的一泓江水,我不由自主地爱上了这座城市。育空江江水清冽,透亮,泛着鲜绿的光彩。江水快速地流向下游,居然不带丝毫的喧嚣。育空江不仅把优质充沛的清水带给了白马,还给城市添上了优雅的气质和宁静。江水是静和动、急和缓完美交织,为这座光荣的边镇展现出天籁的韵律。据说,白马就是观赏江水时,人们欣喜中产生的幻觉。我只是在江中漂流数百米,已经欣喜无比,若能顺流入海,那将是何等的快意! 冬日的育空江一定也很美,冰清玉洁的。

◎ 淘金之路

　　第8天我继续沿着当年淘金者走过的路向北挺进。车开出白马没多久,见到了一大湖:fox lake。湖很长,车开了很久还没到尽头(其实湖本身长10多公里,我把育空江和湖混为一谈了,误认为有几十公里长)。艳阳下,湖面反射着特有的蓝光,宝石般,煞是好看。

　　人已在路上有一周了,颠簸中体力消耗大,再次上路后,困意袭来,浑身沉重,赶紧开到下一个休息站,把车停下。这里碰巧是个历史景点:Montague Roadhouse。当年,淘金热时,一条黄金通道产生了。开采的黄金,由专门的运输公司用马车从Dawson运往白马。Montague Roadhouse就是为此修建的驿站,供运输人员补给,休息。驿站有百年历史,早已弃用,其中一木屋的屋顶不见踪影,我猜想可能大风把茅草吹掉了,或因火灾? 或大盗破梁而入? 流连于旧屋,故道,想象下当年的淘金,有种异样的感觉。我何尝不是个淘金者。建筑物附近有些白桦树,挺拔叶茂。微风下,绿叶摇晃,如无数双温柔的手为远行的人们舒缓疲惫和苦楚。

　　体力有所恢复，我驱车前行，不久来到另一个观光点：Five finger rapid。这里是育空江的一段险滩。江水在高台北端转个弯，然后激流而下。转弯处，乱石穿空，巨大的礁石如人手的五指立于江中，给上行或飘下的船只造成巨大的威胁。一不小心，船只会被撞成齑粉，如同我们百年前的三峡。现在，江上几乎没什么船只，巨石主要用于观光。从停车处，沿着几百米长的木制台阶，游客可以下到江边，穿过一片森林，就能零距离的观赏险滩了。我注意到这里的松树要比在白马见到的纤细、矮小。可能更靠北，寒冬愈发漫长，影响到树木的生长。另外，也惊叹生命的顽强，这里本应是戈壁，不见草木的。

　　匆匆观赏片刻，不舍中又上路了。后面的路，由于维修不足，很多地段变成了碎石路，车行驶在上面，扬起冲天的尘土。我尤其害怕迎面来的大卡车，他们带起很多碎石，砸在我的前车窗上，如子弹扫射。

◎ 北极光 — 天神的彩衫

　　在露营地当晚，终于见到神往已久的北极光。

神舞正开场。
苍穹现彩光。
灵动，旋转，飘荡，变幻
有聚合 有扩展

绿色的彩光，如翡翠般温良。
紫红的通亮，薰衣草的农场。
光亮蔓延，天神的华服。
光束卷合，天神的头冠。

痴迷这天神的彩衫
陶醉这天神的合唱
精彩这天神的丝绦
感恩这天神的礼堂

其象无双，其美无量，
近之既妖，远之有望。
骨法奇曼，应君之相，
视之盈目，孰者克尚。

◎ 踏车前行 1

第 9 天，我把 Honda 车开到 Dawson 机场停好，取下自行车，带上所需的物品，随即奔向 Inuvik。这长达数百公里的野外自行车旅行，我也是第一次，有些紧张。不过，想到路上还会有其他的游客，比如上次遇到的摩托车队，也就释然了。

蹬车，很快来到 highway Dempsey 的起始点，那里有个醒目的标志牌，供游客拍照纪念。经过一铁桥，自行车之旅正式开始。Highway Dempster 不同于其他公里，它是一条简易路，路面铺有碎石。骑着路上，最令我留意的不是野兽，而是载货大卡车。迎面而来的卡车掀起漫天的

灰尘，上百米长，如一条巨龙。骑车进入其间，不仅呼吸困难，还不辨方向。好在，来往的车辆极少，不然的话我会成为地道的土人。公路在山区蜿蜒，骑车上坡，我觉得越来越吃力，拼命踩踏板。遇到下坡，自行车又变得飞快，不得不紧握刹车。腿、膝、脚开始酸痛起来，只好停下，休息一阵。下午，终于骑到 Tombstone Territorial 公园。公园很大，以山岭上的巨石像墓碑而著名。在公园友善的工作人员帮助下，我幸运地得到一露营位子，晚上睡觉有了着落。搭好帐篷，背上包，走上了山道 Goldensides。山道穿行在盆地里。道两边长满了低矮的树木，色彩斑斓。远处是怪石林立的山峰。环顾四周，天高地远，真觉得人体很渺小，人生很短暂。这山、这湖、这树、这草，年复一年平静地留在这里，经历严寒，见证雷电，仿佛老朋友在等我。远处，见一动物在林间窜动，难辨是野鹿，还是狐狸。追过去观望，不见踪迹，一切归于平静，唯有那无名的野花，有红，带紫，披蓝正随风怒放。旷野太大，目光所及，就我一人，手不禁摸到防熊的 bear spray。也没敢往前多走，散步半小时后，转身返回营地。

◎ 踏车前行 2-

第 10 天，我一大早就起来（这边日出在 5 点多），烧水冲袋燕麦，吃片面包加 ham 就算早餐。今天的露营地是 120 公里外的 Eagle Plains 露营地。太阳直射下，我觉得热，顺势解开袖口，也卷起裤腿。不想，引来无数的蚊子。我已喷过驱蚊剂，也不管用，小腿、手臂及嘴角被叮咬了几个包，奇痒无比。随后，脸也肿起来。Highway Dempster 很荒野，我还没见一家居民。这些蚊子没见识过人类的厉害，拿我当牺牲品。我只好停下,灌下一瓶矿泉水,重新喷药,把全身裹紧,带上手套,并用纱网把脸和肩部罩上。咬牙坚持中,总算骑到了下个露营地。这里,设施简陋,没有冲淋浴室。我简单擦洗,草草吃点干粮,然后钻进帐篷,昏昏睡去。Inuvik 还是远不可及。

◎ **踏车前行 3—猞猁**

第 11 天,我继续骑车北上。这时,天转阴,还飘起了雨。路面有些地方变成泥浆,骑车变得困难起来。昨天蚊虫咬过包还没消肿,衣服磨在上面,很难受。北风迎面吹来,时而强劲,几乎推着我倒退。我拼命踩踏板,才勉强前行。千里之行,始于足下。可是,这每一步都充满艰辛。我开始有些动摇,骑车去 Inuvik 意义何在? 就此放弃,我又不甘心。

行军到下午,腰部、胯部、腿踝又疼痛起来。我只能停下,在路边找一开阔的地方休息。这时,我在前面山坡下,看见一个长得像加菲猫的动物。它先在原地伸腰晃头,然后起身,慢慢地左右摇摆,和电影"加菲猫"一样。我拿出手机,准备拍照几张。突然,那动物如疾风般往前冲去,原来前方约 20 米处,一只野兔刚从草丛里冒出头。野兔也观察到了那猫,随即窜起老高,想逃回马路对面的兔窝。还没等兔子落地,那猫已经杀到,在空中一口咬住兔子的颈部,一溜烟消失在林中。这时,我才想起,在生物课上老师提到过这个动物。它属于猫科,比家猫大,比美洲豹小,学名猞猁(lynx)。不过,我可不喜欢这丛林法则,太残酷。

遇到一位 Gwich'in 族的原住民妇女,开着一辆 Buick 车。她特意问我是否需要搭车。那时我体力,心情都很低落,就没推辞。坐进挡风的车里,人轻松舒服多了。最后,我们终于到达 Eagle Plains。

◎ 踏车前行 4 – 跨入北极圈

第 14 天,我才重新动身向前。两天的休息,我彻底地从疲惫中恢复,双脚把踏板蹬得飞快。不久,来到北极圈的路标处,特意留影。这是一个重要的里程碑。北极标牌孤零零地立在那,四周是荒野,东北的远方有 Richardson 山脉。陈伯玉名句"前不见古人,后不见来者。念天地之悠悠,独怆然而涕下。"似乎很贴切。不过,谁又能想象到 1300 年过去,当年的荒地燕京会变成如今的几千万人口的超大都市,不远的将来,我想这块土地也会变成热点的。又见那无名的野花,散乱在野地里,花团锦簇,给人以家的温馨。

◎ 踏车前行 5 – 极地国际音乐节

第 15 天,骑车跨出育空,进入了西北地区。在 Midway lake 湖畔,我惊喜发现当地正举办一个音乐节,来音乐节的民众成百上千。整整一周了,我见过的人不超过 30 个。猛地在北极圈里,大荒原上,见到这么多人随着音乐载歌载舞,我乐坏了。见个熊,我都想拥抱,何况这些充满激情的观众和小孩。音乐不仅不分国界,音乐也不嫌弃这极地荒野。联欢到晚上 8 点,我才离开,赶到 Ft. McPherson,在小酒店住下。

◎ 踏车前行 6— 原住民鱼村 Tsiigehtchic

第 16 天，我继续前行，由麦肯锡河上的轮渡，带我来到

Tsiigehtchic。这是 Gwich'in 部落的一个渔村。整个村仅 100 多人，几排房子，居然有两个教堂。其中，旧的教堂建于 19 世纪。我决定逗留一天，就近观察原住民生活。那里的老人孩子都很开心，处处有欢笑。我参观教堂时，他们还拿出当地特有的白鱼鱼干，大家共享。

原住民进出，夏日靠轮渡，冬天河水结冰，就把河做通路。在这样一个物质贫乏，寒夜漫长，与世隔绝的地方，人们还如此知足、喜乐、和善。

◎ 踏车前行 7— 抵达 Inuvik

第 17 天，一夜安睡后，我继续北上。Highway Dempster 在这一段相对平坦些，骑车很轻快。不过蚊虫更多，一不小心，又被叮咬了几个包。历时 17 天，行程 4000 多公里，我最终来到了 Inuvik。简直难以置信，我做到了！

常人眼里，这废地鸟不拉屎，鸡不生蛋，我则感恩生命的丰富。这一路经历了风、花、雪、夜，忍受了痛、痒、困、倦。旅程充满了惊奇，漆黑夜空惊现极光的璀璨，荒凉蛮原巧有音乐的奔放，炎热夏日喜遇晶莹的冰川。

进入市区前，见到了 highway Dempster 结束的标牌。在这标识牌下面，已有很多中国同胞留下纪念了。这些北极地区的先行者，有些来自北京、上海，有些来自深圳、山西。

◎ 小 镇

小镇不大，主街 Mackenzie Road 只有 1 公里长，主要商店、酒店、政府办公楼、医院都在这条街上。真正称得上商店的，仅有一家（North Mart），在那能买到百货和食品。来到主街上的游客中心，中心有各种当地的旅游资讯，还能领到免费地图。工作人员很热情，其中一位大姐来自育空的白马，听说我刚游玩过白马，她很自豪。

最爱麦肯锡河河滨,在那儿钓鱼、荡桨、飞艇别有情趣。

镇上居民不多,3 000多人,教堂却不少,我亲眼所见就有4座。其中,冰屋天主教教堂（Our Lady of Victory Catholic Church）修得富丽堂皇。

这里的夏日,日照特别长,日不落。凌晨3点多,太阳会从西边转到北面,然后转到东边,独特。凌晨时漫步街头,还有人在打篮球。

看惯了沿途的无名野花,进镇后因芳踪难觅而有些不适,花经不住极地的严酷。

◎ **继续前行 –Tuktoyaktuk**

这是另一个 Gwich' in 部落的渔村,在北冰洋边,距离 Inuvik 100 多公里。我飞去那里,终于做到在北冰洋里湿脚,也看到了神奇的不断生长的冰丘(PINGO)。

◎ **结　尾**

远方的小镇,一道风景,一段历程。

远方的小道

注：谨以此文纪念女同胞 Chaocui Wang，徒步旅行爱好者 Wang 在前不久跋涉太平洋皇冠小道时，不幸在 Sierra Nevada 遭遇山洪。大自然不仅供给营养，焕发精神，有时也会展现其狂野的一面。

◎ 引　子

路漫漫其修远兮，吾将上下而求索。

饮余马于咸池兮，总余辔乎扶桑。

折若木以拂日兮，聊逍遥以相羊。

吾令凤鸟飞腾兮，继之以日夜。

◎ 太平洋皇冠小道（Pacific Crest Trail）

太平洋皇冠小道横跨美国西海岸的 3 州（加州、俄勒冈州、华盛顿州），全长 4 000 多公里，是美国最著名的观光步行小道。小道蜿蜒于山巅，平均海拔近 1 500 米，多数地段因海拔高而积雪，鲜有游人能走完这条小道。

某年，我特意申请了长假，计划徒步走完太平洋皇冠小道俄勒冈路段（共 730 公里）。

◎ **小道俄州起始点**

第1天

夫人和我开车沿着I5州际高速公路南下，在离加州不远的Medford入住希尔顿酒店。次日，早早地起床，夫人开车经highway62/highway238转到森林公路FR20。SUV在土路FR20颠簸行驶25公里后，终于停在太平洋皇冠小道的trailhead。我下车，背上35磅重的行囊，拿上登山杖，和夫人告别后，就向路边的小道走去。她在身后叮嘱，让我多用Garmin InReachh。

在小道上走了100多米，就来到了加州和俄勒冈州的边界：Donomore山口。分界处设置有一个信箱，两个路牌。信箱用于登记，过往徒步客会在此填表，以方便皇冠小道协会做后续的记录。一个路牌标识北上到加拿大边境的英里数，另一个路标则是南下到墨西哥边境的英里数。路标固定在一颗老松树上，树皮有所剥落，太有"病树前头万木春"的意境。

感慨中，一组游客从南边过来，他们都有一个超大的背包，饱经风霜的样子，登山鞋沾满了尘土，鞋面破损不堪。他们在路标处兴致很高，还友好地和我打招呼。

"请问，你们是从美墨边境一路步行过来的吗？"

"是的，从Campo开始，到这已经步行了1700英里。我们在太平洋皇冠小道上度过了112天，总算走出了加州！"

"Wow，太棒了！恭喜你们，穿过沙漠，翻越Sierra Nevada，到达俄勒冈。"

"你看上去太整洁，不像长途步行的。登山靴是崭新的，身上不沾一点灰尘，胡须刮得干净。背包倒是和我们的一样大。"

"实在难为情，今天是我在太平洋皇冠小道的第一天。"

我把GPS手表上的行程设为0，在步行驴友的鼓励目光下，正式开始了我的徒步旅行。

◎ Donomore 山口到 Siskiyou 山口

　　走出树林,快步沿着山脊向 Observation Peak 攀登。这是一片开阔的山岗,可看到东南方向 Mount Shasta 高耸云端的雪峰。近处,各种野花在灌木和青草间怒发,姹紫嫣红,形态各异。不少蝴蝶在花丛里翩翩起舞,偶尔还能惊喜地发现蜂鸟飘浮其间。清晨的野地,阳光和煦,微风徐徐,清香弥漫,行走在小道上十分的惬意,丝毫没有赶路的匆忙和焦躁。爬到山顶 Observation Peak 后,稍事喘气,取出水瓶和 energy bar 享用。

　　再往前,来到另一片森林,山势平缓,宁静祥和。不时能见到残雪堆积在林荫处,更觉凉爽。下午 1:10 时,我已到山脊 long John Saddle。山体又变得向上,背上的行囊开始觉得沉重起来。我坚持爬到山顶:Siskiyou Peak,在附近的露营地停下休整。拿出旅行用的煤气炉,烧开一瓶水,冲上一袋山药黑芝麻糊,就着几颗杏仁和腰果吃下。收拾完用具,展开睡垫,顺势躺下。地当床,软风扬,天作被,鸟伴唱,世上没比这更好的休养了。半小时后,又披挂上路了。走过一段下坡,根据昨晚发布的最新小道水源报告,找到一处山泉。用新买的带紫外消毒及净化的旅行杯接上清凉的泉水。泉水甘冽爽口,十分纯净并富含益生矿物质。她若在,一定又要鼓吹俄冈的水质世界第一了。享用完甘泉,继续顺坡而下,3 小时后,抵达 Siskiyou 山口。

◎ 太平洋小道 vs 太平洋高速公路

世界真奇妙,这里天然朴素遇上现代文明。太平洋高速公路 I5 是美国经济的主动脉之一,路上集装箱货车、轿车、消闲车(RV)川流不息。一夜之间,华盛顿州的居民可飙车经 I5 到南加州的迪斯尼乐园游玩,澳洲的新鲜羊腿也能从洛杉矶港口经 I5 运到波特兰。整条高速公路一直沸腾着、呼啸着,追求"更快、更大、更狂"。太平洋小道则是人工开辟,拒绝车辆。人们靠天赋的身体,步行其上,体验酷热,风寒,经历激流,电闪,相伴虫兽,芬芳。

傍晚,入住离 I5 公路和小道交汇处不远的 kallanhan Lodge。在酒店,我赶紧和夫人通了话,高兴地告诉她今天步行近 30 英里,一切正常。在餐厅用餐时,见到 Gina 祖孙六人,最小才 7 岁。他们也在徒步太平洋小道。回到房间泡澡时,才发现脚后跟已经磨起了水泡,疼痛不止。

◎ 先锋岩石(Polit Rock)

第 2 天

一夜安睡后,又早早起床,背上行囊回到了太平洋皇冠小道。脚跟的水泡虽已消炎并贴上邦迪胶布,走起路来还是不适。开始的一段一直是上坡,步行比昨天吃力得多。旭日东升,天地红映。霞光射入林中,追逐着晨霭,驱散着阴影。一两声杜鹃的吟唱丰富了森林的宁静,树叶微摇,露水轻颤,万物随之苏醒。我放缓脚步,努力和这韵律合拍,共享,渐渐身心放松,如蝴蝶般欢快……

登山 1 小时后,到了先锋岩石下面,岩石光溜陡峭,手脚几乎无处着力。四下观察,发现一条风化形成的缝隙,就沿着石缝奋力向上爬去。攀岩费力而紧张,来到顶端时,我已是大汗淋漓了。极目远眺,盆地四周的高山尽收眼底,南边有 Mount Shasta,西南有 Mount Sishiyous 和 Ashland,北面能见 Mount Mcloughlin。山间的树林、山岗、公里、农场和建筑也一览无余。这岩石及整座山是 3 000 万年前火山喷发形成。常年变迁,斗换星移,岩石仅剩下 10 米见方了,不过突兀在这片原野十分显目。开发美国西北的时候,从加州北上的移民往往拿它来定位,先锋之名因此而来。

下山很困难。幸好,有几个宾州来的游客也来攀岩,他们援手帮我平安的落到了地面。

回到太平洋小道,继续赶路。2 点前来到 Mount Soda 小道附近,参照水源报告,找到另一山泉。附近农场的好心人把泉水引入了管道,泉水不断从龙头流出,十分方便。我拿出水瓶,一通牛饮,并灌满所带容器。从山坡下来是一片山谷中的平地,地上长满花草,看来是野生动物出没的地方。这段比较暴晒,我正好用来测试随身的太阳能充电器。太阳能板挂着背包外,有线连到控制板。从控制板 USB 口,我接上手机,Garmin 卫星收发器和 iPad,看到设备都是满格,我就放心了。

当天,步行 20 英里,入住 highway66 上的 Green Spring Inn. 酒店里有洗衣房,正好用来处理我换下来的沾满尘土汗水的衣物。然后,是例行的通话、晚餐、上网,一夜安睡……

◎ 幼兽,桥,野营

第 3 天
早早起床,动身北上。俄冈七月,日照长,对于徒步旅行十分有利。清晨,太阳辐射不强,更是黄金时段。

　　走出不久,在小道的拐弯处,见到了 3 只小黑熊。小熊们正在路边吞食着越橘,见到人来,都窜到大树上。小熊们彼此追逐着,玩闹着,似乎想充分展示牠们的特技。一只小熊从树枝上跌下,全身倒立,前掌着地,然后一个团身前滚翻。灌木林成为了杂技舞台,小熊像极了专业演员,在台上弹跳,嬉戏。另一只干脆咬断牠站立的树枝,随后优雅地落到下面另一枝条上。我四下查看,没发现母熊。这让我警觉,赶紧加快脚步,安静地离开。

　　走出几百米,身后还是平静如初,我放缓下来,拿出面巾,擦去额头的冷汗。来到 Little Hyatt Reservoir,那里有座木桥,桥下溪水清冽,我就此停下,用餐,补足饮水。继续沿着小道前行 3 公里,来到 Hyatt lake 的露营地,这里游人不少,我才彻底放松绷紧的神经。在湖边野餐桌子旁,找片树荫,展开睡垫。躺在草丛里,眼观浮云,耳听微澜,又是一番享受。

　　小憩完,沿着林荫小道继续步行,下午 5:10 到达 Klum Landing 露营地。在湖边,放下背包,很快支起帐篷。简单煮碗面条当晚餐,随后来到清澈的 Howard prairie 湖中畅游一番。

　　一梦醒来,天还没亮。披衣来到帐篷外,一弯月亮留在西边的天际,四下一片朦胧。整个露营地没有一丝亮光,寂静无声。这是宁静的极致,我从来没体验过。安详浸透到灵魂里,一种彻底的解脱感油然而生。我想道家的无为,释家的慈悲,基督的博爱或许就是这样的境界吧。

◎ 岩浆地带（Lava Field）

第 4 天

清晨,收拾好帐篷,行囊,又早早上路了,进入国家森林区(Winema National Forest)。阳光、清风、露水、鸟鸣的重奏再次奏起,催人精神焕发。这段小道看来刚被巡林员和自愿人士整理过,倾覆在路上的大树都被移开或锯断以方便步行游客通过。路标也有更新。4 000多公里的太平洋皇冠小道不设一处收费站,全程免费,太让人敬佩了。

上午 10：30,来到了 Brown Mountain 庇护所。来往游客可在这小木屋休息或过夜。屋内有火炉和木材供取暖和做饭。屋外有一自压井,提供优质泉水。这些也都免费。我走到水井边,灌满随身的容器。一边畅饮,一边默默祝福这些热心服务人员。

继续前行,地面出现大片的褐色岩浆石块,这些都是附近 Brown 火山 2 000 年前喷发遗留下来的。鞋踩在尖锐的棱角十分难受。石块几次让我失去平衡,差点扭伤脚踝。好在大部分的石块区已经整理过,小道上的石块被移到两边,还原成土路。这一定又是热心人士的贡献了。

没有他们,我今天一定会陷在石阵里。

　　不到下午 5：00,顺利到达 FISH LAKE 度假村。我已在这度假村订好房间,邮寄的包裹也到了。

◎ Mount McLoughlin

　　第 5 天

　　今天赖床,睡到 9 点才起。早餐后,继续沿着小道步行 5 公里来到 Freye 湖畔的露营地。支起帐篷,放下行李,然后动身去附近的 McLoughlin 山峰。McLoughlin 山是座火山,高近 3 000 米。从山脚到山顶落差 1 400 米,对我是个很好的锻炼机会。相对先锋石,McbumLoughlin 上山的路要平缓的多。我很快走完了在森林里的第一段。绿树线以上,都是火山灰石,坡面松软,行走困难些。不到 2 小时,终于来到山顶。又是一番感慨,一场抒怀:

　　　　天高地迥,觉宇宙之无穷。
　　　　悲尽兴来,识盈虚之有终。

　　下山时遇到一组登山客,个个短衣短裤,显得精神强健。回到营地,发信给家人报平安,吃点干粮就早早入睡了。下面的小道高温缺水,需要储备体力。

◎ **天湖**(skylake)

第 6 天

　　今天计划步行 24 英里,穿越干旱的天湖地区,到达 Seven Lakes 盆地。早早起来,收拾好用具就上路了。小道一路上坡,海拔升到 1 900 米。这里只稀疏见到些耐旱的松树,连青草、灌木也难寻踪迹,走在小道上,尘土飞扬。烈日下,山巅上温度达 39℃,汗流浃背。从水源报告看,小道沿途没有泉眼,我特意带上 3 000 毫升水。可行走不到 5 英里,饮水就消耗了一半。到后来,就只好尽量忍着。跋涉 17 英里后,来到 luther 山区。这里情况更糟,去年森林大火吞噬了大片的山林,仅留下干枯的树干。看来,比鬼子的三光政策还彻底。挣扎中,最后精疲力竭地抵达 Seven Lakes 盆地。续上营地的泉水,又是一通牛饮。

◎ 风尘仆仆唇舌焦

第 7 天

今天计划步行 20 英里,穿越俄冈南边最干旱的地区(包括高原沙漠),到达 Mazama 度假村。

又是一路暴晒,一路干渴,历时 9 小时,终于挣扎地来到位于火山坑湖国家公园里的 Mazama 度假村。在酒店,收到补给。当晚,在酒店餐厅和其他步行客一起庆贺、暴食、痛饮。洗澡时,才发现双脚磨起了更多的水泡,痛痒不止。

◎ Crater

第 8,9 天

在酒店盥洗完衣物,携带大量饮水,前往 10 英里外的 Lightning Spring 露营。设置好帐篷后,轻装游览附近的火山坑湖国家公园。

俄勒冈中部的这一高原火山坑,默默收集满周围的降雨和积雪后,竟跃升成个如诗如画的圣境。夏日游湖别有情趣,游客可以步行到湖边,或登船观光,或下水畅游,深深体验那至清至洁的湖水。

　　登高远眺,火山坑湖如一巨大蓝宝石镶嵌在群山峻岭中,熠熠生辉,那蓝色给人恬静。湖水能见度可达 100 米以上,世界罕见。湖中还有奇树,漂浮而直立 120 年。

◎ 雷阵雨

　　第 10 天
　　继续沿着太平洋皇冠小道,步行前往 Grouse 营地。途中,遭遇暴雨、雷电,全身浇透,饥寒交迫。傍晚,抵达营地,气温骤降至近 0℃,空中居然飘起了雪花。草草吃过干粮后,钻入睡袋,夜里噩梦不断。
　　小路在 2 000 多米的山巅盘旋,我徒步行走了很长时间,尘土沾满了登山靴、牛仔裤。背上的旅行包愈来愈沉,仿佛注满几代人的使命。双腿酸痛发软,靠着一对登山杖才勉强走稳。乌云低垂,一道蓝色的强光划过其间,如天神的巨鞭掠过头顶,抽打到身后的山岭上。两眼刺痛难忍,头发因强电倒竖起来。不容我惊叹,一声脆雷炸起,脚下的山谷为之激荡。轰鸣声中,不仅我双耳欲聋,大地也在为之臣服发抖。一股浓烈的烧灼味袭来,回头一看,2 米外有棵松树被雷电击中,竟噼噼啪啪地燃烧起来。这时,冰雹也结伴而来,铺天盖地地漫卷开来,指甲盖大小的冰粒砸在脸上、手上、胸口和后背,疼痛得麻木。前方,一条粗大的响尾蛇也在逃窜,我到近处才看清这丑陋的家伙,可是已无力规避,一脚踩在了那蛇的尾部。受惊的蛇掉头反扑,恶心的三角蛇头张嘴冲着我脚踝咬去。我跳起老高,尖叫着不顾一切地逃向远处。慌张中,一脚踏在小道边的冰粒覆盖的光滑岩石上,身体摔倒,滑出悬崖,向几百米深的山谷翻滚下去。双手在空中乱舞,却什么也抓不到。张嘴想大声呼救,却发不出声来……

◎ 磨 难

这是我在太平洋皇冠小道上的第 10 天。凌晨,我从梦中惊醒过来,上下检查,发现自己毫发无损,这才确认刚才的闪电、冰雹、毒蛇和峭壁都是梦境。冷汗湿透了内衣,挣扎着从睡袋里钻出来,换上干衣,可心脏还在剧烈地跳动着,人一阵阵发软。露营地四下漆黑,唯远处零星有闪光传来。雨混着冰粒淅淅沥沥下着,寒气弥漫。脚底传来一阵灼痛,脱下袜子,发现脚面和脚趾磨起不少水泡,我赶紧从急救包里找来消炎手霜,把药膏抹在水泡处。煎熬中,下意识地拿起卫星收发器 Garmin InReach,想发信息给夫人,让她到前面的 HWY138 和太平洋皇冠小道交汇处接我回家。我写完求助信,但始终点不下那发送键。最后,我决定还是坚持走完剩下的 300 英里。

◎ 高原戈壁,鲜果及冰川遗迹

第 11 天

晨曦中,雨停了,空气清新,鸟鸣风舞。我起来做好早餐,麦片粥及煎培根肉,就着面包,美美享用一番。一只松鼠从树上窜下,紧盯着食物,可爱有趣。我有

些犹豫,因为国家公园是不许喂野生动物的。

把脚上水泡的地方重新包扎好,沿着太平洋皇冠小道北上。清晨的旷野,山风寒凉,好在我刚热饭下肚,有能量来对冲。背上35磅的行囊也不觉像昨天雨中那样沉甸。幸亏帐篷,睡袋保暖,防水,在寒夜里给我呵护,助我恢复体力。以前读些战争的书,书里都提到辎重最关键。徒步跋涉何尝不是如此? 携带的装备就是我移动的蜗居,让我心生感激。

这片原野七千年前曾经有过火山大喷发,喷发出的灰土四下散落,致使路面松软,人走在上面,有时陷的较深,真是一步一个脚印。起先,我还想着尽快赶路,挪不开步让我心焦。转念一想,这里没人催我去上课怕交通拥堵,也没约会要赴。旅行路上,时间用之不竭,何不享受一番? 随后,改为信步往前。四周是亲切的松树,佩服它们在这片缺水、贫瘠的土壤里扎根,发芽,顽强地生长着。不远处有点动静,走近看到了一只母鹿带着两小鹿在觅食,拿出手机想照相,它们一扬蹄就消失在树丛里了。其实,放下那些刻意的理由,人为的规划,放飞内心的那份对大自然的向往,才是快意人生。

步行两英里多,微微发汗,觉得通体舒畅起来。内心的宁静遇上大自然的安详,结果是如此美妙。

继续欢快地前行,来到一片戈壁。这里几乎寸草不生,在周围森林和群山的簇拥中分外醒目。这令我好奇,停下观察一阵,觉得这片以前可能是个高山湖,不知什么原因,最后干涸枯竭。太平洋皇冠小道没有横穿整个戈壁,仅擦边而过。这要感谢太平洋小道规划人员,徒步者因此能避免暴晒。

　　跨过高速公路 HWY138，进入 Umpqua 国家森林区。这里树林更密，仿佛更多的朋友欢迎我的到来。很快就来到 Cascade Crest 营地，就此停下，拿出 energy bar 吞下，顺势贪婪地吸进几口松林特有的清香空气。从那，地势逐渐升高。在小道转弯时，不远处的钻石湖（diamond Lake）清晰可见。在蓝天、白云、雪峰和森林的映衬下，湖面熠熠生辉，真如一颗巨大的钻石。

　　沿着 Mount Thielsen 山脊继续前行时，惊喜地发现了高山特有的越橘（huckleberry）。我兴奋得如中彩票。冲过去，急急地采摘起来。越橘捧在手心，饱满而有弹性，发出高原蛮野特有的芳香。把它们倒入口中,不嚼而化,顿时甘甜感扩散开来,生津提气。

收获享受完越橘,感恩满足中,又精神抖擞地迈开步伐了。人在林中,翻越一道道山脊。乱石嶙峋的火山 Thielsen 就在眼前。火山的坡面宽大,仿佛天神用巨斧斫成。其实原先为冰川,冰川消退时,带走了表面的一切。真感叹这威力和天成的超大的雕塑。眼前的壮丽让人浮想联翩。过去 20 万年的情景仿佛在眼前一幕幕快速闪过。天上的云、山巅的石,花草松木,飞禽走兽,风雨雷闪,地下岩浆交织着、激越着,如同一场盛大而远久的交响乐,沧海桑田,造山不息。

当天跋涉 19 英里,来到计划中的住宿营地:Thielsen Creek。放下行囊,顺着水声找到附近的小溪。溪水来自附近的融雪,清澈透亮,我灌满携带的容器,脱下布满尘土和汗渍的衣裤,赤条条地跳入水中沐浴。磨出水泡的双脚浸在冰凉的溪水里轻快很多。晚餐是冷食,干粮就着泉水。例行发去短信,报平安。然后,钻入睡袋,酣睡入眠。

◎ 闪电熔岩,尖峰

第 12 天

一觉到天亮。不舍中,从舒适的睡袋中钻出。脚上的水泡收敛很多,精神为之一振。今天,我计划攀登附近海拔 2 800 米高的火山 Mount Thielsen。打开卫星接收器,有母亲发来的最新当地气象信息,预报今天天晴,没有雷阵雨,老天赏脸。尖耸的 Mount Thielsen,在雷雨天是十分的危险,常有闪电袭地。简单吃过早饭,留下大部行李,就轻装去登山了。

先沿着太平洋皇冠小道走一段,然后转到 Thielsen Trail。小道开辟在山脊上,道窄,两边是宽大陡峭的斜坡。登山有些吃力,不久腿膝开始酸痛。阳光强烈,凉风翻卷,热情中不失清爽。天边的白云,眼下的积雪,一动一静,相映成趣。大自然的和谐及韵律处处可寻,这可能就是我内心所神往吧。

爬高 400 米后,就来到 west ridge。著名的闪电熔岩在这片山巅随处可见。闪电熔岩由闪电中的上万安培的电流导入地面时形成。高温和强电把岩石局部熔化,产生的黑色冶炼物让人触目惊心,如雷神打下烙印。野外步行,闪电是很大的威胁,对大自然观颜察色并及时规避十分必要。

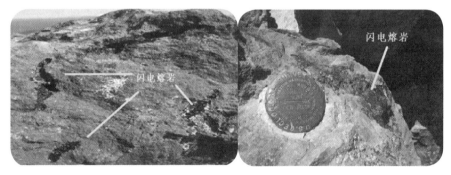

从 west ridge 再往上,就是如羊角般的尖峰了。山峰笔直耸立,几乎成 90 度。攀登中稍有闪失,后果会很严重。

我反复观察后觉得爬到山尖过于危险。正准备放弃时,一组游客也爬了上来,其中还有五六十岁的中老年人。

“你好,请问你们是要爬上峰尖吗?”

“你好。是的!”

“这难度是不是太大?”

“北坡和西坡难度是 5,前些时发生过不幸。不过,西南面,有些石缝,相对容易些。”

我回头望向山尖,经提示才注意到西南坡上似乎有些小平台,勉强能容下一人。

其他游客开始攀登了，由 1 位健壮的年轻人开路，他看来很有经验，贴石钻缝，稳稳地提升着。真钦佩他们不畏艰险的勇气。半个多小时后，有人到达山顶，立于千仞之巅，豪气冲天。

我一边在旁休息，一边仔细观察他们登山路径，直到他们顺利地返回到山脊。随后，我用照片定好路线，标出几处关键位置，鼓起勇气，向上爬去。我拥抱前进路上的每个岩石，生怕它们风化，松动，否则我会和它一起滚下山去。开始几步，注意力在头顶上，手脚并用，没觉太费力。顺利到达第一个小平台，在石缝里，仅容下一双脚，稍微停下，向下望去，脚边就是悬崖，看着直下 1 000 多米的山腰，双眼发虚。赶紧转身，重新把注意力朝上。左边一米外是光溜垂直的石壁，从那里往上爬对于专业岩攀人士都极具挑战。只好往右，沿着窄小的石缝挪动。前面又是一面巨石，2 米多高，我试着推了推，巨石纹丝不动。幸好岩石上有些突起，我借助它们手拽脚蹬，艰难地提升自己。来到岩石上面时，已经气喘吁吁，心脏狂跳。

扶着石壁，休息一阵，把呼吸调匀。然后，继续向上。忽然，一阵疾风从侧面袭来，吹飞头上的帽子，也把人几乎整个托起。我死死抓住山石，并把全身贴上，惊恐中汗流浃背。越过 7 ~ 8 道陡坎，历时近 1 小时，最后爬到了山尖。

山尖就是几块累石，一米见方。我双脚立稳，屈膝弓腰，然后全身舒展开来，向四下环视了一分多钟，随即又坐下以防被风卷走。我居然到达了 2 800 米高的山尖。这一路，走森林，穿险滩，经戈壁，越高岗。计划时，遥不可及的小道，高不可攀的绝壁，咬牙坚持，也就达成了。举目北望，可以清楚地看到 Mount Sister 的群峰。

南边，可以看到刚经过的火山坑湖的一部分和高耸的 Mount Shasta 的山尖。西边是钻石湖和 Bailey 山。一种君临天下的豪气油然而生。

最后依依不舍中，带着深深的满足，我开始了返程。依据以往经验，下山总是最难的。我有些后悔，没带安全头盔。在这极易发生坠落的山巅，没有一丝对头部的保护是很不明智的。记得，两年前和朋友结伴到台湾太鲁阁国家公园玩，走在山道上就被鹅卵大小的石块砸在头上，幸亏当时有头盔。直面悬崖峭壁，双腿有些发软。紧张中，还差点走岔。来到了东坡，看到垂直而下的石壁，赶紧收住脚，真是生死一线，冷汗阵阵。重新定位并仔细观察周围山势及足迹后，我才找到上来时走到过石缝。沿着石缝，手抓岩石，小心地一步一步往下挪，终于回到了 west ridge，人累得几乎虚脱。

晚餐是泡方便面和一包即食紫菜，美美吃完，一丝不剩。再次来到小溪，沐浴，顺手将行装上的尘土／汗水冲去。一切收拾完毕，我在帐篷边的一块大石上坐下，目睹西边天际一轮火球缓缓下沉。翻卷的云朵如天使的袖裳，光艳夺目。万道霞光起先如血般鲜红，后变得如黄金般耀眼，直到温柔地消退为藕荷般的紫兰……

例行发去信息，报告今天登上了绝顶，并已平安返回营地。

安详的夜幕下，我平躺在睡袋里，享受着晚风的吹拂和星光的呵护，很快就入眠了。

◎ 从 Thielsen Creek 到 Maidu lake

第 13 天

今天计划中强度的旅行,步行 11 英里到 Mandu Lake 营地。走出营地不久,在小道上遇到了另一组游客。看上去,他们是一家人,老年夫妇加年轻的女儿。

"早上好,今天天气不错。"

"是的。"

"你们从哪里来?在小道上跋涉多久了?"

"我们家在华盛顿州的 Spokane,我们女儿想利用大学暑期走完太平洋小道俄勒冈 / 华盛顿段。我们就请假陪她走一段。我们已经在小道上有两周了。"

"一家人一起旅行,真好。"

"是的。"

那女郎亭亭静立,明眸皓齿,如小道旁盛开的百合。她微笑地看着我,顿时春风拂面。我顺势问她:"你有在小道上用的昵称吗?"

"有,叫乳酪。"

"那你呢?"

"羊羔"

"你不够白呀,取名猴子更贴切。"

随后大家都笑了。

我加入他们的队伍，往北跋涉。小道在树林里蜿蜒，略微单调。女郎的秀发和围巾不时被山风吹起，加上丰腴的体态和玉笋般的双手，构成一幅难忘的风景。女郎的父母毕竟年纪偏大，渐渐落在了后面。我轻快地迈着步，不时和女郎聊上几句。

我问道"这是你走过的最长的小道吧？"

"不是，洲际分割小道更长。"

我有些露怯，没想到女郎这样专业。"哇，你真了不起！"

"你也挺厉害，单人步行跋涉。有没有遇到熊？"

"有，在 Green Springs 山。只看到小熊。有些害怕，赶紧离开了。"

"熊一般不主动攻击，除非母熊认为你会伤到它的幼崽。在 smoky mountains 附近的阿巴拉契亚小道，我和伙伴们也有遇到熊，近距离。也害怕，只能缓缓退走。"

这时小道钻出树林，来到山岗，顿觉一片开阔。蓝天白云衬托下，远处群山巍峨。小道两边芳草青青，野花怒放，清凉山风中飘来淡淡芬芳。阳光和煦，暖人心怀。女郎也受美景感染，兴致高昂，路过花丛边，一一为我说出花的名称和特点，无论是鲜红的猴花，还是金黄的翠菊和淡雅的百合。经她娓娓道来，我瞬间发现这些无名的野花是如此娇艳。

越上山岗，来到 Lipasoo 山口，这里是太平洋小道俄勒冈 / 华盛顿段的最高点，海拔 2 295 米（7 560 英尺）。有个木牌钉在树上，标识着海拔高度。标志物不起眼，到达这最高点也没觉得吃力。物华天宝，美景佳人，催生出无限的精力。大家先后在木牌下拍照，留作纪念。

休息片刻后，大家又上路了。

下午时分，跋涉 12 英里后，到达 Maidu 湖区露营地。我和女郎一家分开，各自设置好营帐。Maidu 湖小而宁静，是 Umpqua 河的源头。水质清澈，我来到湖边，灌满所带的容器，然后跃入水中畅游起来。不久，女郎也加入进来，溅起浪花无数，留下欢笑一片。

晚餐后，女郎一家邀请我过去，围着篝火夜谈。我借机烧开一壶水，沏上茉莉花茶和大家共享。篝火、热茶烘托出热烈气氛。女郎父亲提及他们夫妇曾经到过秘鲁，在丛林里步行一周去拜访著名的空中之城——古印加帝国的陪都 Machu Picchu 当地的人文建筑，天气地貌十分独特，让我神往。他们一家还到过中国的桂林，游玩过漓江。作为背包客，他们也走过加拿大的西海岸步行小道。这小道，我倒是走过一段（离波特兰不算远），大家谈起那里的鲸鱼、大树、海滩都很兴奋。篝火的映照中，女郎面颊如盛开的杜鹃。

篝火渐渐暗淡，我回到自己的帷帐，躺下睡去。

◎ Maidu Lake 到巅湖（Summit Lake）

第 14 天

早上一觉醒起，整个营地就剩下我一人，孤零零的。倩影、欢笑、众人都消失得无影无踪，我都有些怀疑人生了。

下午 1：00 过后，来到 Windigo 山口，这时才觉得有些饥渴，就此停下就餐饮食。不远处有志愿人士维护的加水站。志愿人士属于小道天使会，他们定期把泉水运到山口，供来往的小道的背包客免费享用。我计划这次回去后，也多参加这样的活动，把方便送给亟需的人，以小道志愿人士为标杆。

越往北去，森林越密。绿色舒展开来，包裹着低谷和高岗，形成林海。小道边的松柏列队来欢迎我，饱含负氧离子的森林特有的清香充溢全身上下，让我彻底地放松，渐渐物我两忘，融化在这绿野里。

当日，步行 25 英里后抵达巅湖露营地。安顿下来，我特意四下打探，还是没有女郎一家的踪迹，微微失落。

巅湖本身倒没让我失望。湖东西纵深约 1.5 英里,静躺在高原上,附近是森林和火山 Diamond Peak。湖水湛蓝,清澈见底。这唤起我许多美湖荡舟的回忆,可惜这次我是步行而来,没装备皮艇。最后,跃入湖中,畅游一番,十分的凉快。可能偏远的原因,这里蚊子不少。它们见我一活物,就展开了攻击,不管不顾地。我一人面对上万的蚊虫,绝对劣势,只好拿起衣物,逃回帐篷内。

日落后,营地一片寂静。半夜醒来,穿戴严实,来到湖边。天上无云,月亮也已落下。夜空布满繁星,银河如闪亮的天河横贯天际。

◎ 巅湖到 Willamette 山口

第 15 天

天刚亮,我又急切地上路了。在晨风中穿行在森林里,寒露沾在鞋上,有些冷湿。过后不久,就到了海拔 2 500 米高的火山 Diamond Peak 的附近。这是一火山群,峰峦相连,如高墙横亘在小道西边。

当天,历程 18 英里,到达 Shelter Cove 度假村。

在度假村,我顺利收到寄来的包裹,包裹里有我急需的新鲜水果和熏鱼。入住酒店,沐浴,清洗完,兴致勃勃地来到酒吧,和其他徒步于小道上的背包客一起狂欢。每人在小道上都有趣事和历险,我受益多多。

◎ 结 尾

昨日君来信,
宿镇渺无名。
漂泊天涯路,
渐远而渐行。

远方的小裳

◎ **引 子**

> 宝琴键连千百弦，丝丝声声忆华年。
>
> 庄生晓梦迷蝴蝶，望帝春心托杜鹃。
>
> 沧海月明珠有泪，蓝田日暖玉生烟。
>
> 此情可待成追忆？他乡无暇翻新篇。

◎ **咫尺天涯**

女生同学 S 和我同系同级但不同班。大学四年，我们是纯粹意义的同学：学习同样的课程而已。如电工学里提到的电源火线和地线，虽隔着仅数毫米的绝缘树脂但不交集，撞击不出火花。同学 S 娇小而富才气，代号根号 2（$\sqrt{2}$）。唐诗念得多一点的男生，一般都希望女神如贵妃玉环般丰腴高挺，其他就视而不见了。（所谓灯下黑）

回想起来，关系真是疏远，四年彼此不曾说过话，不曾同过桌，不曾一起聚过餐。同学 S 所在班级的其他女生至少没这样淡。有的，上课时借故钢笔墨水已尽，问我能否匀点。有的，直接约我一起爬山。

学校里有条坡路，从学生 6 舍经过学生 2 舍，荷塘，教学楼，直达机电楼和图书馆，在校那些年，我每天都随着人群在那有些破碎，偶然露出鹅卵石的路面上或奔突，或驻步，居然和同学 S 没有一次交集，相遇，足见时空的恢宏和莫测。

大学第 2 年，全年级暑期到武汉钢铁公司实习。武汉是有名的火

炉,8月期间,每天气温高达40℃,加上轧钢车间的阵阵热浪,时时备受煎熬。当时男女生都住在武钢招待所的同一楼里,一天傍晚,偶见同学S,她穿着一件绿色的连衣裙让人耳目一新,仿佛沙漠中的一抹绿洲,充满生机,又如清风徐徐,带来阵阵凉爽。两年过去了,我才了解到同系的还有这样一位女生和她那清纯中带着矜持的笑声。

大学第3、4年,进入专业学习和实习,整天脑子装满负反馈和闭环增益,还有考研,那片清风刮去天涯海角。

4年一晃而过,遗憾地连见面问好的机会都不曾有过。人被当作空气,而且是空气中的惰性元素氮,没可能点燃。

◎ 峰回路转

大学毕业,我留校继续读研,同学S则远赴北方深造。我整天和一帮弟兄打牌,喝酒,野餐,日子如同校门前的湘江,在夕阳下,一泓清水欢快地流淌着,偶然一条拖轮驶过,身披金色霞光,激起一阵涟漪。89年风起云涌,同学S和我开始有了通信来往。

记不起缘因事源,可能是我主动去信问好,表达对当年绿衫的怀念。她收到信,可能也是一脸茫然,因为那男生白纸般的面孔实在是过于平淡,记忆中留不下一丝痕迹。

Anyway,同学S的第一

封来信,既不谈感情,也不说爱恋。她仅提到母校本系有个课题组,做过一个工控计算机系统开发项目,希望我帮她复印相关论文资料。接到圣旨,我赶紧将文件复印,加急邮寄给了她。

她回信致谢,并说她在开发一个计算机通信系统,基于 NEC9800 系列电脑,设计重点是通信协议,并提到 Token ring(IEEE 802.5 LAN)网络协议。同学 S 真是才女,技术上,她可甩我几条街不止。我开始接触网络及电脑总线协议,比如 ethernet(IEEE802.3 LAN),ATM,PCIe,Hyperlink,那是多年以后了。

后来,还收到过几封同学 S 的来信。不知出于礼貌还是其他,有封信里,她邀请我假期来北方,和她一起去旅游。这让我一方面喜出望外,另一方面顾虑起来,怕误解了同学 S 的善意,贸然前去会不会双方都尴尬?

◎ 结伴暑期

1990 年的暑期,我还是如约登上了去北京的火车,心里有些紧张,如赴京赶考般。在京西的 Q 学院,见到了同学 S。这也是我们第一次近距离的相处,这时我才注意到她的额头很宽广,充满智慧。同学 S 举止得体,既不激动,也不冷淡。她要见我,可能主要是鉴别真伪,一个曾同学四年却没说过话的男生和陌生人没什么区别。

我们一起远行去承德。那是我第一次乘坐带有空调的特别快车，宽敞舒适的车厢里还有电视。愉悦闲聊中，火车翻山越岭，奔驰向前，很快就到终点。（我还希望它慢下来呢）。承德避暑山庄类似中南海，规模却小不少，里面也是楼台亭榭，红墙绿瓦，湖光潋滟。和她漫步廊桥，登堂入室，轻松愉快。还有庄外带有浓郁藏传佛教特色的外八庙也让人耳目一新。仿布达拉宫的普陀宗乘之庙气势雄伟，我们在里面爬上爬下，四下游览。其他几个寺庙也是风格迥异。不用远涉藏区，就能领略吐蕃文化，很值。略微遗憾的是，不见僧侣，不闻念经，各庙显得有些消沉。由于到处都在修缮，山庄部分关闭。从外八庙返回时，有一次我们走了捷径，从山庄围墙的缺口处翻入。我先爬上去，然后把她拉起。回想起来，这可能是我们唯一的一次牵手。

我们还游玩了承德的其他名胜，记得有块石雕，刻着"热河"两字。我想这附近可能有温泉吧，把河水都加温了。届时，市场有各种时令瓜果，西瓜、樱桃、香瓜、葡萄、白桃，甚至甘蔗，游玩之余，我们买来不少，美美享用，其间我们还品赏了当地的山珍野味。清凉夏季，美景美味，这应该是我学生时代最凉爽的一个暑假了。

返京后，我们一起去参观了地坛公园和蜡像馆，里面的雕塑比真人还真。我们一起去白石桥边的北京图书馆（当时新北京十大建筑），馆内有个电影院，放映国外原版电影，记得正上演 Julia Robert 主演的《Pretty Woman》，同学 S 的细腰和那女星有得一比。我们一起学习烹饪，没想到才女还下得厨房，做的煎鱼有形有味。

3周很快过去,临行前她来看我。在京密引水渠边,库水静静地流淌着,我向她询问,我毕业后该去哪里? 她欲言而止,最后骑车离开,留下背影和随风飘扬的白色衣袖。

真心感谢同学 S 的热诚款待。

◎ 有始有终

回校后,她没再来信,或许暑期招待花去太多精力?

很快就临近毕业,我们那届很多同学南下广东深圳,那里有钱途。导师倒是希望我留校,继续做学问。纠结再三,我决定北上,虽说那里一切未定。

到京工作后,她来研究所看过我。我们曾一起骑车去颐和园观赏,漫步廊桥,相比避暑山庄,这里的皇家林园更精致。我们曾一起到海淀图书城看书。她涉猎广泛,专业书籍外,对哲学、心理学也蛮有研究的。她曾问我一个问题,"冰箱里有 10 个水果,其中有些很新鲜,有些则因存放时间长而陈旧。若每天只能吃一个水果,那该先吃新鲜的? 还是先吃陈旧的?"。我一时不知如何回答。水果,我从来都是快速地一起消灭。她对这个命题做了严谨的分析,从吃水果的顺序引申出悲观人生、乐观人生这样的哲学概念,仿佛老师给学生授课般,学识真高。多年后,我才了解到欧洲的哲学大师们如萨特、苏格拉底常常用这些浅显的例子和平民大众讨论深奥哲理。

同学 S 也喜欢读报，尤其是英文报纸，放眼世界。有次见面，她正看《中国日报》（英文），那版有篇报道是关于美国洛杉矶的黑人骚乱。事因是洛杉矶警察在追捕违规黑人 Rodney King 过程中对那年轻黑人进行了殴打，不巧被人录像。而法院没怎么追究警察责任，为此引起黑人不满。很快，全洛杉矶骚动起来，到处有人烧，杀，抢，掠。同学 S 英文好，读懂了报道的全部细节，对于美国的司法流程也明晰。同学 S 认为若陪审团里多些少数族裔，可能判决会不一样。报道里还提到，黑人抢劫韩国人开的商铺，韩国店主抱团反抗。同学 S 觉得高丽棒子有男子汉味，不像华人那么软弱。

就这样春去秋来，我们同在一城，见面却有限。不能与日俱进，那一定是劳燕分飞。六月的一天，我事先没通知，贸然去同学 S 工作的学校（和平里附近）拜访，没想到那成为了最后的道别。

◎ 东 京

某年在东京小住过数月。初夏的一个周末清晨，我早早起床，赶往位于中央区的帝国皇宫参观。从有乐町駅下车，站外的街道上行人寥寥，没想到在都市的中心居然有一大片宁静的庄园。抬眼望去，淡淡的晨曦在浓重的云层里隐隐若现。四下白雾弥漫开来，滋润着花坛、草尖和叶梢。朝阳的温暖随着晨风抚过面目，胸怀和四肢，算是热忱的欢迎。日本皇宫建筑坐落在一片绿意盎然林地里，雍容典雅。四周小桥流水，神庙毗邻。宫内，楼台亭榭，花容树茂。我不由回想起和同学 S 一起游玩过的承德避暑山庄。这里的皇家林园更有汉唐气质，淡化了佛陀的恢弘，却更加彰显老庄的恬淡，给人以文化上的熏陶。

在东京，我还特意参观了位于港区的 NEC（日本電気株式会社）总部。那时，微处理器芯片已经是美国 INTEL 主导，NEC9800 江河日下，同学 S 设计的基于 NEC9800 系列的系统估计也黯淡收场了，而 Token Ring 协议虽高效、简洁也竞争不过 Ethernet。再往后，我亲身经历了 X86、RISC、ARM 等计算机架构的更迭。计算机技术日新月异，优胜劣败，残酷无情。NEC 曾荣登世界半导体企业榜首及 PC 制造第四，几经分合，已面目全非。倒是黄仁勋、张忠谋、苏姿丰等华人精英励精图治，奋斗几十年后所统率的企业渐成气候，位列世界半导体行业及计算机技术的巅峰。

樱花灿灿，护河漫漫，所谓白衫，在水一方。

◎ 巴 黎

后来某年,到巴黎游览。先慕名前往塞纳河畔,河水既不清冽也不浪漫,甚至还带点异味,可能当年巴黎公社暴动时抛进太多尸体。继续漫步,即来到埃菲尔铁塔近旁,屹立一百多年的钢铁巨物气势不凡,巍峨卓立。

沿着河滨路往前,即见卢浮宫,博物馆里面文物珍品无数。我有幸观赏到汉谟拉比法典,法典来自古代美索不达米亚,约 4 000 年历史,是一个刻有精美图案和阿卡德楔形文字的石碑。记得中学学习世界历史时,老师就提到过该法典,说它是保存至今的人类第一部成文法典。文艺复兴领袖达·芬奇的杰作《蒙娜丽莎》也正展出,没想到该画仅长宽 77 厘米 ×53 厘米,略微有点失落。馆中还有古埃及、古希腊、古波斯、古东亚的珍贵文物,包括敦煌莫高窟的宝藏。

橘园博物馆距离卢浮宫不远,这里专门整理、收藏,并展出莫奈的绘画。莫奈作为印象派绘画的开山鼻祖,一生创作无数,博物馆里的睡莲油画,篇幅巨大,气势磅礴,引无数艺人文客来此膜拜。我倒是更加钟爱莫奈的前期作品,如创造于 1876 年的《日出》。在《日出》中,画家敏锐地捕捉到清晨的各种动感,包括旭日跃升,彤云飘逸,晨烟袅袅,渔舟荡桨,柳岸莺歌,出水芙蓉,风姿微澜,并通过光影鲜活地创造出朝气蓬勃的田野生态。画中的一抹亮绿仿佛幻化成大学暑期实习时所见的衣裙。

闲逛中,不知不觉地转到香榭丽谢大街,一条普通主街(AVENUE DES CHAMPS-ÉLYSÉES)硬要译成香街,可见法兰西浪漫和香水对人的洗脑。香榭丽谢大街上,游人如织,摩肩接踵。不远处可见拿破仑的丰碑:凯旋门。

附近还有其他名胜,包括 Montparnasse 公墓,先哲萨特安葬于此。想起同学 S 关于水果吃法和人生观的讨论,她或许曾到此拜访,寻找真理。

　　梧桐苍苍，塞纳漫漫，所谓绿裳，在河一方。

◎ **洛杉矶**

　　某年全家驱车到南加州游玩。开出 900 英里后，终于接近洛市。车在 Santa Clarita 附近的山路上盘旋，周边尽是长长的集装箱货车。地图显示道路两旁有大片的州森林，其实不过一些稀疏的松树，山火烧过的黝黑掺杂其间。刚过山口，眼前豁然开朗，民居洋楼，密密麻麻，横亘无涯，久违的都市喧嚣扑面而来。又继续行驶 90 多分钟，终于来到 Anaheim 区，入住酒店 Best Western。

次日,陪孩子们到迪士尼乐园,那里人头涌动,人声鼎沸,我下意识地有所警觉,希望不要出现骚乱。美国的文化洗脑也是厉害,各种游乐园都是吸金大户,门票100多美刀一人,可世界各地的家长还是带着孩子们源源不断地赶来。迪士尼乐园共有四个主题公园,每个公园的游乐项目多到目不暇接,数不胜数。白天,游行表演最为精彩多姿,把美国娱乐至上的商业文化演得淋漓尽致。夜间,音乐喷泉和烟花则营造出仙境天堂般的极乐欢愉。

第5天,全家前往位于好莱坞的环球影城游玩。游乐园里,有各种电影摄影棚,逼真模拟各种现实场景,包括战争、暴动、灾难和时空旅行,更是让游人如痴如醉。我特意参加了一场地震片的观摩游,现场的地动山摇,烈焰洪水,血肉横飞至今让人无法平静。

好莱坞往西不远,就是1992年黑人暴乱的中心,特意去拜访,街上车流川流不息,不见弹孔和狼藉,Rodney King 也飘逝。来到现场,想起那篇同学 S 解读的英文报道,人有些恍惚,似乎当年在北京读报催生的想象比当下亲眼所见还真实。洛城族裔繁杂,人口众多,如同火药桶,随时会被点爆。

游园攘攘,美河漫漫,所谓伊人,在洋一方。

◎ 后 记

何去何从,交给时间吧,如同 ANYA 唱红的那首歌"ONLY TIME"。

远方的小岛

◎ 序：曾经沧海难为水

Flores Island，加国太平洋环链上的一小岛，距离波特兰千里之遥。我曾陪我们家的大男孩 ZM，泛一叶轻舟，历经狂风、急流、巨浪、倾覆，登上过那里的滩涂。在欣赏该岛绝美的自然生态的同时，也惊叹内心深处的那份自强。

◎ 101 个地方

早些年，我们家大孩子 ZM 才 7 岁，喜欢读书。一天，他兴冲冲地跑来，向我展示了一本书，书名"101 Places You Gotta See Before You'er 12！"该书很流行，介绍了 101 有特色的地方，推荐每个小孩 12 岁之前去游览。从此，该书成为了我们家的旅游清单，每到节假日，我们会尽量带孩子们去到书中描述的地方。几年下来，我们还真去了不少的地方，如垃圾处理场、艺术家创作室、观看银河的去处、监狱、野生动物避难所、天然洞穴、航天飞机发射场、鬼城、动物迁徙经过的地方、造币厂、宗教圣地。到 ZM12 岁生日的时候，清单上只剩下一个地方，我们还未能让他如愿。那就是"一个远方的小岛"。

其实,小岛我们也去过不少,新加坡、Oshima、英格兰、夏威夷,但这些都被小孩 ZM 否决了,说不够远,不够偏僻。他要去个真正的荒岛,远离大陆。孩子很认真,我们家后来每次计划出行时,他都会提到远方的小岛,年复一年。最后,夫人和我实在不忍看着孩子再次失落,经过一番调研,搜到 Flores Island,似乎合格。

该岛远离大陆,岛和其他岛屿间没有架桥,也没航班。方圆 300 公里内,仅有数千居

民，唯有水路能到，纯原始天然，我们小心地向 ZM 推荐，终获他首肯。

鬼城-Bodie

◎ 启　程

　　目标确定，我就开始规划行程。最后一段是最难的，我们需要从附近大岛的 Tofino 跨越 30 ～ 40 公里的太平洋才能到达 Flores Island。游泳是个选项，不过太平洋可是随时会波涛翻滚的，葬身海底的概率比登上滩头的大。水上 taxi 也可以到那，被 ZM 一口拒绝，太不刺激。最后，只剩下划皮划艇上岛。我赶紧开始购买航海的器件。第一，防寒防水的皮划艇套件是一定要的。第二，紧急情况下的卫星求援设备不能少，去订购了 Garmin inReach Explorer+。第三，当地的潮汐、洋流图也是保命必需。第四，罗盘、导航、便携帐篷。好在我们已有 Touring Kayak 和 spray skirt，否则信用卡会刷爆。

　　设备齐备后，我们开始留意天气，要避开有风暴或下雨的天气。数周过去，天公也没做到尽善尽美，最后决定不再等待，明天周六就出发。我们家的小男孩 JD 也要求和我们同舟共济，看他七岁单瘦的身子，一阵风就能吹走，我没敢同意。届时，JD 和他母亲会留在 Tofino 岸上。一旦有万一，他们会联系急救队来救援。

周五上班,还挺忙,先在实验室测试新到的 Grantley 主板,然后赶报告。回到家已经晚上 7 点多。觉没睡几个小时,凌晨 2 点就起来,开始打包,收拾,装车。周六早上 7 点多,在孩子们的催促声中,我们动身了。侍候这些孩子,费神费力,劳动强度太大,难怪这边保姆都是高薪。

◎ 信步林间

车开出半小时,刚进入华盛顿州,开始双肩发紧,两眼发沉,想想将至的渡海需要体力,我赶紧到下一休息站停下,休整。走走停停,下午才到 Olympic National Park 的 Lake Crescent Lodge。安顿住下后,我们轻装走上了通往瀑布 Marymere Falls 的林间小路。沿着碎石铺成的小路往前,来到一护林员的小木屋(Storm King Ranger Station),木屋看来年头已久,饱经沧桑的样子。据说,屋子的主人参与了 Olympic National Park 的创立和维护。这国家公园加上周围供消闲的沙滩,林地共有一万多平方公里,是举家度假放松的好去处。继续信步,走向山林深处,小路两旁的树木愈发高大,有些我们全家一起上都合抱不了,估计树龄在 300 年以上,参天的大树间长满各种灌木,不知名的野花,白色、金黄、紫红的,散落开来。植被遮天蔽日,构成一幅浓郁的油画。深吸几口大森林特有的清香空气,精神为之一振,步伐轻快起来。不时有杜鹃鸟和蓝松鸦从林中跃起,鸟声激越悠长,烘托着让人心醉的宁静。登山一段,丝毫不觉疲乏,手脚倒觉得有力了许多,胸口也舒坦开来,这时听清了前方传来的潺潺流水声。走过一小木桥,水声更大,抬头望去,Marymere Falls 就在眼前。瀑布不大,但秀气可餐。上方是一山坡,几股娟流会合后从山崖奔涌而下,仿佛一亮丽的丝帘挂着岩石上。又如一高明的乐师,以山水为瑟,大气地演奏着,杨意不逢,抚凌云而自惜。又下到小溪边,掬水抚面,洗去尘土,心中的焦躁也随之消失得无影无踪。孩子们更直接,干脆光脚到水里玩闹起来。

◎ 月牙湖

　　徒步登山后，回到酒店，简单煮面当晚餐。吃完饭，孩子们兴致还很高，我们就出门，来到湖边。Lake Crescent 在美国西海岸是非常有名的。这时游人不多，略微冷清。湖水清澈见底，如一巨大的翡翠玉石镶嵌在群山峻岭中。湖边有几个孩子在游泳，很快我们的男孩们也跳到水中，玩耍起来。我继续沿着湖边往前散步。不远处，有人在玩桨板。那是位上岁数的女士，可能长期户外锻炼，身健体强，稳稳直立于滑板上，不时潇洒地挥动着长浆，滑板随之无声地射向前方。湖面如一宽大的舞台，上演着婀娜动人的舞蹈。湖边的高山上，树木葱郁，像巨大的绿毯在空中飘荡。抬眼远望，在湖的尽头，两边的山体，天门般耸立其间，仅容一线空隙让天边的丽水源源注入湖中。

沐浴着清风,欣赏着湖光山色,身后隐隐传来几声欢快的童声,有些恍惚起来,如入梦境。此处桃花源般,适宜常住。唉,孩子偏偏要去那远方的荒岛。落日时分,我们踏着金光,返回客房。

◎ 海 轮

第2天

我们很早就起床,赶往 Port Angeles,搭乘轮渡跨海去 Victoria。把车在底舱里停妥,我们来到上层客舱,直奔餐厅。餐厅很大,人也很多,好不容易才找到空桌子,接着我去排队购餐。餐厅提供 pizza、热狗、炸鸡,还有海鲜汤,价格不贵。花去不到 20 美刀,我们全家美美吃了一顿。随后,我们来到甲板上看海景。轮渡开得飞快,20 多节,已经距离 Port Angeles 很远了。回首,能看到南边奥林匹克山脉全貌,山顶的积雪在朝阳下熠熠发亮。我们的兴趣主要在海面,朋友们介绍说在这片海域时常有鲸鱼。四处搜寻鲸鱼呼气的水柱,海里波涛翻滚,很难分辨,几次误判后,孩子们热情不再,回到客舱里去打游戏了。我留下,继续让海风拂面。这时,有人高声说道:"鲸鱼"。赶紧跑过去,只见一只几十吨重的 Humpback Whale 在玩跳跃呢,激起很多浪花,十分壮观。

海上的风,越来越强,人们纷纷回去舱内。我则有些意犹未尽,一边回味着"海阔凭鱼跃"的场景,一边观赏着翻滚的浪花。看到不少海鸟翱翔空中,不时俯冲下来觅食,狂风巨浪中更显写意自如。海岸线变得模糊起来,极目望去,四周都是茫茫太平洋,1~2 艘万吨货轮散落其间,显得渺小和不堪。范公来此,一定会道出"浩浩汤汤,横无际涯;朝晖夕阴,气象万千"的感慨。

这宽广的天地,丰富的资源,真是英雄的用武之地。遥想清末,那些下南洋的同胞,靠着一叶轻舟(比皮划艇大不了多少)甚至抱块木头就敢航海几千公里,何等的勇气!我此时不仅没有半点豪情,相反还担心起来。联想起这次旅行的目标(小岛),我们要划船才能到。皮艇单薄,完全靠人力驱使,大浪激流中会不会倾覆?海上的狂风,把大船都能吹得晃荡,皮艇会不会失控,被吹得远离航道?答案就在风里。恍惚中,我聆听到启示:"这几十年,你就生活在人造的蜗居里,依着指定的路径读书、就业、娶妻、得子,忘却了外面自由潇洒的万物,丧失了内心不屈不挠的自尊,最后可怜地只剩下银行账户的几串虚数。"

两小时后，渡轮靠近了 Victoria，港湾里停泊了很多的客轮和私人游艇，岸上有些英式传统建筑格调鲜明。城市依山傍水，显得清新雅致。我们驱车上岸，过海关很顺利，移民官简单问我是否携带食物就放行了。来到城里，我们找到一家泰国餐馆，用过午饭，孩子们都说比波特兰的泰餐好吃太多。顾不上参观当地有名的 BC 皇家博物馆，我们继续开车西行，当晚来到中央山脉腹地的 Port Alberni。两天过去，光开车就有700 多公里，小岛还在远方。

◎ 继续前行

第 3 天

起床后,才确认这家 Best Western 居然不提供免费早餐!我们入住过几十家 Best Western,这还是头一回。在镇上,带孩子在快餐店吃完早饭后,我们继续沿着 highway4 南下。车穿行在原始森林里,路两边是高大浓密的松柏,不远处有温柔蜿蜒的秀湖 Sproat Lake,不时还能看见远处山顶的积雪。打开车窗,清凉的山风在车内弥漫开来,十分的舒适。若不是重任在身,我们会就此停下,在附近露营荡桨,如陶渊明般归隐山野几天,吟唱"羁鸟恋旧林,池鱼思故渊"。

开出约两小时,我们见到了大湖 Kennedy lake,在这我们要最后练习划桨,为下海做准备。lake Kennedy 相比 lake Crescent,水域更宽大,更有气势。这次北美西北海岸行,一路我们经历的都是美湖名川,审美疲劳开始作怪。唉,我不由暗骂自己"贱",美好的来得容易,就不懂珍惜。我们把车上的皮划艇卸下,抬到湖边。穿上新买的 Wetsuit,用 skirt 密封好座舱,ZM 和我相约来一场 race。湖水很静,很清,在上面荡桨是极大的动感享受。我们指向 10 公里外湖的北端,相互追逐起来。头几分钟,我还能跟上,300 米后手臂酸痛起来,划桨的频幅降了下来,呼吸急促,心跳快得难受。13 岁的儿子在前面渐行渐远,我既欣喜新生代的成长,又感叹自身的衰退。当晚,我们来到 Tofino,找到一小酒店住下。酒店业主是一名慈祥的韩国移民,人很热情。

◎ 岛 Vargas Island

第 4 天

我早早就起床准备。先查看了最新海洋天气预报和潮汐,确定早上 8:30 低潮时是比较理想的渡海时间点。然后再次检查随身的导航、卫星紧急求救设备、对讲机、手机、备用桨、衣物、头盔、炊具、食物、水和帐篷。简单吃完早饭,我们开车来到码头。我们的第一站是 2 公里外的 Vargas island 的南头沙滩。在那稍事休息,若水流、天气容许,我们会继续沿着该岛的海岸线,划到西边的主沙滩,并在那里扎营过夜。第一段航程,由于在海湾里面,相对水面会平缓很多,这有利于 ZM 和我这样的初级水手。

8:35 和夫人及 JD 告别后,我们划桨离开了码头。夫人很是担心,叮嘱我们不要逞能,觉得不行,就放弃回转,真有点“壮士一去兮不复还”的悲壮。下水后,发现海面无风少浪,洋流平缓。ZM 和我,各划一只皮划艇,很轻松地向前推进。半小时不到,我们就平安抵达南头沙滩。这让我们信心增强不少。

停下不到 2 分钟,我们继续向西进发。由于礁石众多,这段航道变窄很多,浪也大了些。颠簸中,我们尽量行走于航道的中央,顺利地通过了礁石区。其间,看到不少海狮在岸边的悬崖上懒懒地晒太阳,也没心思多关注。我们一鼓作气,挥桨不止,不久就来到了西边的主沙滩。整个航程用时 70 分钟。

上岸后,赶紧用手机和夫人通话,报平安。我让 ZM 留在岸上,我重新下水,划到沙滩尽头的岩石附近,从浅水里,拾起一些生蚝和蚌,晚餐的海鲜有了着落。随后,和 ZM 会合,支起帐篷。目标顺利达成,心里踏实许多。躺在帐篷里实在不愿再动,听着海浪拍岸,很快入睡。不知过来多久，ZM 把我叫醒，他肚子饿了。我只能起来，到小溪的上游取了淡水，冲去生蚝和蚌外表的泥沙，搭好煤气炉，煮了一锅海鲜。美美地就着面包，ZM 和我把海鲜吃了个干净。身后松涛阵阵，眼前大海浩荡，上有白云夕阳，水下豚突鱼欢，我很是满足。家人一起，谢绝动力交通，靠着自身，渡海到这，收获食物，和万物（树、花、草、狼、熊、鹿、珊瑚、海狮、鲸、鱼、蟹）共享自然，这体验太美妙了。

临睡前，我们把食物放进公园提供的铁柜（防止野兽），在帐篷周围用树枝建起警戒线，铺上纱网和铃铛。当然，我们还有短刀，狼真的闯入，我们就奋起斗争。

◎ 岛 Flores Island

第 5 天

一夜安睡,清晨涛声把人唤醒。我没敢多睡(睡得最美的一次),起身开始收拾。根据潮汐图,我们 9:10 出海适宜。今天,目标是西北的小岛(Flores Island),也是整个旅行的终极目标。

上岛有两条路线:北线和南线。第一条北线,先划行 4 公里,抵达 Flores 最南端,然后沿着 Flores Island 和大陆间的海湾北上,划行 30 公里抵达岛西北的 Cow Bay。港湾里,风浪小,相对安全,容易。第二条南线,大部分航程在开阔的太平洋里,划行 12 公里可抵达西边的海滩。开阔海域,风浪、洋流、潮汐、云雾不定。恶劣情况下,会有巨浪、逆风和迷雾,难度大且有风险。我难以抉择,最后想到 100 个书中提到的有特色的地方,我们都带小孩去过了,这一个地方,还是以特色为导向。我们决定走南线。

9:00时候,海上迷雾很浓,视野差,我们只好等待。直到11:30点,雾气才变薄,我们随后出发。今天的洋流还是偏西南,我们的目标在西北,有些逆流。水面不似昨天平静,有1英尺左右的起伏。海风还算温和。向北调整方向,并重新检查各自的头盔后,我们迎着波浪划去。皮艇很颠簸,浪一波一波地袭来,身体时而被掀起,时而又跌落,我在皮艇里很紧张,双手死死握桨,手指发白,努力稳住皮艇,并尽力划桨。不久,就呼吸急促,头晕目眩了。前方的ZM则是一副享受的样子,他喜欢这种过山车般的刺激,轻快地荡桨并欢呼着。挣扎了1小时多,抬眼望去,小岛(Flores Island)似乎靠近了些。我拿出snapper tea猛灌了半瓶,借以补充体能。这时发现海岸吹来的风变强了不少,洋流也随之加快。顶风逆流,划桨更加困难,额头和后背不知不觉中冒出冷汗。我有些后悔,没选择海湾内的那条路线。这时,掉头回去Vargas岛也难,距离远了,也不顺风。波涛也助虐般汹涌起来,在跌到波谷时,我难寻ZM,唯有巨浪小山一样地往下压盖。等浪把我托到波峰,我才找到ZM,赶紧用对讲机向他呼喊,让他靠近些,彼此照应。深深吸口气,然后缓缓吐出定神,我集中精力在桨上,左探右挡,尽量平衡。皮艇稍稳的时候,就拼命划行向前。渐渐地,不再那样恐惧,甚至觉得有些好玩。颠簸一阵后,再做观察,Flores Island的海滩已经看得很清楚,似乎触手可得。一阵轻松,这时才体察到身子僵直,手脚酸痛。突然间,一股大浪如白龙般从左侧向我袭来,不容我调整艇身,一下把皮艇掀翻。我全身倒立水中,被扣在艇下面。海水冰凉,小刀般切割着脸,颈部和双手。激流里,用嘴呼气困难,少许海水灌入嗓子,十分苦涩。我贴紧皮艇,用力向下划桨,人才翻转到水面上,还没换好气,皮艇又被另一股大浪倾覆。再一次被扣在水下,神智有些模糊起来,肺部的空气似乎被抽干,全身软绵无力,挣扎几次想往下推桨,皮艇都没翻转,最后只好放弃推桨,改为一手握桨,团身,转动向上。这样,人才又浮出水面,正好ZM也赶到,帮我稳住艇身。今天多亏有小孩在身边,否则可能就交代了。一通狼狈后,我和ZM继续向海滩划去,最终上岸。ZM和我兴奋不已,终于踏上了远方的小岛Flores。没想到,我这曾经的体育侏罗,在孩子的鼓动和帮助下,也能荡舟济海。

　　上岸后,换上干爽的衣服,我重新登艇划到礁石边,如法炮制,拾起生蚝、蚌和鲜嫩的海草。海滩上,有人在垂钓,我过去本想询问能否从他那买下一条鲜鱼。那西人很慷慨,二话不说,直接送我一条3磅左右的石斑鱼。

　　随后,我和ZM架起篝火,做出油煎鲜鱼 + 海鲜汤,香气四溢。不顾滚烫,我们把这些全部吞下,精选出来的海草尤其好吃。这边海产丰富,也算是对我们来访者的犒赏。

◎ 天上星辰

半夜醒来,四周宁静。梦游般地披衣走出帐篷,不经意抬头望云。碧空如洗的夜空,星光璀璨,银河映亮天穹。没想到海边也是观星的好去处。那些原以为触不可及的缥缈星座,星系及星云瞬间将我点亮、充盈。

牛郎织女星座在银河里最瞩目,欣赏中,不禁想起情圣秦少游的不朽语录。

　　纤云弄巧,飞星传恨,银汉迢迢暗度。

　　金风玉露一相逢,便胜却人间无数。

　　柔情似水,佳期如梦,忍顾鹊桥归路。

　　两情若是久长时,又岂在朝朝暮暮。

激动哟,有幸领略了情圣的创作环境,还有那来自银河的灵感。我眼前,纤薄的云彩也在天空中变幻多端,时时也有流星划过天际。某瞬间,一丝黑线横跨银河,牛郎织女似乎被它拉近,成就了似水的柔情,如梦的佳期。最后定格的还是那恒久的守望和名句"又岂在朝朝暮暮"。

◎ 小径：Walk the Wild Side Trail

第 6 天

今天，我们计划在岛上做徒步旅行。在这小岛及整个温哥华岛海域，长期以来有原住民（Nuu-chah-nulth 族）居住。原住民的历史和对外交往，可以追溯到中国的唐代。Walk the Wild Side Trail 就是原住民在这小岛上开拓的一条历史悠久的森林小道，全程有十多公里。小岛 99% 为原始森林覆盖，这是非常罕见的。由于高盐碱和强力海风，海边 1 公里内一般都只有低矮植被，甚至完全沙化。在 Flores，海边处处可见高达几十米的松柏，可见生命之旺盛。

从 cow bay 沙滩，往里走，我们就来到那小径上。首先，有一段栈桥（Sitka Crossing），让人联想到中国古代的栈道。走过长桥，小径继续穿行在森林里，高低起伏。这里，各种植物疯长，几乎把道路遮住。我们每一步向前，都是小心翼翼，担心一脚踩空。走过 1 公里多，小径转到了沙滩上，我们借此在沙滩上坐下休息。沿着沙滩，我们继续往前，小径又转回森林。这一段路，可能来往的游人多，路显得明晰，好走得多。看到更多的高大乔木，很多树龄都有几百年之久，比在奥林匹克国家公园见到的森林还要原始。这小岛交通不便，生态上千年都没什么变化。走出半小时，小径又转到另一个沙滩。

不经意间，我们发现了狼的脚印，顺着脚印远望，就见到一只灰狼立在树林边。不一会儿，狼转身消失在林中，彼此相安无事。我们没有继续前行，为了安全，转回到了营地。

这小岛还是观看鲸鱼的好地方。在露营其间，我们近距离地几次看见鲸鱼在水面上下翻滚，十分壮观。这里的生态环境实在是太优越了。

◎ 野天温泉 Hot Springs Cove

第7天

今天我们计划划船去西边的 Maquinna Marine 省公园，公园有个纯天然的海滨温泉，十分的神奇。公园在另一个岛上，和 Flores 隔海相望。整个航程约4公里。这次，我不敢再大意，出发定在退潮的时候。不冒险，天气差，就在 Flores 多待一天。老天也作美，没有大雾和大风。

　　在平静的海面上，我们划得飞快，不到 1 小时，就顺利抵达公园。上岸后，欣喜地见到了夫人和小儿子 JD。他们乘快艇从 Tofino 来和我们会合。ZM 眉飞色舞地给弟弟讲述我们的渡海，我没敢提皮艇倾覆的事，怕他们担心。随后，我们按照路标，走上了一条森林小径。这里的小径比 Flores 岛上的好多了，路宽而平整。小径两边也是古树参天，空气中弥漫着我已熟悉的特有清香，走在上面，我仿佛注入了活力。约 40 分钟，我们来到 Hot Spring Cove。

　　热源在悬崖上的洞穴里，滚烫的热温泉水飞泻而下，顺着岩石缝隙流向大海。在热源和汹涌而入的潮水间，总能找到合适温度的水坑来尽情享受一番。我们到的时候，已经有不少游客了，等待花去不少时间，后来才轮到我们。泡在温泉里，清风拂面，涛声入耳，森林、大海、蓝天围绕，真是天赐营养，把人醉酥了。

　　依依不舍中，我们登上快艇（皮划艇随船托运）回到了 Tofino。回程中，又看到鲸鱼、海豚和海狮，心里默默感恩这天赐的丰富。

◎ 结 尾

　　远方的小岛,真是一块天然璞玉,原始、自然、丰满。谢谢你,让 ZM 实现愿望,助我找回自强。远方的小岛,愿你永葆原态原样。

远方的小河

◎ 引 子

清涧激扬,山道险长,所梦所求,在河彼岸。

◎ 旧 居

　　他一大早就开车100英里去接儿子阿尔文。他到达后,把车停在屋前的车道上,没急于下车,而是把眼前的景物一一扫过。这房子是他结婚时买下的,前院的花草树木也是他一手种植的。杜鹃花还在争艳,绿草茵茵。一切仿佛昨日,可他已经搬出去单独居住很久了。这些年,他辗转四方,尝试了很多工作,也辞职去创业过,结局都很惨。生活像加入过多盐分的水已经饱和。很长时间里,他什么都懒得去想,什么都没兴趣。前妻的俪影在记忆中也十分的模糊。

　　五分钟后,他还是走下车,来到门前,在草垫上蹭干净鞋,推门进去。当儿子从客厅向他跑来时,他张开双臂迎接。拥抱中,他时刻留意着,免得儿子激动过头撞到附近的物件上。前妻在厨房,披着浴袍,看着他们爷俩。当他望向她时,她却摇了摇头,转过身去。这次他是来带儿子去露营度假的。儿子有七岁多了,他也没怎么陪,心里有些歉疚。

◎ 野地温泉

把儿子的行李装进他的皮卡,他们随后出发了。经过拥堵的HWY217 和 HWY205,转到 HWY224,路上的车辆才稀疏下来。天上飘来一阵雨。对面的一辆车带着浓重雨雾呼啸而过。他赶紧打开雨刷,把前车窗擦净。这时他的脑海中浮现森林小路的场景。碎石铺成的路面有一层厚厚的积雪。这让他情绪高昂起来。他已经低沉好多时日了。不久,雨停,东边的天空阳光灿烂,把天际映衬得一片金黄。他扫了一眼后排座上的儿子。儿子穿着 NIKE 运动衫和牛仔裤,脚上套着笨重的登山靴,小腿和脚正不停地晃动着。

"你没事吧?要小便?"

"是的。"

他随即减速,把车开到路边停下。儿子下车,走到草丛里,胯部前倾,欢畅地倾泻着。男孩回到车里,他们继续沿着 224 号公路往前。

和儿子阿尔文在一起,他很轻松自在。各种话题变得有趣起来,比如:

当你在森林里遇到美洲豹该怎么办?是掉头逃跑?还是镇定面对?

午餐如何安排?吃什么?

一个多小时后,他们转到了土路上。车穿行在大森林里,两边古木参天,光线暗淡下来。路面有不少坑洼,经过时,皮卡摇摇晃晃,减震器吱吱作响。

"好玩吗？阿尔文"

"不错，有些坐过山车的感觉。"

他有些年头没来这里，每到路分叉时，他都凭感觉而前行。

"我们离那温泉不远了。"

他摇下车窗，森林里带着清香的空气扑面而来，隐隐中他能听出远处的水流声。过去的8年，他一直挣扎着，一直想回到这片森林里。这里的一切对他来讲是那样的亲切，那样的醉人。好吧，这次充满电，让生活重新开始。

想到这，他不由得欢欣鼓舞起来。那些缠身的麻烦如同烂掉的树根，到了摆脱它们的时候了。病树前头万木春，不是吗？

再往前，山谷开阔起来，一条小河奔行其间。两边的河岸布满灌木和青草，各种野花散落四下，姹紫嫣红，形态各异，引来不少艳丽的蝴蝶。不远处，团团白雾升腾起来，那正是温泉所在。

"我们到了！"

他找到一处稍微宽敞的平地，把车停下。换上泳衣，带上装有浴巾、零食、矿泉水的背包，他和儿子向小河走去。这是克拉克玛斯河的一段特异的地方。河边有热泉眼，涌出近100℃的水。好心的志愿人士，用鹅卵石和布料在河滩上垒起水坑，按比例引入热泉水和河水，形成汤池。

阿尔文迫不及待地跳进水坑，游玩起来。

"阿尔文，不要靠近泉眼。"他赶紧提醒儿子。

水池里已有几位温泉爱好者，正在尽情享受着。他和他们问好致意，向前来到离泉眼不远的地方。这里，热水和凉水交汇有时不均，需要自己用双手搅拌才不至于烫伤。调好水温后，他把头枕到一块青石上，全身浸泡在温泉里。河底不断有带着硫黄味的热气泡涌出，轻柔地撞上身体就幻灭了。不久，头部和颈部泡得开始发酥，一阵倦意袭来，他想就这样睡去该多好呀。可偏偏脑海里浮现出几年前开公司时的法律纠纷。有一客户非说产品的宣传广告和实际效果不一致，把他们告上法庭。为这事，他和合伙人无端地浪费了很多时间和资金，整天心神不宁，如热锅上的蚂蚁。最后，他们虽然胜诉了，但付给律师的诉讼费也难以承受。商场如战场！相比之下，这片宁静温暖的林中水域就是天堂了。一阵清风从河面吹过，和潺潺水声交织。河谷之上是一线蓝天，和煦的阳光穿过云缝,仿佛和温泉争宠般,抢着给他送温暖,让人想起王子安的名句"爽籁发而清风生,纤歌凝而白云遏"。

一小时后,他起身,回到岸上,打开矿泉水盖,美美灌下几口。儿子对饮料 Mountain Dew 兴趣更大,他从背包里拿出一瓶,递给阿尔文。为了体现冷暖平衡的公平原则,他随后跳进水池之外的河里,在冰雪融化的水中体验那刺骨的寒冷。阿尔文也跟着过来凑趣,他怕儿子体力不够,被水卷走,赶紧拉着阿尔文回到温泉池中。

太阳落山前,他们在不舍中结束了温泉理疗。随后,他在河岸上支起帐篷。简单用篝火烧烤几个香肠,做成热狗当晚餐。一顿饱食后,他和阿尔文早早钻入睡袋。安详的夜幕下,享受着晚风的吹拂和星光的呵护,父子俩很快入眠睡去。

◎ 渡　行

　　他大早就起身,在篝火上煮好麦片粥,烤好培根肉,美美和儿子用完早餐。收拾完,他们背负行囊,继续徒步旅行。沿着无名小道在林间行走了 4 英里,他们来到一条小河边,小道在河的对岸继续往森林深处延伸。河水晶莹透亮,翻卷着,奔腾着,欢快地向西流淌。他们需要横渡过去。

　　他向阿尔文简单介绍了当天的步行计划:他们先渡河,然后步行约 4 英里,到达一个废弃的马棚并在那里过夜。马棚年久失修,屋顶漏雨。马棚旁有篝火盆,取暖和做饭相对容易。那马棚在密林里,很野,早晚常用麋鹿和其他野兽在附近觅食和饮水。

　　当他们来到河边时,他有点小小的吃惊。可能今年雨雪多的缘故,河面比以前宽阔,他几乎辨认不出。巨量的清水轰鸣中快速倾泻而去。河的下游有一处断层,倒挂的水帘形成一瀑布。那里的动静更大,仿佛是战场,充溢着咆哮声,枪炮声,撕裂声。

　　他有些犹豫,考虑是否应该终止旅行,但没有其他的道路,只能渡河。

　　"好吧,我们从这里渡过去,"他说。

　　"我们不急,一步一步来。忙中难免出错。"

　　阿尔文点头同意。

　　"我先把我们两人的背包运到对岸,然后回来,接你过河。"

　　"Dad,好的。我在岸边看着你。"

　　他脱掉外裤、袜子,把它们塞到包里,然后和儿子的背包,睡袋和泰迪熊一起打包。最后,把大包背起,但没有把包和皮带连锁。

　　"过河的第一条规则就是不要扣上腰带。如果你在水中倾覆,你必须尽快甩开包袱。安全第一。"

　　阿尔文点点头。

　　"我会马上回来,"。他一脚踏入水中,水势没有想象中那样糟糕。他慢慢地用右手小心地把登山杖插在河的下游,站稳后再迈出下一步。往前走出 10 米,水已经漫过膝盖。这时,他的步伐更慢,先用一支脚在河床的石块上站稳,然后才向前移动另外一支脚。越往前,水流越急,冲得登山杖晃荡。他开始把出杖方向调向上游,以弥补漂移。最后,总算来到了对岸。他放下包裹，回头望去。阿尔文还在原处，双手抱膝蹲着。他向儿子挥挥手，赶紧又横渡回去。这时他想起十七岁，他跟团徒步旅游过。旅行中也有渡河。他问过做导游的白发大爷，说如果在河中摔倒怎么办。老人回答他，尽量要走稳，避免摔倒。

第二次背着男孩渡河，其实容易些。他们一直交谈着，以活跃气氛。他能感觉到那双瘦小的双腿紧贴着他的大腿，双手搂着他的脖子。他有信心，渡过河去，因为背上是他儿子。无论如何，他要确保他的骨肉安全。这不同这些年的自我奋斗，拼尽全力，也看不清方向，如同陷在没有尽头的隧道里，无法脱身或转弯？

马棚还是当年的模样。多年缺乏维修，残垣断壁。屋顶就剩下几个木条，地板也大部分腐烂。不过，正好可以在那里支起帐篷。父子俩一起努力，搭好帐篷，并在帐篷四周扎起雨披。随后，他把睡袋放进帐篷，铺开。安顿完，他们手电筒射向聚集在屋顶的蝙蝠，惊吓中蝙蝠像小猫一样吱吱作响。

接着开始准备晚饭。他在篝火盆里生火，煮好一锅美味的意大利通心粉。这里的傍晚宁静，天空一片湛蓝。晚饭后，他们把MARSHMALLOW软糖串到铁钎上，在火上翻烤，等糖开始融化时，趁热把软糖塞进嘴里。天开始落雨了，父子在门后观察户外的动静。一群麋鹿来到这片山岗，天已黑下来，鹿的身影模糊。鹿一边吃草，一边不时抖落身上的雨水，瞬时如一片片白色云朵四散开来。

"爸，麋鹿一定要在雨中睡觉吗？"

"它们已经习惯了。"

"它们会觉得冷吗？"

"难说，反正很湿。"他紧紧搂着儿子，在黑暗中无声地说道"谢谢你"。

他们很快钻进睡袋,并排躺下。雨天让人发懒,雨滴四处溅落,啪啪作响。他半夜从帐篷里爬出来去上厕所,发现雨已经停止,天上繁星璀璨,四下宁静无声。很快,他又睡了过去,朦胧中似乎又听到雨声。

◎ 困 境

早晨地面很湿,但他仍然快速的生起篝火,做好早餐。眼前的山岗被云雾笼罩着,慢慢地雾气变成白烟,往上冉冉升起,真美!早餐后,他们把行李留在马棚里,然后去爬山探险。他向前妻承诺过,今天会把儿子送回去。这样,中午必须开始返程。他们沿着小道走了一英里,到达的另一支流,在那片泥土中他们看见了巨大的野兽脚印,有些吓人,像是美洲豹留下的。时间很快就过去了。这是他和儿子的第一次野外旅游,最好悠着点。他们以后还可以结伴出游。

他们回到马棚,背起行李,原路返回。在离河约一英里处,他突然意识到这次渡河,必须用左手握住登山杖。左手比右手弱,但应该差别不大吧。

在林中,他就感到水声变得更大。等来到河边,情况确实如此。降雨这两天没什么区别。唯一可能的原因就是积雪的融化。望着这条河,表面上几乎看不出有什么不同。儿子跑在前天,他把登山杖捅进水中,测量水深。他觉得等到第二天早上再渡河会妥当些,但这里手机没信号,联系不上前妻。他不想让她担心。最后,他决定还是即刻渡河,但要谨慎,走稳,问题不大,他自言自语道。

他走到河边,捧起水,用力擦洗了一下脸,让自己清醒。然后观察水情,不远处,有一段平坦的河床,铺满拳头大小的石子,水有齐腰深。他脱下外裤和袜子,放进包里,然后把所有行李捆绑在一起。

"好吧,儿子,和昨天一样,你先待在这里不动,我第一步是把行李运到河对岸。"

下到河中,他立刻感到水流比上一次要湍急。他看准水势,双手握住登山杖,一步一步地往前挪动。渡河,只要仔细观察,都能发现最佳路径,然后坚定走下去。

走到河中间,他不得不停下来休息,以缓解手臂的酸痛。站在那里,激流簇拥着,他觉得怪怪的。以前,在同一地点,他多次渡河,总是一气呵成。八年过去,是不是人开始衰老不堪,体力不支了?

终于到岸上了,他赶紧放下包裹,冲在河对面的儿子挥手,又开始反向横渡。他的左手有些疲劳,好在这一次渡河,用力在右手。另外,没有行李,也让人轻松很多。他试图不去留意儿子,而是集中注意力在水面。但右脚在一个石块边还是没踩稳,人随之滑倒。激流中,他赶紧用登山杖死死插入河床,笨拙地直起身,深吸一口气,慢慢吐出。一通挣扎后,心跳飞快,头有些发晕。

好不容易回到儿子这边的岸上,为了赶时间,他喘气不到一分钟,就驮着儿子走进河中。

"你看到我差点摔倒在河里。要小心呀,我脚底有些滑"

"Dad,我看到一只巨鹰,它从你的头上飞了过去。"

"真的吗?"

儿子在背上似乎比以前沉一些。走出10米,他不得不停下喘气,并调整儿子的位置。他注视着前方的水势和水下地形,试着迈出脚,踩稳,然后缓缓地往前挪,再停下休整。然后再启动,再休整。当他第三次停下来时,他的托住儿子的右手臂已经发麻僵硬。他把右手撒开,舒缓舒缓,儿子吊在他的脖子上,勒得他快没法呼吸。他只好用力把儿子往上推。他觉得阿尔文很有力,能稳稳地贴在背上。

再往前,水流更湍急,有些失控。他在河底的石块上,一步没立稳,踉跄起来。河水冲击着他,向下游滑动了一米多。脚滑落在一个布满青苔的石块上,还是没法停下,继续向下游滑去,最后才踏实。站在齐腰深的冰冷刺骨的水里,背负儿子,望着不远处的河岸,他很茫然。他环顾四周,迈不开步。

"儿子,没事!虽然有些晃悠。"他喘着粗气,安慰着儿子。

其实,情况不妙。由于负重,他的手臂开始颤抖。从所在的位置继续渡河,河床里的石头较大,不利踩稳。移回上游也难,中间有个深坑。焦急中,他满头大汗,汗水沿着额头流下,左眼有些朦胧。

"儿子,可以帮个忙吗?请把你的手移到我的左眼的位置。"

"对的,就是那里!。"

"我数三下,到时用你的手把那里的汗擦掉。"他能感觉儿子的拇指轻轻地滑过他的眼睑。

"很好,再来一次。"

不能往前,也不能往上游去。更不能往下游去,那里水更深更急。身后的河底石块倒是很小,但那样意味着这次横渡的失败,一切从来。而且,目前的姿势是重心在前,转身几乎是不可能的。

"一定有解决方案,我怎么就找不到呢?"他像个网球运动员,身子微微前倾,握着拍,时刻预测着对手击来球的方向。心里一阵慌乱,用力甩开面部的冷汗。接着,他试着向前迈出一小步,脚底感觉滑,赶紧又撤回。

"TMD..."

他背负着骨肉,陷在激流里,动弹不得。他能感受到洪流的威力,洪流正从他的两腿间的缝隙奔涌而过。他开始敬畏这小河,清冽的河水源源不断而来,浪花翻卷而又浑然一体。河水不断暗示着他,在生态环境里,一起都密不可分。他是河的一部分,小河有权利有义务带他一起流逝,也许那样不失为一个好的结局。他开始胡思乱想,一种似曾相识的感觉从心底泛起。想起以前那个经理路易斯,不管他工作多卖命,加班加点无数,项目工期缩短50%,成本节省70%,路易斯只会给他差评。想起那刁蛮的竞争对手,硬要在他研发的新产品里挑刺,说有侵权。想起那所谓的铁杆哥们,在他财政最低谷时,釜底抽薪,闹得公司破产关门。难道这就是命?这无法摆脱的厄运。所做的一切都是错的,还要把老本搭上。一时间,他感到自责,为自己,为儿子,为这个世界而悔恨,还有无休止的怜悯。眼前浮现中世纪的一幅画面,几个异教徒被捆绑在火刑架上,那神父手举着火炬,走到每个犯人面前,温柔地亲吻每个人的脸颊,然后点燃火绒。

"我的上帝,以前的那些,我认了。要杀要刮,随便。这次不行,我不能搭上我的孩子。我们要摆脱,必须摆脱!"他奋力抗争着,但体内的生命力消亡殆尽。他想大声求救,却几乎发不出声了,何况这是人迹罕至的荒野。

"Dad,你没事吧?"他听到儿子的询问,那似乎来自另一个世界。这让他精神为之一振。

"儿子,我没事!只是坚持下去。"那是他发自心底的呐喊。

远方的小泉 1

序

天然疗汤,洛神梦降。神光离合,乍阴乍阳。

践椒涂之郁烈,步蘅薄而流芳。超长吟以永慕兮,声哀惋而弥长。

凌波微步,心潮荡漾。竦轻躯以鹤立,若将飞而未翔。

含辞未吐,气若幽兰。弛心结以抚慰,润肌肤复温软。

◎ **怀俄明州**

怀俄明州拥有世界上第一个国家公园——黄石公园,引来游客无数。该州的热原(Thermopolis)镇似乎默默无名,其实热原镇的温泉才是该州最值得一游的名胜,保你收获满满。

热原(Thermopolis)撞入搜索雷达则纯属偶然,缘于多次到黄石旅游却不能体感身受一下那里的温泉。这对于酷爱温泉的我来说犹如美食近在嘴边而被禁吞咽般。因此作了些调研,发现同州的热原镇有众多温泉向游人开放。该镇也拥有巨大的地下热资源,那里每天从地下涌出富含矿物质的上千万加仑的热温泉,足够100万人来一场暖彻心底的汤疗。无奈热原处于荒漠深处,交通不便,好几年我一直热盼而未能到访。

2015年夏,携亲友再次到怀俄明州的GRAND TETON国家公园,那里湖光山色让人陶醉,荡桨中又想起西南方向几百公里外的热原,暗暗下定决心,这次一定去膜拜一下。

第二天一早，用完早餐，我们将行李搬回旅行车就动身了。公路穿行在高原大漠中，路旁多为戈壁。远处的山梁都是裸露的巨石，形态各异，有些垒如城堡，有些状若祥云，空旷中富含着沧桑。

夏日里，野外昆虫泛滥，时时和飞驰的汽车发生接触，车前窗很快被撞碎的虫身弄得一片模糊，我赶紧启动喷水清刷。

继续行驶一个多小时，在路旁发现一只倒毙的野鹿。我把车停下，好奇前去探究，并想着是否应该把这野味搬回车里，好下顿做成野味大餐。来到近旁，看见鹿头被撞扁，两眼外鼓，和嘴相接的地面污血一滩。这时，车里的小孩齐声发出抗议，他们从小受到基督博爱及动物保护的教育，对于我这种无怜悯的丑行十分愤慨，我只好悻悻转身，空手回到车里，身后空中传来乌鸦的一声窃叫。

◎ 抵　达

　　烈日下，汽车狂奔 4 小时后，终于第一次见到了成排的房屋，道路也由单道变成了双行，热原镇到了！全镇不大，居民上千，在密集人口的东亚，估计村都排不上。不过，街道整洁，还有大片的绿化草地和植树，充满生机和雅致。这里居然有 3 家中档酒店，包括我们日常旅行的首选 BEST WESTERN HOTEL，若能汤疗后就近入住，那可美妙。不过兴冲冲去打听房间价格，被告知每晚 300 刀，哇太宰人！前些时，在拉斯维加斯住五星酒店才 100 刀出头呢。

　　心仪已久的温泉公园占去小镇一半的面积，公园里有众多景点、浴场、步行道及小桥。我们很方便地找到公园停车场，停好车。这里完全开放，不收门票！这更加激发了我对热原的好感，在美国越是偏远，民风越是淳朴。

　　按图首先来到取名 BIG SPRING 的温泉源头叩拜，这里是一片水深火热的水坑，近 100℃高温的热水带着浓烈的硫黄味从地下泉眼不断涌出，散漫开来，最后和附近的大牛角河相汇合。可能富含矿物质的缘故，泉水呈绿色，如同一颗巨大宝石镶嵌在草地里，为这片神奇的土地平添几丝灵气。相比日本温泉的精致，台湾省（中国）温泉的良善，美国热泉的粗犷和丰裕同样让人感叹，上苍赋予这年轻帝国的资源实在是太盛。

◎ 彩虹石阶

温泉公园精心配有悠长小道、索桥,方便游人。从热泉源头,沿着小道往大牛角河方向信步而去,映入眼帘的就是那彩虹石阶。温泉水长年不息地漫卷低地,融入江河,经上百万年积累、沉淀、塑造,在河岸边形成了1里多长的石阶,多姿多彩,蔚为壮观。石阶远望如瀑布奔腾,近观仿佛仙女披巾,静中寓动,好一座让罗丹汗颜,令米开朗基罗开智的天成杰作。远处河岸边,隐隐有一丽人,身无寸缕,正在注满温泉的天然水坑中沐浴,出水芙蓉般点缀着这片蓝天,白云,绿地,彩石和清流。

◎ 公园浴屋(PARK BATH HOUSE)

浴屋由当地政府兴建和维护,有100多年历史了。我、小孩、友人来到里边,一位靓丽的工作人员友善地接待了我们，美女介绍了浴屋里的室内及露天温泉浴场，泉水来自 BIG SPRING，纯天然，富含几十种矿物质，并告知我们这里的一切设施免费，游客只有简单登记即可入内享用。世上居然有这样全心为居民／游客服务的政府？ 没有横征暴敛，绝无凶残蒙骗，对于我这样的见惯了谎言，遍历过构陷的世界难民，无疑来到了仙境／极乐世界／伊甸园。进入盥洗间换装，里面的高档卫具全为汉白玉般高档材质，卫生纸、香波、洗发液一应俱全，干净整洁，看出工作人员负责投入，尚未沐浴的我已经深深感动。

出盥洗室，来到中央大厅，正中是大理石磊砌的 50 米 ×5 米见方的浴池。淡蓝的水面白烟轻浮，恬静而不失妩媚，当时浴池没有一位游客，仿佛成为欢迎我的专场。先把脚踏入试探水温，随后降低身段，让汤漫过双膝，腰际，心胸直到颈部。在浓浓暖意包裹中，全身肌肤从发凉，到发麻，发紧，最后过渡到发烫和发酥，好一番调理，这一周近 3 000 公里跋涉所积累的疲乏也随之消散。

在汤里泡到兴致高昂，不经意起身，信步来到室外。这里又是一番洞天、汤池、凉棚、花木、廊墙、起落有致，在草地、树丛、蓝天、白云、骄阳映衬下彰显着北美大地的辽阔和壮丽。室外的浴场宽大，孩子们在里面自在地游动。当地的男女老少也在池中受用，见我过来，友善地微笑致意。深吸几口清香的微风，迈入池中。这次，干脆把头也没入水中，彻底享受大自然。闭目漂浮中，传入耳中的摇篮曲般的美乐让人几乎安然入眠。恍惚间，眼前升起一阵薄雾，有一仙人飘然水边。它的形影，翩然若惊飞的鸿雁，婉约若游动的蛟龙。容光焕发如秋日下的菊花，体态丰茂如春风中的青松。它时隐时现像轻云笼月，浮动飘忽似旋雪回风。远而望之，明洁如朝霞中喷薄而出的旭日；近而视之，鲜丽如绿波间绽开的芙蓉。这不是曹子建笔下的洛神？

◎ 星坠水上乐园（STAR PLUNGE）

　　本想在浴屋欢喜地渡过一天，无拘无束，零费零税。可不多久，孩子们就没了兴致，不断指向临旁盘旋高耸的滑道，要求前往那隔壁的私人开办的星坠水上乐园（STAR PLUNGE）。为了顺应民主及向新生代倾斜的普世潮流，我只能妥协，匆匆收拾好行囊，离开浴屋。

　　水上乐园门票12美刀一人，容许同一天里多次离场并返回，足见良心。进到里面，孩子们即刻奔赴那冲天滑道（Super STAR 500），从高达50米蜿蜒100多米的水道快速滑下，孩子们因刺激而欢叫，而一旁担心不已的我则显得多余和碍事。

相对浴屋,水上乐园的浴场规格则大得多,加上各种水滑梯、跳台,孩子们仿佛来到寰宇影城的水上世界,开心不已。跳台高达 8 米,看得人头晕。孩子们再三要求,我最后只好松口,同意让 12 岁的老大去试一次。老二年幼,我坚持不让他去冒险,怕出危险。老大从容地来到高台,跃起,抱膝,如一颗炮弹般直如水中,勇气绽放出优美,比我的童年强太多。

在乐园工作人员的推荐下,我参观了该游园奇特的蒸汽浴洞。走过崎岖漫长的地道,最终来到像天然桑拿室的洞穴,里面中心有一处热喷泉,激荡热滚的泉水喷薄上涌,高温的蒸汽充溢洞穴。人仿佛进入庄严的秘修室,在大汗淋漓中,感悟大地母亲传来的启示和教诲,生理和精神上得以超脱。

　　透过袅袅白烟,似乎历史的长卷在眼前一幕一幕地展开,其中有佛祖在菩提树下的顿悟,耶稣于海边的祈祷,穆罕默德处洞中的冥想。其实,普世平等的天意无处不在,指不定多年后这浴洞也会迎来一位圣人,诞生一番说教。

　　室内浴场恢宏宽敞,其中主浴池比标准泳池还要大,池里注满纯天然的矿物质丰富的温泉水。来到池中,开怀畅游,时而挥臂击水,时而水底潜行,或安静地漂浮其上,十分难得的动态理疗。游客多自律,少喧哗,彼此谦让,如同一家人在泡汤,温馨友爱。

　　主池旁还配有不少各具特色的辅池,其中一处有喷水按摩的功能,
这是我的最爱,之前在日本,加国曾经享用,如同老友重逢,十分欢欣。
那汤池如同清水里加入饮乳,白浪透香,我激动地踏入高达42℃的池
中,多股水柱射向脚底,腰身,不久酸麻痒胀袭来,人随之放松,周身通
泰。思绪飞到盛唐,想起香山居士对贵妃出浴的描述:

　　　　春寒赐浴华清池,温泉水滑洗凝脂。
　　　　侍儿扶起娇无力,始是新承恩泽时。

　　傍晚,我们找到一家当地的中餐馆,热情的女主人为我们端来红烧
肉、铁板三鲜、顺德鱼茸、素什锦,泡汤后一通美食,幸福满满。

　　夕阳余晖中,征程继续,奔向下一站: RIVERTON.

◎ 后　记

　　读者朋友您若来北美,请来热镇入浴哟!

　　　　山不在高,有仙则名。
　　　　水不在深,有龙则灵。
　　　　家不在富,有爱则适。
　　　　人不在美,有情则馨。

远方的小泉 2

序

天然疗汤,洛神梦降。神光离合,乍阴乍阳。

践椒涂之郁烈,步蘅薄而流芳。超长吟以永慕兮,声哀惋
而弥长。

凌波微步,心潮荡漾。竦轻躯以鹤立,若将飞而未翔。

含辞未吐,气若幽兰。弛心结以抚慰,润肌肤复温软。

◎ 东瀛之汤浴文化

日本的温泉及沐浴传统由来已久,一串火山形成的列岛,地下的淡
水经地热触及就是热汤。那里的温泉传承是男女混浴,身无寸缕。慕名
而去,却未能见此大观(真的开眼,那是若干年后在美国的体验了)。明
治后,那里科技开始腾飞,为此惠及汤浴。名动天下的自动马桶即为范
例,还有本文即将提到的诸多喷射按摩机关。

20 世纪末有幸赴东瀛见习,亲历温泉,虽年代久远,回想起来还是
阵阵暖意。做篇补记吧。

◎ 东京站

当时住在东京,住处附近鲜有温泉。日本友人告知,有名的天然温泉最近的也在伊豆半岛。为此我还去图书馆做了一番调研,了解到伊豆星级温泉度假村每晚都在 35 000 日币以上。美好的服务哪有免费?决定还是周末去伊豆一日游。

一个清爽的仲春周六,夫人和我大早即起,赶往百公里外伊豆的热海市。那时,没车驾,所依的交通只有火车和代步。第一段是东京地铁 Y 线至东京站,然后在东京站换乘 JR 线。

东京站是个交通枢纽,人流涌动。供换乘用的扶梯上下多达 12 层,每次在那我都觉得眼晕。好在标识明晰,工作人员热情协助,我们很快转到相应的 JR 月台,刚入座,火车就准点启动前行了。温馨的服务让人愉悦,联想到这两年在上海虹桥的换乘。虹桥集航空、高铁、地铁一体,可体验真糟,每每折腾得游兴皆无。首先,处处安检,重复低效。其次,标识不明。加上,工作人员态度冷淡无知,把乘客当牲口。拖着沉重行李在那里或购票,或换乘,或打的,腿都要累细。随处可见的大幅文明建设的标语,不由想起《道德经》里的话:法令滋彰,盗贼多有。

◎ 热海市

火车一路向西,沿途经过一片稻田,其中稻苗清翠,顺风起伏,生机勃勃。在热海站下车后,我们走路十几分钟就到了日航亭温泉浴场。据说,当年这是德川家康家族的最爱,现在平民化了。浴场的接待员有着日式特有的服务热情，耐心解答了我们蹩脚的日语提问，并告知我们男女浴池是分开的，还建议沐浴时最好穿上游泳服。没混浴！心里小小失落一番，还是购票进场了。

冲淋完，来到里面，即见室内浴池。池底有大青石铺成，周边是形状各异的碎石，冒着白烟的富含碳酸盐等矿物质的泉水从入口奔涌而出，溢满池间。远看，一泓清汤波光粼粼，游客快成了下锅的鱼肉。先把脚踏入试探水温，随后降低身段，让汤漫过双膝，腰际直到颈部。在浓浓暖意包裹中，全身肌肤从发凉，到发麻，发紧，最后过渡到发烫和发酥，好一番调理。注意到周边有不少按键及注释，好奇按下一键，汤水随即荡漾开来，不少水柱经喷枪口激射而出。我忙把身体移近，让喷水按摩背部。水压下，腰部及颈部开始疼痛不已，如长途骑车后的疲态，心知这是调理中的好转反应，只好咬牙坚持，渐渐满口生津，上下也通畅开来。想起夫人最近工作辛苦，时常加班。她泡在汤里经喷水按摩，一定也十分享受。

其间，工作人员不时过来负责地查看水温，整理池中供游客使用的浮具，清理杂物，并撒入干花瓣。脸上带着职业微笑，真假不论，环境营造得十分舒适。

在汤里泡到兴致高昂,不经意起身,信步来到室外。这里又是一番洞天,汤池、凉棚、假山、花木、廊墙、起落有致,在蓝天骄阳映衬下如仙境一般。远处墙上写有"野天风吕"四个大字,本人日语没入门,猜测那指野外就着西北风野餐的意思吧。冬日来此,泡在温泉里,饮上几杯清酒,环看四周的白雪和腊梅,也是令人向往的。在后院,不见棺材盒般的钢筋混凝土搭建的高楼,真有点陶渊明笔下的桃花源的境界以及千年不变的古风。欣喜中,深吸几口带着花香的微风,迈入池中。这次,干脆把头也没入,彻底享受大自然。闭目漂浮中,传入耳中的摇篮曲般的美乐让人几乎安然入眠。陶醉中,眼前升起一阵薄雾,有一仙人飘然水边。它的形影,翩然若惊飞的鸿雁,婉约若游动的蛟龙。容光焕发如秋日下的菊花,体态丰茂如春风中的青松。它时隐时现像轻云笼月,浮动飘忽似旋雪回风。远而望之,明洁如朝霞中喷薄而出的旭日;近而视之,鲜丽如绿波间绽开的芙蓉。 这不是曹子建笔下的洛神? 睁眼再望,却转瞬皆空。

汤中浸泡数小时,开始有些口干,不舍间来到休息间,拿出随身携带的矿泉水饮用。休息间宽敞,明亮,洁净,空中弥漫着和后院一样的清香微风。我就此小憩,不想一觉醒来,已近黄昏。

收拾完毕,来到出口,夫人也在。她双颊通红,兴奋地告诉我这温泉真好,人都泡酥了。一身轻松中,我们坐车回到东京。

◎ 东京湾

夫人经此充电,收获大,要求再次赴汤蹈火。这样,我们计划了第二次温泉之旅,目标是更远更偏僻的太平洋上的孤岛——大岛(Oshima)。

这一次的出行,我们周五下午就动身了。傍晚七点前,赶到东京湾的码头,顺利登上去大岛的渡轮。在语言不通的情况下,坐船也不难,不清楚时,出示船票,总有人热情帮忙。

轮船开得飞快,估计40节以上,无声地往西南奋进。在船头,除了海风猛烈,一点不颠簸,夫人和我欣赏着东京湾的万家灯火,人有些飘,如"泰坦尼克号"的场景。也感叹日本的造船工艺。多年后,我们在澳洲也有一次出海,那次颠簸得把胆汁都吐干净,想死的心都有了。宽广的海洋真多变。不久,轮船开出港湾,四周变得一片漆黑,我们只好回船舱休息。

第二天六点不到,轮船即到目的地。我们下船,在码头等待早班汽车去温泉浴场。休息室及卫生间十分净洁,这相对东京可是穷乡僻壤呀,可见全日本的人都有洁癖。我无事在附近散步,看到了东京警视厅的通缉令。通缉犯是位中国留学生,杀人潜逃,受害人也是我们同胞。唉,怎么就这样下痛手?估计那受害人也不恋亲情。同胞们常变成仇敌,让人无语。

◎ 元町浜の汤

我们准点登上汽车。一路上车里就3位乘客,显得空荡。票价也不贵。公共交通真方便和舒适,心里暗自点赞。

我们在一小镇下车(镇名已忘,姑且当它无名),步行走过一个学校和几个店铺,即来到公共温泉浴池元町浜。

　　温泉汤池建在海边，开阔壮丽。极目远眺，可看到数百公里外富士山顶的皑皑积雪。有幸是个艳阳天，湛蓝的海面浪花翻卷，不时幻化出各种优美舞姿，让人目不暇接。不远处有片松林，海风鼓舞中，传来阵阵松涛和清香。可能时间尚早，温泉池没什么游客，几乎成了我们夫妇的私家泳池，太受宠了。赶紧来到池中，开怀畅游，时而挥臂击水，时而水底潜行，或安静地漂浮其上，十分享受。

　　泉水实在温暖，不多时我即起身，来到池外"冷却"。浴场有免费冰镇矿泉水供游客饮用，我一口气灌下两杯。矿泉水直接来自大岛，爽口清心，回味绵长。也许太陶醉其间，渐渐人声、风声、浪声、涛声消退，唯有偶尔的几声海鸥鸣叫点缀着这片宁静。

　　浴场还精心配备有几个小的汤池（Jacuzzi）。我们转移其间，惊喜地发现居然有专供脚部按摩的喷头。打开开关，众多水柱射向脚底，酸麻痒胀中，人十分地放松。至于池壁上的喷枪，似乎是日本温泉的标配，也是我们的最爱。在这样的日式按摩中受宠一天，绝对乐不思蜀！

　　夕阳余晖中，我们意犹未尽却不得不离开，精神饱满地登上轮渡，在下田转火车回到了东京。

远方的小影：记同学X

第一部 背 影

◎ 序

> 离离草寨上，巍巍槐舍旁。
> 冬去种萌生，春来花飘漫。

◎ 同 学

同学 X 算是我一起长大的发小。童年时，我们同在大寨巷小学，一起经历政治运动，包括批林批孔、上山下乡、儒法斗争，还有时代老人的故去。我们一起参加学工学农活动，常去工厂打工，去农场收获红薯。我在学校宣传队做小演员，不时外出表演样板剧，但心智未开，懵懵懂懂。同学 X 朴质自然，身着由铸造厂劳动服改制的外装，在一群屁大的男孩里毫不彰显，但 X 对学校的文艺演出最痴迷，从不缺席每一次的表演和彩排，并萌发了对纯真、良善及优美终身的挚爱。回想起来，X 的开悟比同龄的我早了太多。

多年后，我升入第三中学就读，X 也在，因同班，彼此交往得更多。三中离家 2～3 公里，途经胜利街、江汉路、北京路。其中北京路是市区的主干道。清晨，我在江汉电影院处转到北京路，沿着高大法国梧桐树下的人行道往西前行。途经 X 市饭店，这座四层楼的酒店当时在江汉平原属于最高档。从酒店往南望去，可见一汪碧水的便河及河边绿枝低垂的柳树。继续往西，就是门面不大的新华书店，店里的图书对于我过于昂贵，不过我还是喜欢在书店驻步，凝视墙上那些图画，图画中的草地、树林、雪峰如童话中的仙境。费时约 30 分钟，即来到三中的正门。

校门内左侧不远处有排平房,共四间教室和一间体育器材室。靠北端的第二间就是我所在的 78 级 2 班。开学时,走进教室,发现安排给我的课桌靠墙,并排两个课桌。同桌的是位秀发披肩的女孩,身着鹅黄色鲜艳的衬衣和碎花裙。女孩看我走近,友好起身,让出通道,这样我才顺利地落座,好感激!

环顾四周,搜寻良久,除了在大寨巷小学一起打闹过的发小"成贵",其他似乎都很陌生。艰涩中,感慨起王子安的名句:

> 关山难越,谁悲失路之人
> 萍水相逢,尽是他乡之客

不久,尖锐震耳的开课铃声响起,教室顿时安静了许多。班主任郑立刚老师走上讲台,做了简短的开学演讲,欢迎同学们来到省重点中学。其中,郑老师还特意提到这届全市升学考试状元就在我们二班,并指向同学 X,郑老师继续说道:"同学 X 语文成绩 83 分,数学 94 分,总分 177。"

我转向 X,定神片刻才认出他。我略微有些惊讶,印象中 X 在大寨巷小学不显山,不露水,表现平平,五年级分快慢班时,我在快班都没见到过他。他如何精进到全市第一,成为同学们仰视的标杆?耳边隐隐响起小学语文邢老师的谆谆教导:逆水行舟,不进则退!

下课后,我跑过去和 X 叙旧并表达了自己的疑惑。X 解释道小学五年级他在大寨巷小学犯错受处分,后转去便河路二小,和潘 H 成为同学。至于这次统考,他谦虚地说自己水平一般,碰巧超常发挥了。看他一如既往的憨厚样，我有些羞愧，为自己的嫉妒和狭隘。

X 和我曾经一起练习硬笔书法。我缺乏耐心，一周后就放弃了，字写得难看潦草，仿佛鬼符，又如公鸡泥地留下的脚印。同学 X 则一板一眼地临摹字帖，天天不厌其烦地练习笔画和结构，横直竖立，内紧外松，工整到位。几年后，升学高中时，X 的硬笔字俨然有了几丝颜筋柳骨的风采。

后来，我们一起集训，备考省数学竞赛，整天煎熬中被各种奥数题折磨得晕头转向，所幸终获奖。记得一天，我们正做课间广播操，班主任郑老师兴冲冲赶来通知 X 和我获奖的消息，我得意之余，竟继续做操，没理会老师。X 则礼貌得多，停下动作，来到老师面前，恭敬地听完陈述并致谢。随后，学校还特意为竞赛优胜者留影，就是如上的照片。那张合影我一直珍藏至今，照片中 X 恬然淡定，如同范公笔下的士大夫，不以物喜，不以己悲。（注：是否有些早熟？）

读中学时，X 一家人已经从破陋的工厂平房宿舍搬到黄家塘新居。盛夏季节，他常常穿着拖鞋，披一条毛巾到距离春秋阁不远的池塘练习游泳，有一次还邀请我同去玩水。我兴冲冲地随他来到池塘边，只见池水有些浑浊发绿，塘底淤泥堆积，腥臭弥漫。或许是医生家庭培养出的洁癖，我倒退回岸上并向 X 抱怨糟糕的水质和环境。X 却十分坦然，跳跃池塘，扬臂划水，游向远处。小隐隐于野，大隐隐于市，X 在低劣环境中的这份逍遥让我很感触。X 不时演绎一下苦中作乐，于无声处听惊雷的神操作，让其他同学觉得怪僻。

中学期间，同学们正值青春期，生理心理变化大，异性之间渐渐产生朦胧的憧憬。记得一次检查身体时,我和几个男生误撞进女生所在的房间,目光所及尽是光亮的躯干和嫩白的四肢,弄得我们脸红耳赤,急忙转身退出。X在男生中则属于另类,对女生完全不激动,甚至有些冷淡。其实,同班的女生中也有不少楚楚动人的,女生云如皓月清风般靓丽,女生红唇红齿白,婀娜多姿。一次课间休息,闲聊中我故意问X:"不远处嬉闹的一群女生多么活泼可爱,秀色可餐! 有没有相中的? 我可以帮忙传递情书哟。"X应付式地望了一下女生,冲我淡淡一笑,然后起身离开。我在原地更加地迷惑,或者X早就是过来人,保有"曾经沧海难为水"的觉悟? 也许,X读书入戏中毒太深,装出一副柳下惠"坐怀不乱"的姿态?

中学六年很快过去,X毕业后去了华工,读工商管理。有年初夏,我路过武汉,特意找到他,并一起到附近的名胜东湖游玩。

东湖烟波浩淼,碧浪万顷。远望,东湖如昆仑玉,光亮迷人,衔远山,吞长江,朝晖夕阴,气象万千。近览,东湖似神女身,水清浪宁,惊翩鸿,游婉龙,秾纤得衷,修短合度。X和我,跃入湖中,奋力向数公里外的湖心长堤游去,正所谓会当击水三千里。尽兴游完泳,我们回到岸上休憩。湖边有不少鹅卵石,圆润硕大。经X推荐,我赤足踩着石头上做按摩理疗,收获了惊喜。闲聊中,我问X是否还怀恋家乡的黄家塘? 相比东湖,那池塘格局是否太小? X没答复。

后来,X毕业后因恋家而回到家乡,在外贸局工作。我则幻想着天外的美梦,渐行渐远。

◎ 重 逢

20 多年后，我到上海小住，通过同学波，再次见到 X。望着他日渐稀疏的鬓发，很是心疼，不知 X 经历了什么样的波折，或有什么心结恋情？那晚我们畅谈了很久，从女生亚非（我们一起同学十多年）到庐山的牯岭和教堂，从长坂坡到三游洞（三中时，学校组织的旅游），从沙市的套河到武昌的东湖。共度的经历，他都还记忆犹新。他说本打算在故乡干到退休，但未能和领导处理好关系，千禧年后只好离开国企，背井离乡，来到上海。现在在一家澳洲外商的企业做买办，业务是劳保产品和服装。X 热情邀请我去听音乐会，观看芭蕾舞表演。X 还记得我在大寨巷小学是宣传队员。唉，那尘封的故事和样板戏我都几乎忘却了。

疫情前，我路过上海，约了原二班的好友聚会。记得那是深秋的一个雨天，我打车来到宝山区杨鑫路西段的一购物中心，下车后，有些失去方向。突然，有人用湖北话呼喊我，原来是同学 X。惊喜中，我上前和 X 握手致意。X 全身被雨水淋透，双手冰凉。

我关切地问他："怎么没带雨伞？风吹雨淋会不会生病？"

X："没事，我提前两站下了地铁，最后一段步行，算是锻炼身体了。"

我劝道："你我都过了知天命的年纪，还是不要这样自虐。你怎么还是和小时候一样，喜欢苦中作乐呢？"

X："就你把命看得金贵，是不是又要推荐你那美国的营养品？"

嬉笑打闹中，X 领我来到聚会的单间，乐文和桐子早早已到，等得有些不耐烦了。桐子让服务员倒酒，大家举杯相庆，留下了上面那张合影。

这次聚会也算入校三中 40 年的庆祝，大家聊起以往的很多趣事。桐子说我当年游泳时，皮肤白皙得像个面首。乐文提到孟 B，桐子说他后来卖银（淫？），进了局子。我揶揄 X 初中时冷落同班校花的示爱，假正经地学柳下惠。X提到教我们地理的金老师,金老师对太平洋环岛如数家珍,美拉尼西亚、密克罗尼西亚和波利尼西亚,当年以为这些岛群都是蛮夷之地,鸟不拉屎,等待党员们去解放,现在才知道这些都是名胜,如大溪地和帕劳。我追问桐子,当年你最多情,给不少女生写情书,有没有深入交流过?

大家放下面具,轻松自在地饮酒食肉。X问我:"这次回国,有没有特别想见的同学?"我回道:"嫂子爱军和我初中高中都是同班,后来去了军校,几十年了,一直联系不上他。"X即刻动用他的关系,全球人肉搜索。就这样,我们居然找到了嫂子并通了话。X重情义,让我感动莫名。

聚会完,X还特意陪我坐车回到酒店,我们继续碰杯畅谈。X告诉我一些个人隐私。

他也曾经跑到国外,在纸醉金迷的国际大都市迪拜呆过,那里的波斯女孩如何妖艳风骚,穆斯林如何多妻多子,不过他最后还是选择归乡。

小孩在国外读书,或许以后让我关照一下。

故去的亲友。

很晚,他才动身离开,相约下次一同返乡,回母校大寨巷看看那棵花洁香浓的老槐树。云开月出,望着他渐渐模糊的背影,不由想起那句"……料得年年断肠处,明月夜,短松冈。"

◎ 密　码

一次夜梦,我回到了大寨巷小学,冰雪消融,春回大地。校舍前的台阶下,柔弱的野草正由枯黄变向嫩绿。近旁的那颗槐树朝我招手,欢迎游子的归来。槐树花正盛开,或洁白,或淡黄,一阵风掠过,卷起千万花瓣,传来阵阵芬芳。香花如雪般飘落,我惊奇地见到树旁的X。X郑重地递给我一封信,随即飘逝。信封上有X娟秀的笔迹,里面有一张A4信函,翻开信,见到一串代码,共64 digits。

5242EC0C4C04CC4B85894A3F797B36A82D50A93A20E330A0FAB99BEDF03463E3

第二部　光　影

◎ 序

> 聚欢闪瞬短,离思终身长。
> 少小情初发,老衰恋永昌。

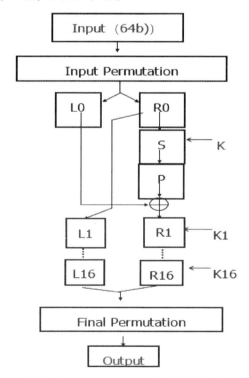

第一部"背影"中所梦得的密码需要用 HPC 计算机做破译,为此我用上 2x Intel® Xeon® Processor Platinum 8280L 2.7G , 48 CORE/96T + 4 GPU 规格的服务器。

每个 CPU 内核的时钟周期经过超频可达 0.25 纳秒；多核 +GPU 因并行处理而提高运算力约十万倍；初步解密是针对 64 位的 DES 编码（第一代国际数据加密标准）；服务器满负荷运行 5 个多月后，终于完成密码破解。

破译后的解码分成四大部分：

第一部分：代表事件的 GPS 定位参数，共 40 digits，具体值为 030° 018'15.1"N 112° 015'10.2"E

第二部分：代表事件的 GPS 时间参数，共 8 digits，具体值为 770415B2

第三部分：代表事件主人 1（同学 X），共 8 digits（ID13/ID12/ID11/ID10）

第四部分：代表事件主人 2（音乐老师芳），共 8 digits（ID23/ID22/ID21/ID20）

解码依旧如同天书，需作为时空节点输入爱神伊西斯修隐会的文献库做查询。伊西斯修隐会神秘莫测，经天纬地，历史长河中上下万年的故事如苏美尔泥板、归藏、《妥拉书》《道德经》，以及达芬奇密码皆源于该会。

最后，冥冥中，修隐会传回如下的故事。

◎ X 的幼年

20 世纪 60 年代，华夏大地风起云涌，蔚然如红色的海洋。同学 X 正是在那年的夏季诞生在江汉平原某市铸造厂的工棚宿舍里。X 的家仅为 10 平米见方的一隔间，室内一张双人床，一方桌占去大半空间，唯一的电器就是正中屋顶下的拉线白炽灯。门外，有一蜂窝煤炉，刺鼻的煤烟四下弥漫。破陋的工棚拥挤环布，啼叫打骂此起彼伏。低矮房间冬季透风，夏季闷热。春秋时，每逢暴雨，屋外汪洋一片，家中滴漏满堂。近旁工厂马达轰鸣，金属撞击，粉尘蔽日。居住密度之高，环境之恶劣，还不如王为一执导电影《72 家房客》中的蜗居大院。

X 父亲是厂里一名普通职工，工作之余，喜欢和工友们喝上几口荆江大曲，不时还一起玩上骨牌和扑克，试试手气。一旦不得幸运之神垂青，父亲回到家里往往烦躁冲动。家暴阴影下的母亲抑郁寡欢，生下 X 后没有奶水，只好熬米汤给儿子充饥。

X 两岁多,工厂食堂发生群体食物中毒事件,起因是土豆发青发芽,内部的龙葵素激增。X 受害很深,上吐下泻,头晕目眩,挣扎中保住小命,但落下胃疼的病根。

后来,X 回忆道:当时对四周的噪音、烟尘、超温、超湿、狭窄因久处而慢慢麻木,没有那种要死要活的厌烦,倒是家中的文化贫乏令他很失落。人生向往美好,工厂模具车间旁,有几颗夹竹桃树,叶绿花红,生意盎然,每次经过时,X 都会驻步观赏。偶尔夜里,雨过天晴,工厂的轰鸣声戛然而止,X 悄悄来到院中,在片刻的宁静清新中仰望满天的繁星,发出灵魂拷问:"我是谁?从哪里来?到哪里去?"

X 的姑妈在图书馆工作,对他十分疼爱,毕竟本家的男孩重要。姑妈不时带些小人书和连环画给 X,其中有《东周列国志》《伊索寓言》和《三国演义》。X 特别喜爱《伊索寓言》中各种动物的图画,也接触了人伦哲理,包括:

农夫与蛇

狼来了

野鹅和仙鹤:野鹅和仙鹤一起在田野上觅食。突然猎人们来了,轻盈的仙鹤很快飞走了。身体沉重的野鹅,没来得及飞,就被捉住了。

善与恶:力量弱小的善,被恶赶走到了天上。善于是问宙斯,怎样才能回到人间去。宙斯告诉他,大家不要一起去,一个一个地去访问人间吧。恶与人很相近,所以接连不断地去找他们。善因为从天上下来,所以就来得很慢很慢。人很不容易遇到善,却每日为恶所伤害。

姑妈领着 X 去动物园游玩,在那里 X 第一次见到了各种动物,十分兴奋。

老虎:皮毛光鲜,但懒懒地蹲着,威风不在。

猴子:上蹿下跳,飞檐走壁。

丹顶鹤:双腿修长,延颈娇项。或优雅踱步,或凌风展翅,或翱翔回旋。

豪猪:满身长刺,臭气熏人。

孔雀:若丹顶鹤代表着天使,高雅轻盈,那孔雀则集艳丽和激情于一身。孔雀开屏正是芭蕾舞裙服 tutu 创作的源泉。

每年春节,姑妈还悄悄把一个内有五元人民币的红包塞给 X,让他购买图书,增长见识。这些红包是 X 的第一桶金,对他后来的文化成长帮助巨大。

◎ **音乐老师芳**

当 X 在工棚中苦于缺乏玩具和关爱时,芳正在练功房苦练,压腿,蹲步,撑腿,踢腿,擦地,画圈,碎步,不断重复,汗水淋漓。

芳出生于重庆一个虔诚的基督徒家庭,早年就读于圣玛丽女子学校。芳酷爱音乐和舞蹈,开明的父母还特意为她聘请了钢琴老师和芭蕾舞老师。中学毕业后,芳考入师范学院音乐系深造。

◎ **宣传队彩排及示范**

经过漫漫长路,X 和芳机缘巧合地相遇在大寨巷小学。X 升入小学,接受义务教育。本应该成为芭蕾舞团台柱的芳,却因家庭原因分配到小学做了音乐老师。

芳是小学文艺宣传队的总指导,负责表演设计和培训。一次,学校购得一批最新的音响设备,包括留声机、音乐舞蹈唱片、扩音器等,唱片中有芳最钟爱的《天鹅湖》芭蕾舞剧的录音。彩排期间,芳播放了柴可夫斯基的名作《天鹅湖协奏曲》,并为同学们做了舞蹈示范。

音乐的第一段是 Swan Lake Main Theme,慢板,3/4 拍。

天籁般的乐曲按序次展开。

起声由竖琴的拨弦完成,如同水浪,双簧管的悠扬跟进,犹如轻风。正所谓:清风徐来,水波不兴。

第二声部:在循环往复的强弱弱的节拍中,加入小号,雄浑的中低音带人来到广袤的俄罗斯大平原。

第三声部:提琴加入,激越悠扬。

尾声和高潮 :长号和鼓声加入 ,合奏出天堂神乐。

留声机传出管弦乐的同时 ,老师芳亮丽登场 ,如天使般 ,脚穿一双金丝舞鞋 ,身着碎花筒裙 ,玉石耳坠 ,鲜花头冠。

和音乐节拍同步 ,芳先是碎步直立 ;随后 ,鹤立舞 ,大踢腿 ;然后 ,反复 adagio ;最后 ,飘然离场。

音乐及舞蹈营造出天堂般的境界 ,让人彻底解放 ,灵魂升华。

音乐的第二段是 Swan Lake Act 3 Spanish Dance ,快板 ,3/4 拍。

乐曲按序次展开。

起声由长笛完成 ,配以打击乐响板 ,节奏鲜明欢快。

第二声部 :加入小号 、双簧管和提琴 ,呈现西班牙斗牛盛会。

第三声部 ,加入串铃 、鼓声。

尾声和高潮 ,长号加入 ,合奏出西班牙民族的激情奔放。

音乐里 ,老师芳充分展示了芭蕾舞的精华风韵。

和音乐节拍同步 ,芳手持绣扇 ,连续踢腿腾跃。

随后 ,开扇 ,半蹲 ,收扇 ;然后 ,摇摆舞加旋转 ;接着 ,五位换脚跳加旋转 ;最后 ,迎风展翅 ,谢幕 ;音乐及舞蹈饱含激情 ,台下众人笑逐颜开 ,悲遁哀灭。

舞蹈示范的结尾是 32 Fouettés from Swan Lake ,老师芳在欢快的音乐声中 ,连续作挥鞭旋转 ,精彩的舞技看得人眼花缭乱 ,如痴如醉。

表演完 ,礼堂里外 ,台上台下 ,掌声山呼海啸般涌起 ,老师芳来到台前再次谢幕。X 无限崇敬地望着老师芳 ,一种似曾熟悉的情愫充盈全身。陶醉中 ,X 将眼前的女神当成了从连环画《伊索寓言》里走出来的天使。

◎ **音乐课**

滚滚长江东逝水 ,浪花淘尽英雄。白发渔樵江渚上 ,惯看秋月春风。

随后的日子 ,在工厂的轰鸣声 、父母的叫骂声和时代的口号声中 ,X 特别怀恋那场老师芳的教学示范。X 不解天鹅湖的音乐为什么如此优美动人 ,X 也不明白老师芳单腿直立旋转能长时间保持平衡。X 把天鹅湖主旋律的慢板和丹顶鹤联系起来 ,又将西班牙舞曲的快板和孔雀相比拟 ,着迷于这些神秘的关联。

X 特意到姑妈所在的图书馆借来《天鹅湖协奏曲》的曲谱 ,曲谱用五线谱写成 ,满篇都是和弦的音符 ,如同蝌蚪般 ,定义旋律节奏的术语如 adagio、andante、allegro 则源于意大利罗马天主教廷。对于 X 所处的阶层,曲谱是天书,高不可攀。

两年很快过去,渴望中,升入高年级的 X 终于等来了人生的第一堂音乐课和音乐老师芳。

那是一个初春的上午,上课铃声响起,一阵浓郁的《百雀羚》雪花膏的芳香飘来教室,让 X 莫名兴奋,随后老师芳轻快地迈着碎步,走上讲台。老师长发乌黑,配以琥珀发夹,上罩洁白的确良衬衣,丰满结实的玉峰,紧贴着内衫,隐隐现形,芊芊细腰下,有天鹅绒裙裤,足蹬半高跟牛皮鞋,光彩照人如同神女。

貌丰盈以姝庄,苞温润之玉盘。

瞭多美而可视,眸子炯其精朗。

眉联娟以蛾扬,朱唇地其若丹。

素质干之实兮,志解泰而体祥。

老师芳以祥和并富有磁性的话音向同学们问好,然后开始介绍简谱的音符和音阶。

do re mi fa so la xi,

对应数字 1 2 3 4 5 6 7

从 do 到 mi,音调逐次变高,如同三只小猫在往上爬。

从 mi 到 do,音调变低,如同老鼠钻地洞。

老师领唱,让同学练习每个音符的基调。老师很认真,仔细聆听同学们的发音,并适时作纠正。接着,老师询问台下:有什么不清楚的地方吗?

X 怯怯举起手,经老师同意,X 问道:老师,音符为什么是 7,而不是 5?

老师芳赞许地看了 X 一眼:这位同学问得好。我们来讲讲音符的历史。首先,人体的听觉来自于耳,耳能识别一定频率的电磁波,范围是 20 ~ 20 000 赫兹,其中人歌唱和乐器演奏的范围主要是 20 ~ 10 000 赫兹。其次,人类初始时简单地用 3 音符来歌唱和奏乐,这叫自然音域。后来,人们发展出 5 音符,如我们华夏族的宫、商、角、徵、羽,这些比自然音符覆盖更广的音域,同时对音的把握更精准。7 音符优于 5 音符,覆盖范围更广。我们现在使用的 7 音符,来自西洋乐的 12 音律,有所简化,去掉了 5 个半音音符。这 7 个音符加上高八度的 7 音符和低八度的 7 音符,足以满足一般歌曲的音域。

老师芳继续开始介绍简谱的节拍、音节和旋律。

节拍：音符发音的时间长短，分成 1 拍、1/2 拍、1/4 拍、1/8 拍、1/16 拍等。

音节：音乐的基本单位，由音符组成，一首歌由多个音节组成。

旋律：一般有柔板、行板、快板，柔板代表缓慢，行板代表行走的速度，快板则是欢快。这些来自西洋乐，最初用拉丁文中的意大利语表示，包括

Grave － slow and solemn（20 － 40 BPM）

Lento － slowly（40 － 45 BPM）

Largo － broadly（45 － 50 BPM）

Adagio － slow and stately（literally，"at ease"）（55 － 65 BPM）

Adagietto － rather slow（65 － 69 BPM）

Andante － at a walking pace（73 － 77 BPM）

Moderato － moderately（86 － 97 BPM）

Allegretto － moderately fast（98 － 109 BPM）

Allegro － fast，quickly and bright（109 － 132 BPM）

Vivace － lively and fast（132 － 140 BPM）

Presto － extremely fast（168 － 177 BPM）

Prestissimo － even faster than Presto（178 BPM and over）

老师芳总结道：

声音是信息在可听范围的电磁波上的传递。

音乐则是声音的美学精华。

人类通过频域和时域的变化，来捕捉真、善、美，并加工和创新，最后形成音乐。

好的音乐是音符奇异的组合，具有独特性。

X 在台下聚精会神地聆听，老师深入浅出的音乐介绍不仅开启艺术之门，也是对自然科学和人文科学的启蒙。

接下来是示范教学。老师拿出一个样谱：《渔家姑娘在海边》（注：当下流行的革命歌曲，取自电影《海霞》，作词：黎汝清，谱曲：王酩）。对着曲谱，老师将音乐要素一一标注。

曲谱里的音符，节拍：1/16 音，1/8 音，1/4 音，半音及全音。

曲谱里的音阶和音调。

曲谱里的音节：2/4 拍，每一个音节由两个 1/4 拍或一个 1/4 拍 + 两

个 1/8 拍组成。

旋律: 慢拍 adagio。

随后, 老师打开风琴的琴盖, 脚踩踏板, 双手流畅地击键, 优美动人的女高音荡漾在教室里……

> 大海边哎沙滩上哎, 风吹榕树沙沙响
> 渔家姑娘在海边嘞, 织呀织鱼网
> 织呀嘛织鱼网, 嗨嗨
> 渔家姑娘在海边, 织呀嘛织鱼网

柔歌, 琴声, 光影中, 同学们如痴如醉, 热泪盈眶。

◎ 槐树下

音乐课过后, X 兴致满满地用姑妈的红包钱买来曲谱《渔家姑娘在海边》, 逐字逐音地研读起来。简谱使用阿拉伯数字, 用中文标注, 帮助 X 迈过那道阶层的鸿沟。X 期盼着老师下一次的示范, 但音乐课被学校随后永久取消。X 再次开始漫长的期盼, 偶尔和老师擦肩而过, 却未敢出声提问。

秋去春来, 一次短暂的课间休息期间, 老师芳路过操场, X 鼓足勇气在槐树下追上, 怯怯地说道: "老师您好! 我可以问几个关于音乐的问题吗?"

老师芳转身, 和蔼地看着身高不到自己胸口的小男孩: "当然呀, 记得上次音乐课你提问过。"

没想到老师对自己有印象, X 感动起来: "您来我们班上音乐课时, 讲到音阶和音调。为什么音乐一定要有音调的变化呢?"

老师芳："你的这个问题很好,说明你认真思考过。音乐课上,我总结过声音代表着信息,若没有音调即音的变化,那表达的信息有限,就不美了。记住,变化是一切艺术的灵魂。变奏通过选择和滤波完成。"

X 又问道:"之前,您在礼堂给大家作舞蹈示范,第一段音乐很舒缓,让我联想起丹顶鹤。第二段音乐加快了,让我联想起孔雀,为什么会这样?"

老师芳："你指的是芭蕾舞《天鹅湖》吧,我已经很少练习它了。第一段是天鹅湖第一主题,作曲大师柴可夫斯基描述的是优雅的天鹅,如天使般。第二段是天鹅湖中第三幕里的西班牙舞曲,作曲家表达的是西班牙公主的热情奔放。你能联想到丹顶鹤和孔雀,说明你有一定的乐感。或许你有通觉的天赋,能将所听的声音视觉化。这联想正是音乐的奇异性及独特性,来自旋律及节拍的巧妙组合。柴可夫斯基是天才,他谱写的曲子有很强的拟人化表达,昭示着美妙,而这美妙是世间万物所共有的。你有没有注意到丹顶鹤总是优雅地直立或缓缓移动,那正是天鹅湖第一主题表现的慢板 adagio。孔雀经常冲动,爱表现,这暗合音乐的快板 allegro。"

X 最后问道:"另外,您舞蹈示范中最后一段太精彩了,单腿直立连续旋转。您如何做到长时间保持平衡?"

老师很高兴:"32 fouettés,芭蕾舞的炫技挥鞭转,我做得还不够好。几十年前,舞蹈家 Pierina Legnani 能轻松做到原地挥鞭转 32 圈,简直绝了。Fouettés 已经超出舞蹈学的范畴,涉及角动能守恒的原理。舞蹈演员做 Fouettés,鞋尖触地,摩擦是有动能损耗的,为维持旋转和平衡,必须注入新的动能,这动能来自辅助腿。记住,世界是守恒的,这是普遍规律,而平衡、对称、黄金分割则是其中的美学精华。"

其间,一阵暖风吹起,引来满天槐树花瓣的飘扬。老师轻轻拂去 X 头上的落花,真诚说道:"你要保持这种对世界的好奇哟,这样你会进步得很快的!"然后轻盈地离去。

身后,X 幸福爆棚,如沐洗礼。X 灵魂出窍,似受法戒。X 心得志满,甚于宣誓。

◎ 两年后

X 和老师在槐树下的音乐讨论被同学亚非等举报成行为不检,X 被学校纪律处分。X 十分歉疚，担心对老师芳产生任何负面的影响，决定当即转学离开，从此和老师芳天各一方。

好在老师的启蒙和关爱给予 X 极大信心，X 的学习变得轻松起来。在便河路二小，如老师芳所预言，X 学习进步很快，修辞学、乘除法、几何样样优秀。升学时，以全市第一名成绩考入三中。

仲春的一个周末，X 回到母校大寨巷小学，久久伫立在那颗槐树下。槐树花再一次盛开，香甜洁白的花瓣如雪般，飞舞，飘散。雪落发梢，风抚双颊，香沁心脾。

X 努力回忆着两年前那瞬间的极乐，

女神的碰触带着温暖

女神的教诲启迪心智

女神的目光饱含鼓励

女神的高雅拯救卑微

X 默默呼唤，让它来得更加强烈……

"在河這邊與那邊有生命樹，結十二樣果子，每月都結果子；樹上的葉子乃為醫治萬民。"

◎ 四年后

Kirchhoffs Current Law

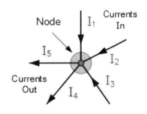

物理课上，X 开始学习电路理论，其中有基尔霍夫第一定律及电流守恒。

基尔霍夫第一定律：

对于电路中的任何节点，流入该节点的电流总和等于流出该节点的电流总和。

古斯塔夫·罗伯特·基尔霍夫（Gustav Robert Kirchhoff），德国物理学家,1824 年 3 月 12 日出生于普鲁士的柯尼斯堡。 他的第一个研究课题是电的传导。这项研究导致基尔霍夫在 1845 年制定了闭合电路定律(包括第一定律)。

近 200 年来,该定律广泛用于电路分析和设计,是现代电子及电气技术的基础。

在应用基尔霍夫第一定律做电路问题解答时,X 不由想起老师芳关于世界守恒的教诲。诚然,这次在电场的维度里有了明证!

仲春的一个周末,X 再一次回到母校大寨巷小学,久久伫立在那棵槐树下。槐树花又一次盛开,香甜洁白的花瓣如雪般,飞舞、飘散。雪落发梢,风抚双颊,香沁心脾。X 努力回忆着四年前那瞬间的极乐,朦胧中,天使般的声音传来。

"你們乃是來到西奈山,永生神的城邑,就是天上的耶路撒冷。那裏有千萬的天使,有名錄在天上諸長子之會所共聚的總會,有審判眾人的神和被成全之義人的靈魂…"

◎ 六年后

江西庐山。

X 作为优秀团员,被推荐参加在庐山举办的夏令营。

庐山梦幻仙境般,如同王子安所描述:潦水尽而寒潭清,烟光凝而暮山紫,千百年来,文人高士汇集于此,留下美篇佳话无数。山路上,X 正奋力攀登,云雾飘来,隐去路林,溪水潺潺,忽远忽近。X 似乎听到天鹅湖主题中竖琴的拨弦和单簧管的悠扬。

X来到五老峰下的白鹿洞书院。书院建于宋代,历时千年,源远流长。书院内,楼台错落有致,亭榭相连相通。群山环抱,绿树成荫。幽静风情催生出敦颐大师的名篇:予独爱莲之出淤泥而不染,濯清涟而不妖,中通外直,不蔓不枝,香远益清,亭亭净植,可远观而不可亵玩焉。

庐山上的东林寺历史更加悠久,寺内有棵古槐,根深叶茂,气势恢宏。X来到树下,陶醉在熟悉的槐木的氤氲中。

仲春的一个周末,X再一次回到母校大寨巷小学,久久伫立在那棵槐树下。当天,春雨绵绵,香花带泪。X须发浇淋,衣裤湿透。X努力回忆着六年前那瞬间的极乐,朦胧中,那特有沁鼻的香艳越来越浓。

"他們在神寶座前,晝夜在他殿中事奉他。坐寶座的要用帳幕覆庇他們。他們不再飢,不再渴;日頭和炎熱也必不傷害他們。因為寶座中的羔羊必牧養他們,領他們到生命水的泉源;神也必擦去他們一切的眼淚。"

◎ 十年后

武汉,X学习信息论,其中有汉明距离和data独特性。

汉明距离(Hamming Distance)

在信息论中,两个等长字符串之间的汉明距离是对应符号不同的位置的个数。换句话说,它测量将一个字符串更改为另一个字符串所需的最小替换次数,或者将一个字符串转换为另一个字符串的最小错误次数。

它源于数学家理查德·汉明的开创性研究和汉明编码。

数据的独特性(Uniqueness)

$$\text{Uniqueness} = \frac{2}{k(k-1)} \sum_{i=1}^{k-1} \sum_{j=i+1}^{k} \frac{\text{HD}(R_i, R_j)}{n} \times 100\%$$

数据的独特性表现为在一组数据中该数据和其他数据的差异。

数据的独特性是该数据的所有汉明距离的均值。

数据的独特性是鉴别数据真伪的重要指标。

X的信息论学习十分艰辛,因课程涉及很多统计学概念和大数据,直到一天,X想起老师芳曾经说过好的音乐具有独特性,才豁然开朗,弄懂了独特性的计算公式。

仲春的一个周末，X 再一次回到母校大寨巷小学，久久伫立在那棵槐树下。槐树花又一次盛开，香甜洁白的花瓣如雪般，飞舞，飘散。雪落发梢，风抚双颊，香沁心脾。X 努力回忆着十年前那瞬间的极乐，朦胧中，那曾经的碰触越来越强烈，带着温暖。

"他的仆人都要事奉他，也要见他的面。他的名字必写在他们的额上。不再有黑夜；他们也不用灯光、日光，因为主要光照他们。他们要作王，直到永永远远。"

◎ 二十年后

迪拜，一个波斯湾边的不毛之地，因阿拉伯联合酋长国酋长的眼光和格局，20 世纪 80 年代后，发展迅速，成为中东最大的货物集散地，纸醉金迷，热闹非凡。

在迪拜市中心的杂货市场，有家"思芳"的纺织品贸易公司的门市，铺面很小，约 4 米长，15 米深，透过铺店的橱窗，可以看到里面摆满了各种布料。X 远跨印度洋，来这里做白领科员已经有些时日。X 很忙，接待客人，跑码头，卸货，转运，不亦乐乎。X 的客人形形色色，来自印度、孟加拉、斯里兰卡、伊朗、沙特、欧罗巴及美洲。（真不知他们如何交流，手势？中文？简谱音符？鸡问鸭答？）

迪拜夏季闷热高温，X 和其他 3 个同事挤在一间 10 平米的单间里，条件之差，比幼儿时期的铸造厂工棚还不如。好在 X 对环境有极强的适应性,任劳任怨,两个月时间把业务打点得井井有条,深得老板赏识。

X持有旅游签证来到阿拉伯联合酋长国,继续逗留在迪拜就算非法了。X一边工作,一边寻找移民的途径。

工作之余,X喜欢来到城外的沙滩散步观海游泳。海边,度假村密布,游人如织。

来迪拜淘金的女孩很多,波斯美女马苏玛(Masouma)就是其中之一。马苏玛面容姣好,肌肤白嫩,婀娜多姿,在海边一家度假村做招待兼肚皮舞娘。肚皮舞在阿拉伯世界流行千年,是酒宴上的传统节目。X曾经因生意上的应酬,带领客人到马苏玛所在的度假村用餐,这样彼此认识了。X很欣赏马苏玛的舞蹈,从中看出几分老师芳芭蕾舞的韵味。马苏玛也喜欢X的文静。

后来,X常去看马苏玛表演,捧场。一次,马苏玛约X在下班后去宵夜,X欣然接受。他们相约三天后夜间11:30 PM在迪拜市City Centre Deira购物中心见面。迪拜是不夜城,灯红酒绿,夜夜笙歌。

那天,X仔细冲淋,穿好西装,准时来到City Centre Deira。马苏玛不久也赶到,披金戴银,珠光宝气,妖艳动人。两人进餐,购物,看美国大片,都很开心。同是天涯沦落人,相逢何必曾相识。

尽兴到凌晨三点,马苏玛朦胧中建议去开房,X考虑再三,委婉拒绝,后X陪送马苏玛回公寓……

不久后,X辞职转回国内,正所谓肉欲不及情恋,俗艳难抵高雅。

仲春的一个周末,X再一次回到母校大寨巷小学,久久伫立在那棵槐树下。槐树花又一次盛开,香甜洁白的花瓣如雪般,飞舞,飘散。雪落发梢，风抚双颊，香沁心脾。X 努力回忆着二十年前那瞬间的极乐，朦胧中，那秀目越来越清晰，带着关爱。

"你到這裏來，我要將新婦，就是羔羊的妻，指給你看"

◎ 三十年后

上海。

A 股市场最近很疯狂，指数在不到一个月的时间里，冲高了 31.3%。X 的同学朋友中，借钱炒股，卖房炒股的人比比皆是。X 也被拖下水，不过还保持一丝清醒。X 一面工作，一面自学金融投资，仔细研读了巴菲特、彼得林奇、索罗斯、John Bodgle、Mohnish、段永平、Ray Dalio 等投资人的论著，最后认可了移动平均线和均值回归理论。

移动平均线和均值回归理论：

移动平均线（MA）：

在金融领域，移动平均线（MA）是技术分析中常用的股票指标。

计算股票移动平均线的原因是通过创建不断更新的平均价格来帮助平滑价格数据。

通过计算移动平均线，可以减轻特定时间范围内随机、短期波动对股票价格的影响。

简单移动平均线（SMA）采用过去特定天数内一组给定价格的算术平均值。

指数移动平均线（EMA）是一种加权平均线，加权值从最近到过旧呈现递减，使其对新信息更灵敏。

证券价格的均值回归：

均值回归是近几十年在美国兴起的金融理论，该理论假设资产的价格会随着时间的推移趋向于回归到平均价格。

使用均值回归作为时间策略涉及确定证券的交易范围和使用定量方法计算平均价格。

均值回归是一种可以在许多金融时间序列数据中展示的现象，包括价格数据、收益数据和账面价值。

当前市场价格低于过去平均价格时，该证券被认为具有购买吸引力，并预期价格会上涨。当前市场价格高于过去平均价格时，市场价格预计会下跌。

用于均值回归策略的移动平均线有 50 天或 200 移动平均线。交易操作频率越高,所选均线的天数越小。

均值回归看起来是一种比图表更科学的选择股票买卖点的方法,因为精确的数值是从历史数据中得出的,以确定买入 / 卖出值,而不是试图使用图表来解释价格走势。

均值回归应该表现出一种对称形式,因为股票可能高于其历史平均水平的频率与低于历史平均水平的频率大致相同。

经济学家杰里米·西格尔(Jeremy Siegel)使用术语"回归均值"来描述一个基本交易原则,即"回报在短期内可能非常不稳定但在长期内非常稳定"的金融时间序列。

随后,X 应用均值回归理论,分析股价,发现股价已经极端偏高移动平均线了。X 猛然想起老师芳的教诲:"记住,世界是守恒的,这是普遍规律,而平衡、对称、黄金分割则是其中的美学精华。"

X 及时做了减仓,躲过了一场大股灾。

仲春的一个周末,X 再一次回到母校大寨巷小学,久久伫立在那棵槐树下。槐树花又一次盛开,香甜洁白的花瓣如雪般,飞舞,飘散。雪落发梢,风抚双颊,香沁心脾。X 努力回忆着三十年前那瞬间的极乐,朦胧中,天鹅湖第一主题的旋律如约而至。

"十二個門是十二顆珍珠,每門是一顆珍珠。城内的街道是精金,好像明透的玻璃。"

◎ 四十二年后

上海。

X 在观看巴黎歌剧院芭蕾舞团的天鹅湖舞剧。该团是世界四大著名芭蕾舞团之一,拥有最悠久的芭蕾舞表演历史。

天鹅湖第二幕

舞蹈家 Léonore Baulac 出场,扮演奥杰塔公主,

剧场响起天鹅湖主题曲

公主的倾述

公主的离场

……

音乐及舞蹈营造出天堂般的境界,台下 X 泪流满面,灵魂升华。

天鹅湖第三幕

待选王后的各国佳丽云集在城堡的舞厅中,王子必须从中挑选出一位未婚妻。

匈牙利舞曲

西班牙舞曲

那不勒斯舞曲

波兰舞曲

响亮的号声响起,宣告来了两位没有受到邀请的客人。他们是魔王罗斯巴特伪装的使臣和他的女儿奥吉莉娅。

黑天鹅舞

32 Fouettés from Swan Lake

……

熟悉的旋律和舞姿让台下的 X 如痴如醉。

天鹅湖第四幕

夜晚,湖中。

天鹅姑娘正在等着奥杰塔公主。

公主回来后向她们诉说着王子的背叛。

恶魔胜利。

突然王子出现,向公主倾述衷肠,后双双投湖殉情。

其他天鹅的魔法被解除,魔王死去。

小天鹅们迎着晨曦庆幸新生。

……

跌宕起伏的舞蹈和协奏乐中, X 被王子 / 公主的忠贞爱情打动,有种宿命的预感。

这年的暮春, X 从上海特意返乡,再一次回到母校大寨巷小学。 X 久久伫立在那棵槐树下,槐树花期已过,清爽依旧。此刻, X 隐隐有些担忧,小学正在改造,槐树是否会被移开? X 鬓发稀疏,岁月的侵蚀清晰可见。 X 努力回忆着四十二年前那瞬间的极乐,朦胧中记忆深处的那光影鲜活起来,天使般。

"當時,天上的殿開了,在殿中現出他的約櫃。"

◎ 四十五年后

新冠病毒在全球肆虐。老师芳不幸被感染,静静躺在监护室的病床上。做完最后一次化妆后,老师优雅如故,满头乌发,面容整洁,手指修长。一旁有台生理护理仪器,代表生命体征的脉搏波,正变缓,波幅正收窄,在变成水平直线前的一刹那,突然波形出现几秒的颤动:当年那热爱音乐的男孩还好吗?

同一时间,浦东某居民楼单元,X 又梦见了校舍旁的槐树,老师芳随着一阵春风飘然而至,轻启朱唇:"在我父的家裏有許多住處;若是沒有,我就早已告訴你們了。我去原是為你們預備地方去。我若去為你們預備了地方,就必再來接你們到我那裏去,我在哪裡,叫你們也在那裏。"

X 回道:"真好,学生我一定会追随老师,那是我一直期盼的。"

◎ 小记:

隐修会的评语:
主人 1(ID13/ID12/ID11/ID10)主人 2(ID23/ID22/ID21/ID20)情深于槐(030° 018 ' 15.1 " N 112° 015 ' 10.2 " E)
士为知己死,女为悦己妆。
不求同年生,但愿同日亡。

第三部 新 影

◎ 序

天鹅湖上情初生,香槐树下恋永恒。
沉舟侧畔过轻帆,故友身后继新人。

◎ 新 人

初秋时节,我驱车沿着 95 号州际高速南下,去往弗州边界处的大学 G。从 40 号出口下高速后,沿着 Cabin John 路前行 1.5 英里,然后进入一段坡路。时间来到下午 3:00,车辆很拥堵,500 米的距离居然费时 35 分钟,最后转 Canal 路到达大学南门。

停好车,即刻与在该校读书的同学小孩联系,他告知正在实验室做项目,半小时后才能在学校前门和我会面。

我随后进入校区,参观这所与合众国几乎同龄的老牌大学。大学里有很多带钟楼的英式维多利亚时期的教学楼,古色古香,红砖尖顶。楼房间有大片绿地和众多古树,草绿花红,清爽宜人。

　　我好奇进入楼内，看见一间教室无人，便悄悄上前在一木凳上坐下。正前是黑板，上方悬挂一木制十字架。讲台下，有7排课桌，两边窗明几净。一切显得古典质朴，不知从这里走出去多少代的学子。继续前行，参观了学校医院、法学楼和图书馆。

　　同学的孩子准时来到前门，我邀请他共进晚餐，他爽快答应。孩子要比我的同学魁梧得多，谈吐得体，看来我们那时代营养是不足的。用餐间，我问他这学期学习如何，有没有申请假期的实习，孩子一一作答。看他有条不紊的样子，我觉得我的询问和到访纯粹多余。Anyway，我让他把简历电邮到我信箱，我帮他看看本公司及谷歌、神达是否有招人。我祝愿他学习进步并在新环境中寻找到自己的志趣。

　　很快，我回到停车场，驱车赶回在新泽西的酒店。小车穿过Potomac河，继续沿着95高速北上。在White Marsh镇附近，道路两边可见大片原始森林，绿草茵茵，群芳争艳，巨木参天，其中有不少北美所特有的黑槐，森林尽头即是浩瀚的大西洋，夕阳映红海鸥、风帆和万吨货轮，一派生机勃勃。风声、涛声、鸟鸣仿佛呼唤着新的美乐，新的篇章。

　　又将是新的一天，新的开始！

　　壬寅年冬于美西玫瑰城

远方的往事 1

前　言

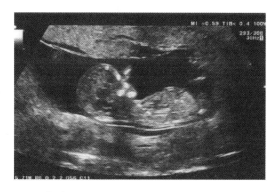

　　整理书架时,无意中找到这张我们大儿子的超声波影像。它使我端视许久,感慨呀,小孩的生命力真强,还福及大人。

◎ 汽车冷冻液

　　那一年,正赶上 DOT COM 破灭,我在 O 市丢了工作,满世界找,比大海捞针还难。最后,一家图像芯片公司的诺曼经理面试了我,并当场决定录用我。那家公司我没投简历,真觉得不是我个人努力的结果,或许就是我们那刚几十天的小生命吧。

　　那家公司在 T 市,城市质量(森林指数等)远不如 O 市。我们住在 O 市一河滨的公寓里有一年多了,特别满意。出门,北面就是一河滨公园,长 5 公里。公园里,有网球场、溜冰馆、沙滩、帆船俱乐部。公园活动丰富,夏日游泳,冬日溜冰,春秋则打球、扬帆、散步,游人大都彬彬有礼。公园冠以一个女孩的名字,和大英某著名字典同名,朝气蓬勃。我不时会想,将来若有女儿就用这名。

公寓南边，开车 5 分钟就到大片林区。那是原始森林，没有什么人工痕迹，连小径都是动物或人的脚踩出来的，而不是机械化设备的杰作。我们也常去那，尤其是冬季。地上的雪积得半米高，林中以白桦树为主。中学时，读茅盾的《白杨礼赞》，除了功课的压力就是倦意。唯有沐浴着冬日的阳光，观赏雪影的衬托下的白桦树群，我才能感悟到美。四周宁静，静到物我两忘，静到一切都幻化为家的氛围。静到人陶醉，为那林间特有的清风，为那造物者留下的笔画：直挺光洁的树干。

另外，O 市交通也不拥堵。T 市则不然，焦躁不安的居民对汽车喇叭情有独钟，随时随地都有噪声。我们计划由我一人去 T 市上班，夫人留在 O 市。我争取过几个月再找工作回来 O 市。O 市和 T 市相距约 500 公里，我几乎每周五驱车回 O 市，周日又匆匆赶回 T 市。

记得五月的一个周日，我又照例开车回 T 市。当天，气温高达 40 摄氏度，太阳烤得人和路面都快化了。我的那辆德国车年头很久了，空调打到最大，也没觉得凉，车就像一个蒸笼。开出 100 多公里，红日还没落下，我倒是疲乏难受得睁不开眼。我赶紧又打开一瓶果汁，喝下，困意稍微缓解，没多久，眼皮又沉重起来，头也难抬起，双肩及手臂僵硬，仿佛置身巨大的漩涡，挣扎却难以动弹。我以前不这样呀！真可能年纪大了，加上工作一直很忙。强忍着倦意，我又开了 100 多公里，来到 K 市附近。一般我都会一口气从 O 市开回到我在 T 市的临时住处，中间不停。今天实在有些坚持不住了，耳边又响起夫人的话"你快做父亲了，凡事不能就想你一人，多想想全家"。于是，我下了高速公路，来到一休息站，喘喘气。在车里躺了一阵后，费劲地打开车门，往卫生间走去。天已经暗淡下来，不过还是热浪阵阵。还没移动几步，一白人老头从后面快步追上我"喂，你的车正泄漏液体。天热，赶紧查看，弄不好会着火的"。当时，我脑子木木的，半天没反应过来。遇到一碰瓷的？不会呀，这在国外，当地人就是歧视我，也不至于骗我，何况还是一老人。"你随我来！"老头转身朝我的停车点走去，我半信半疑地跟上。回到车边，地上真有一大滩，一条粗线从停车处一直延伸到高速公路出口，看来泄漏在我开车在高速公路上就开始了，也不知道漏了多久。这吓我一大跳，"这泄漏的液体是什么呀？不会我的油箱漏了？"我问道。老头用手指沾了点地上的液体，凑近查看，并用鼻子嗅。"看来是汽车冷冻液"我赶紧向老人致以谢意。

汽车冷冻液泄漏会产生烟雾，乃至起火，我是见过的。若因此导致发动机过热，后果更糟，会点燃汽油的。幸亏，我中途停下来，休息。当天气温奇高，车的冷却系统已严重老化（如密封胶圈），我又连续超负荷的开车 2 个多小时，液体还膨胀。这些因素加起来，泄漏对于老车就可能了。

我决定联系拖车公司，让他们把我的车拖回 T 市，同时心里暗暗庆幸："念道那腹中的孩子，真有用！"

◎ 弯曲的坡路

　　到 7 月，岳母万里迢迢来帮忙，我们决定在小孩出生前趁时间充裕，带老人去旅游一下。出游第一天，我从 T 市赶到 O 市，接上家人后，我们继续往东，直到 Q 市。Q 市有北美唯一的城墙（仿佛这边所有的城市都不设防），博物馆、城堡、教堂、美食、公园也多。老人来一趟 Q 市不易，还爱好摄影。我们就陪同她，参观了该市几乎所有的博物馆，游览了各式城堡，其中展示的加农大炮很多都有 200 多年了。正好赶上当地的文化节，有许多法式美食和表演，我们也到处凑趣。长不少见识，还一饱口福，就是身体有些吃不消。

　　第 3 天，回家前，我们还赶到 Chutes de la Chaudière 瀑布观览。瀑布很壮阔，不过我实在累得睁不开眼，一直睡在车里，岳母和夫人则下车，去到瀑布近处观赏。

　　4点多，我们匆匆游完，开车往回赶。开始一段，高速公路上挤满了车，大多也是观光完返程的。不时，有救护车呼啸而过，可能前面哪有交通事故。离开城区30公里后，车才少了些，我能把车提速到100公里/小时。老人也累了，再没有兴致看车外景致，闭眼无语。夫人看出我的疲惫和发肿的双眼，提醒我："困了就停下休息，不要急着赶回家。"我还真觉得困意越来越浓，想就在附近找一酒店住下，明天回家。又考虑到语言不通，价格和卫生情况不了解……犹豫啊！最后，我好强地回答："没事，今天还是赶回家吧，不就是500公里！。"嘴硬，可手脚不听指挥，不由自主地打着哈欠，倦意挥之不去。以前开车困的时候，咬牙坚持10分钟，转转头，晃晃肩膀，就过去了，头脑会重新清醒。这次，拼命摇晃身子也没作用，渐渐觉得意识朦胧起来。夫人又提示"累了，就停下。"，我摇一下头，强撑着。后来，什么也听不清了，眼前就是标识车道的白线还可见，白线笔直地延伸到远远的天际处，到后面，我开着车居然睡过去了。冥冥中，似乎有人在叫我，我猛一睁眼，发现车正爬坡。那段路是一向右的弯道，车没相应转动，笔直往前，冲着路边的围栏而去。我赶紧向右打轮，可车还是逼近围栏，"砰"的一声，左侧车门撞上了护栏，并反弹回来。我还幼稚地以为能控制一下，继续开车。强力的反弹把高速行驶的车抛向空中，车滚翻着落到护栏外的斜坡上，我们坐在车里随车又滚翻了720度后，才感到车轮着地。我回头向后，夫人和岳母好像刚醒来，不知一瞬间已经故事多多。高速公路上，所有的车都停了下来，人们迅速下车向我们跑来。一中年男士很快来到我们车边，关切地查看我们车内。我向他招招手。他看我还能动，就移动到驾驶座门外，试着从外把门打开。门早已锁住。我从里面按解锁键，也不起作用。情急间，我按住车门把手，使劲往外推，门才打开。男士急切地向我高声说道："关掉汽车引擎"，我才清醒些，赶紧把车钥匙转到"lock"位置。我逃到车外，周边已经聚集了几十人，人们热心问我有没有受伤。救护车也惊喜地出现（只有短短 1 ~ 2 分钟）。车的后门已被冲撞得变形，打不开。随救护车而来的专业急救人员帮忙把夫人和岳母从前门救了下来。听说我夫人已怀孕，急救人员更加认真起来，轻轻把我夫人移到担架上，做了全面的检查。在确认没有受伤后，他们还是不放心，迅速把我们全家转到救护车上，然后启动赶往 Q 市最大的综合医院的急诊部门。

岳母过来劝我："这次有主的保佑，我们都没受伤。不要多想了。"我还是禁不住回想。出这样大的车祸，我很沮丧。以前，也见过不少事故，一直以为只要我开车注意，这些都和我无关。其实，这些离我们很近！我又回想了刚才的情形，那是一段上坡路，还向右转。若当时，我一直沉睡不醒，车就会正面和护栏相撞，结果会严重得多，前排的我生还的可能很小。幸亏我被及时唤醒，能紧急转车，撞击改到侧面。撞击后，车因高速行驶产生的动能经多次滚翻、缓释，瞬间冲击不大。最后，滚翻完，车能够在坡上重新四轮站稳，无汽油泄漏，无燃烧，也是万幸。

我主保佑。我可是从不信命，百思不解中，又只好将福祉归为我们那小生命。

◎ 路间深沟

时间一晃就到了 11 月。一天下午，接到怀孕妻子从 O 市的电话，我们的第一个孩子已经过预产期了，还没动静，医生建议剖宫产，我得赶紧回到 O 市。当时，我正在实验室调试新到的 Prescott 主板，DDR memory 部分有报错。这些不重要了，和老板诺曼打个招呼，我就匆匆离开了公司。

天落着雨，阴冷阴冷的。我开着车一路向东。交通很拥堵，花了 2 小时才转到 401 高速公路。401 高速也快不起来，又开始觉得头晕困乏。我再不敢大意了，赶紧开到高速公路边的休息站停下。到餐厅进食，休息。足足半小时，觉得有点力气了，才又把车发动，继续向东。每每到达一个休息站，我就停下补充。

就这样走走停停，开过 K 市时，时间已经是晚上 9：00 多了。高速公路上，没什么车。天很黑，除了车灯照亮的那片路面，其他的都看不清了。偶尔，有大货车从后面追上，呼啸地从我车边经过，极速向前。这时，气温更低，白天的雨变成雪满天飘扬开来。四周腾升起团团白烟，各种物体虚幻起来，若隐若现。车仿佛也受到传染，变得轻飘起来，一不小心，车就不受控制，从一个车道滑到另一个，一种水上玩风帆的感觉。这让我很警觉，怀疑轮胎出了问题，导致摩擦力减少。我赶紧把速度降得更低，努力把握方向盘，紧盯着前面分隔车道的白线以确定方向。

401 高速公路，我跑了半年多了，从来没有经历这样的情况。我是否应该就近找一酒店住下，待天亮查清车况再说？忽然，我又想起那还在母亲腹中的孩子，默默念道"你来给老爸指条明路吧"。前面出现一上坡弯道，我本能地紧张起来，这地形可不好，不由联想到 Q 市那次事故。我本踩了刹车减速，可车慢到几乎不前行了，只好换踩油门。车加速地来到坡顶，突然我感觉车身变轻，向左偏转，滑向路边的深沟。这让我想起了之前下冻雨时开车的情形。冻雨下开车，忌踩刹车，控制方向盘就好。我赶紧抓住方向盘，松开右脚。车侧身滑移了 20 多米才停下。1 ~ 2 分钟后，我缓过神了，关掉车引擎，拔出钥匙，推门走到车外。车陷在一人高的草丛里，空气中弥散着一股浓烈的橡胶烧焦的煳味，天上的卷雪愈来愈大，环顾四周，看不清什么。不时，有车行驶在不远的高速公路上,带来些许光亮。过往的车辆都是超长的货车。庆幸,车滑落沟底时,旁边没有货车。真有的话,后果不堪设想。

"看来,那新的生命又在保佑我了。这样,他出生后,老爸会全心全意地为他换尿布。"想到这些,我不再觉得寒冷、孤寂,情绪高昂起来。很快,一辆警车开过来,停在沟顶。车里,走出一高个警察,他拿着手电筒,来到我身边。他先询问了我的情况,问我是否受伤,随后转身仔细检查了车况。有 2 个轮胎从轮芯脱落,轮胎的充气全跑掉。最后他还热心地为我呼叫来拖车。看我衣服单薄,警察很主动地邀请我到他警车里保暖。走近警车,我才看清,路面上到处是一层黑冰。难怪,我车失控,冰面上摩擦力很小。

◎ 后 记

小孩出生后,我们后知后觉地决定不再两地分居,合家一处,也没再挑战北国冬天的夜路。慢慢地,冷冻液、弯道和路沟都淡忘了。照顾小孩的生活和学习成为生活的重心,每天忙得不亦乐乎。家庭生活,不单是父母对子女的奉献,子女的祝福意义也深远。如下面的歌所表达

Alas my love you do me wrong	深爱非我过
To cast me off discourteously;	相离催泪落
And I have loved you oh so long	秋冬复春夏
Delighting in your company.	相拥即快活

Green sleeves was my delight,   绿袖欢乐多

Green sleeves my heart of gold   绿袖暖心窝

Green sleeves was my heart of joy   绿袖即我心

And who but my lady Green sleeves.   感恩识因果

远方的往事 2

序 言

在北极某处,探险者的身影终归沉寂,引来在家娇妻和遗腹子的久久守望。

◎ 探险者汤

美国内战的硝烟平息后,更多的民众沿着俄勒冈小道奔向西部,去寻求发展。汤的父母就在这滚滚人流里,最后落脚 Idaho 州北部的 COOLIN。该镇依山傍水,属于 COLVILLE 原始森林的边缘,风光秀丽,物产丰富。汤的父亲农时种下马铃薯和玉米,农闲则进山伐木打猎。汤的母亲操持家务,并开办家庭学校亲手教育汤和女儿简。一家人的生活恬静而富足。

汤的基因部分来自北欧海盗维京人,因此他天生就有很好的运动天赋,春秋远足、登山,夏季扬帆、荡桨、捕鱼,冬季滑雪、打猎,总是精力饱满,对远方充满好奇和向往。17 岁时,汤考入在 Spokane 的理工学院,学习工程物理。在校期间,他被选入探险队,随队爬山涉水,到达北冰洋。探险队先坐火车到西雅图,在那转乘轮船,一路沿太平洋海岸线北上,到达阿拉斯加的 Anchorage。登岸后,步行 700 英里到达淘金小镇 DAWNSON CITY,然后在风雪中继续沿麦卡锡河北上,最后抵达北冰洋海岸的 Tsiigehtchic(土著 GWICHIN 人的定居点)。这次探险历时近四个月,汤收获满满,意气风发。

汤第一次接触六分仪、计时器 H4 等科学设备,学习如何定位和观测经纬度。

汤第一次使用雪橇长距离越野。

汤第一次学习远洋航行。

和其他队员一起,野外求生,防寒露营。

汤对探险有种朝圣者的热忱,觉得远方有神的启示,山水草木、花鸟鱼虫、飞禽走兽都带着灵性。这次经历让汤有幸进入探险者的圈子,和其他探险者有了充分的交流。后来,这些探险家多次组队到北极区域。婚后,汤常对妻子玛唠叨"路途中,那被夕阳映红的天空,那浮动的冰山,那毛茸茸肥大的海象在我眼里都是天神"。玛未能亲历,只能把这些理解为基督的显灵吧。

◎ 淑女玛

当汤在神父湖开始学习荡桨扬帆时,玛在美国中部北达州的哈泊斯出生了。玛的父亲是位牧师,年轻时遵循神的旨意,特意从美国东部的弗吉尼亚,跋涉数千公里,翻过阿巴拉契亚山脉,横渡密西西比河,来到荒凉的密苏里冲积平原,在偏僻的哈泊斯镇建造教堂,传播福音,并在那里度过了一生。玛的母亲不畏艰险,和丈夫同行,落脚哈泊斯后,先后生下玛和她的 4 个妹妹。作为虔诚的基督徒家庭,玛的全家过着节俭的清教徒生活。玛 15 岁以前,从未涉足离家 15 英里以外的地方,每天帮助母亲做家务,或清洗,或缝纫,或助厨,当然还有每周固定的礼拜,诚如那首流传至今的童子军儿歌所描述:

> 桑树围环,童声欢响,载歌载舞,清晨朝阳。
> 衣裤床单,收来洗浆,小河涟漪,周一早上。

将衣熨烫，将衣熨烫，蒸汽袅袅，周二早上。

清刷地板，清刷地板，洁净无垢，周三早上。

缝补衣裳，缝补衣裳，针线在手，周四早上。

打扫厅堂，打扫厅堂，光亮门窗，周五早上。

面粉加糖，放入烤箱，做成面包，周六早上。

奔赴教堂，主赐荣光，礼拜祈祷，周日早上。

虽然都是同母所生，相比其他姊妹，玛总显得有些特立独行。

有一天，玛漫无目的地走到河滩旁，那里有大片的茅草，一人多高。玛把衣裙掀起，举过头顶，赤身开怀，冲进草丛，要尽情来一场天浴。野草带着淡淡的清香，撩过面颊、耳根、划过胸腹，缠绵手臂，一种夹杂着麻、酥、灼、痛、颤的新感触让玛兴奋癫狂，迈腿奔跑，直到最后力竭而瘫倒在泥地里。骄阳把土烤得有些发烫，玛长时间躺在那，大口呼吸，舌尖传来一丝甘甜，光洁的肌肤如初开的玫瑰，雪白中泛着红晕。

当其他姊妹忙于手工活的时候，玛有时会抬起头，望向屋前的那条尘土飞扬的主道。路面被夕阳染成金黄，其上晃动着各种身影，玛总期盼着梦中情人会突然带着光环出现在那。

一次，玛剪呲了大拇指的指甲盖，母亲不得不带她去诊所做包扎。另一次，玛绞掉了自己长长的秀发，把自己打扮得如同一个假小子。

半夜，玛有些会觉得胸闷得厉害，随后她起身，蹑手蹑脚地溜到屋外，躺在前院的石凳上注视着满天的星斗，远方传来的天籁让她释然自在。恍惚中，玛身体轻盈起来，乃至于腾空，向光亮的银河奔去，行进中天熊、猎户、宝瓶越来越近，直到看见那充满魔力的牛郎星系……

◎ 交　汇

初次相遇，总是最美好的，汤和玛也不例外。那天，玛和姊妹们礼拜完，正走在回家的路上。这时，一辆马车停在面前，汤从车里窜了下来。汤头戴一顶高帽，身披风衣，显得风尘仆仆（注：那段期间，汤在交通部谋得一份合同工，为公路／桥梁建设做前期勘探工作）。汤大方地走到女孩子们面前，亲切打招呼"各位高雅的修女们好！"，接着微笑地对玛说道"女士，我可以做个自我介绍？"

面对高大倜傥，朝气蓬勃的汤，玛不仅没觉得一丝的陌生和拘束，反而感受到一种家园的重温。汤的笑容是那样的熟悉和迷人,如春风拂面,唤起了几生几世的姻缘。玛和汤彼此出神地对望了片刻,引来众姊妹的一阵偷笑。

第二天,汤就托人给玛捎信,约玛黄昏时到 GALES 溪畔的那棵巨型橡树下幽会。玛兴冲冲地赶来,张嘴说道:"我可不是一个安于守家的女孩子,指不定哪天我就跑到外面迷失了。"

汤骨子里也充满这种野性,觉得彼此性格般配,顺势回答:"那好呀,我们可以一起外出旅行!"两人相拥挽手,情话如潺潺清流,彤云霞光漫道,微风吹拂枝头。玛心里充满对主的感恩,为这应许的邂逅!

不久,玛的父亲为汤和玛操办了隆重的婚礼,仪式结束后,汤携手玛登上马车,一路往西,奔往汤的家乡 COOLIN。

◎ 蜜月旅行

汤和玛顺道抵达黄石国家公园,这里神奇的热喷泉、湖泊、深谷和瀑布星罗棋布,第一次远行的玛依着汤,四下观览,算是眼界大开,不断地问汤:"我们的主耶稣创造了如此多的神迹?"虽然黄石公园地处僻远荒野,汤和玛居然遇见不少游客,其中有些来自数千英里外的佛州、德州和缅州。这些游客单程来公园,路上都要花费数月的时间。

游完黄石公园,汤和玛北上,来到 Montana 州西北部。一天,汤和玛慕名前往当地的红岩峡谷,山谷深陷在清翠密林里,山壁裸露的岩石色彩鲜红,如天成的绘画。一条清澈的山涧穿过,给山谷添亮增晖。不时,几只兰翠鸟掠过,欢鸣声渲染着幽谷的空灵。汤拥着玛,看着这伊甸园般的胜景,很是陶醉。

继续翻越洛基山脉,汤和玛来到海拔两千多米高的 LOGAN 山口。近处是平缓的山岗,长满青草,鲁宾花、百合、翠菊、杜鹃花洒落其间,绚烂多姿。远处,山峰耸峭,冰川簇拥,白云低绕。湛蓝的碧空映射在平静

的湖面上，仿佛一颗被迷梦放大的宝石戒指。汤和玛漫步前行，欣喜地
见到盘角山羊、野兔和松鼠。

　　翻过山口，汤和玛驾车来到 BOWMAN 湖露营。这里人迹罕至，山
水林木保持着几十万年的原生态。宁静的大湖如一面神女梳妆的明镜，
把密林、群峰、白云、蓝天烘托得十分鲜活，平原长大的玛惊异不已。当
汤告诉玛，他的故乡 COOLIN 也是这样的山水时，玛对新家更加憧憬。

汤打听到附近有一处瀑布,和玛同名。特意前去探寻,步行十几英里,好不容易在森林深处找到。瀑布清亮,仿佛圣母的目光,欢腾中带着柔曼的薄雾跃入下面的碧绿深潭。瀑布饱含能量,在坚固的花岗岩石山体上经年冲击,破围而出。瀑布富于韵律,舒缓的音符夹着晶莹的水珠弥漫开来,消除旅人的困顿,冲淡游子的思乡。

抵达 COOLIN,玛马上给父母及姊妹们写了一封信,报平安及婚后的甜蜜多彩。

◎ **白手起家**

汤和玛夫妇俩买下一块林地,离神父湖不远,好风水!新家园的建造随即展开。为此,汤在单位请了长假。汤身兼架构师、工程领队及工匠,忙得不亦乐乎。汤先勾勒出房屋的草图,确定下立柱及屋梁的尺寸,同时征求了玛对外形、房间风格和厨房的意见。

森林里的圆木砍伐后,源源不断地运来,汤和助工们一起将木料去皮、整平,并分类。在平地上铺上木框作为地基,然后固定安装立柱和横梁。作墙的整木被截成 10 英尺长,从地面层层往上叠加。玛在一旁把石灰、沙土搅拌到一起,这些作为涂料用于密封墙上的空隙。从巨木中,锯出木板和木条,用作地板和屋顶。一座木屋,很快拔地而起。玛沉浸在建造家园的喜悦中,望向胡子拉碴的汤,目光既崇拜也心疼。

　　搭建完房屋,汤为挚爱的娇妻继续奔忙,采购材料,打造家具,涂抹清漆,安装炉灶、烤箱。玛亲手制作了窗帘、被套和桌布。后院,开辟出一片菜地,汤和玛还种下苹果、无花果树和玫瑰。

　　很快,玛烘烤出第一炉面包,带着奶味的浓香在新居里弥漫开来。晚餐,汤倒上红葡萄酒,举杯和玛庆祝落成的家园。透过玻璃,坡下的碧湖在月光下玲珑安详。从无到有,一木一石,一针一线中,汤和玛拥有了这温馨无比的家,幸福爆棚!

◎ 北极初探

　　红叶落下,天上开始飘雪,汤和玛围着壁炉商量着感恩节回达州探亲。来年的春天,玫瑰开始在窗前和后院绽放,艳丽娇嫩。天晴的日子,汤带上玛,登上木舟,划到湖心,在那里玛开始学习垂钓和游泳。

　　雪再一次降临、堆积、消融,屋旁的溪流变得充沛,小草也嫩绿起来。这时,汤收到了向往已久的邀请:去北极探险。汤简单收拾好行装,和玛吻别,就踏上了征程。玛来到前院,目送汤离开。汤背驮着沉重的行装,里面被帐篷、衣物及食物挤满,缓缓走向主路。当经过两棵高大的白桦树之间的时候,汤转身向玛挥手。远望汤如发夹大小的背影,玛双眼朦胧起来……

温柔乡,英雄冢,
男儿豪情犯苍穹。
餐风宿露观星辰,
踏冰卧雪挽雕弓。

  汤和其他探险队成员在纽约会合,然后登上捕鲸船北上。在 Newfoundland 的圣约翰港重新补给后,继续航行 1000 公里,来到格林兰岛西侧海域。这时,海上开始出现大块浮冰。探险船停靠 Paamiut,接上当地因纽克人向导和狗、雪橇后,再次启动。寒风加雪,肆虐着广袤无垠的 BAFFIN 海湾,唯有偶尔露面的海象、白鲸、灰鲸和冰块上觅食的白熊才隐隐点缀些许生命的迹象。海船续航约 3000 公里,直到北纬 75 度的 ELLESMERE 岛某处。在那里,冰封海面,海船只好抛锚停靠岸边。

  整个探险队(配备部分狗拉雪橇)继续在冰原上向北极进发。到达北纬 79 度的某地后,探险队做了调整,同行的 10 名队员,年纪较大的 5 人,留下大部分给养,返回出发点的海船所在地,以防意外。就地建立货栈,一人留守。年轻体壮的汤和约翰加上两名当地向导,配备狗和雪橇,轻装前行。大家约定,最晚 5 周后必须返回海边捕鲸船所在的大本营,因为酷寒漆黑的极地冬季快降临了。

  汤和小组滑着雪橇,奔向北极,感到艰辛并激动,每进一步都是对前人的超越,都是新的发现。有时,雪光的反射太强,汤不得不停下来按摩下酸痛的眼睛。放松中,心跳总会一阵加快,那是在家娇妻玛的挂念,虽相隔万里,相爱的夫妇还是息息相通!大爱无疆,深爱无敌。这时汤开始理解圣经里的那些神迹了,一切的一切原来都缘于爱。

两周后,汤所在的小组已经距离北极不远了,不幸的是他们赖以定位的六分仪跌落到雪沟深处,加上携带的粮食所剩无几,他们不得不掉头南返。回程中,遇到更多的麻烦和挑战。其一,由于疲劳和饥寒,汤不小心掉入冰层之间的海水中。等大家七手八脚地把他抢救上来,汤已经冻得半死。其二,食物告罄,他们不得不射杀狗来补充。小组最后挣扎地退到了货栈,得到补给,并从那里回到了大本营。在海船上,医生检查了汤的冻伤,发现左手拇指已经坏死,不得不施行手术切除。

冬季寒夜很快降临,全体探险队困守海船,等待第二年的开春和解冻。

极地的冬日漫长黑暗,汤情绪低落,他想振作,便穿上冬装,上岸放风。狂风带着冰粒扑面而来,如针扎一般。气温降低零下 50 多摄氏度,鼻和嘴唇麻木厚重。虽裹着冬装加兽皮,汤还是觉得寒冷透骨。汤把冻僵的手插入裤内裆部,才感觉有一丝温暖。随着神志稍微清醒一点,汤做着最坏的打算。

——明年,太阳重回极地后,如果冰层久久不消融,海船陷于死地,如何逃生?

——补给能坚持多久?

——极端情况,能徒步 4 千公里冰原,回到文明世界?

——万里之外,妻子玛是如何过冬的?

汤已经离家3个月了,除了最初收到2封信,就再没有任何消息。玛每天都在前院久久伫立,望向主路。神甫湖显得如此宽阔,一直延伸到天际。晚上,玛有时实在无法入睡,只好起床,动身出门。沿着小路漫步,转到SKYLINE路后,一路上坡,直到山顶。山下有汤和她亲手建起的小屋,窗前的烛光在星空下显得柔曼,唤起玛的记忆。和汤的相识,携手旅行,共建家园,共享美食欢乐,一幕一幕在脑际回放。

不远处果园的苹果开始从青绿转粉红了,玛几乎天天下湖游泳,手臂变得厚实有力。清冽碧水漫过脚踝、腰际,直到胸口,微澜荡漾,洗去担忧。舒展手臂,摆动双腿,游向湖心,玛总觉得身后的浪花有汤的身影和欢声。

在地愿做连理枝,入水化作同命鸟。

一天,玛早早动身,步行近20英里,来到海拔1800米的Thunder岭,采集野生越橘。念珠般大小的野果,饱满多汁,入嘴即化,甘怡清香。玛采来2大包,回家后做成10瓶果酱。玛知道汤从小就钟爱用越橘果酱抹面包,她想亲手给汤准备这样的早餐。

天开始转凉,早晨屋前的草地开始蒙上一层白霜,树叶变得金黄或火红。玛更加忙碌。

——为过冬储备食品。

——吃力地挥举山斧,把木料砍成一英尺长的小块,供壁炉燃烧用,娇嫩的手掌磨起了粗茧。

——缝制冬装,被套。

◎ 重 逢

一天,玛例行地打扫着前院的落叶和松针,汤出现了。汤很消瘦,在闹腹泻,不过看到比以前健壮的玛十分欣慰,笑着说道:"嘿,宝贝。"

玛记得这是汤外出的第 389 天,一时有些失神。汤赶紧放下行李,拿出礼物——一副由北极熊牙做的项链,顺势给玛带上,然后把玛搂到怀里。汤不是一个善于表达的情种,不过还是靠近垂泪的玛,低声细语:"玛,真的是我不好,把你一人留在家里这么久。这次旅行,我天天想到你,也让我意识到离开你我什么都不是。男儿不经风雪就好像没淬火的钢刀,是不成器的。原谅一下哟。"

回家后,汤足足睡了 72 小时。晚上,汤发出轻微的鼾声,玛慢慢撩起他的睡衣,手抚摸过汤的肋骨、脊柱、肩、肘、腕及左手。汤几乎皮包骨头,透过那略微发黄的皮肤,玛似乎透视到里面包裹的五腹六脏。汤的旅行是何等的艰难,玛心疼地再次落泪。

回家后不久,汤在原单位找到一份零工,生活正常起来。玛轻松无比,新婚的甜蜜再次从内心洋溢开来。

倒是汤,不时表现出受难综合征的症状。没有了死亡威胁、饥寒和刺激,汤的大脑转动不开,人也有气无力的。

◎ **热气球**

9 月的一天,汤信步来到湖边,就势躺下。火热的骄阳由 10 点的方位缓缓转向 1 点,云层因上升的水汽变得厚实。大部分飞鸟经不起烤晒,扑腾着翅膀,落入林子里消停。一对乌鸦坚持着在空中盘旋,一旦地里的田鼠或水下的金尾鱼有所动静,它们就叫上一声。田鼠常被马车辗过,鱼被钓上来后,内脏都会扔掉。这些都变成美食,被乌鸦笑纳。4 点后,空气清凉下来,尖嘴鸪、布谷鸟和云雀又成群结队地飞回来。一些蝙蝠也加入进来,它们的两翼几乎触水,张嘴将小昆虫吞食。

汤拿出笔,对这些飞禽做素描。画完几页后,站立起来,望向远方的群山,山岭的积雪在阳光下熠熠生辉。

玛见汤外出有半天了,放心不下,她走出门,一路向湖边寻来。看见躺在沙滩上的汤,玛笑着问道"在休息呢?"。汤回应道:"在思考。"玛随即转身,回家做晚餐。

这时,一只山鹰出现在天空,它张开跨度达两米多的双翅,翱翔着,悠雅得如一片浮云。近旁的麻雀赶紧禁声,生怕招惹这空中王者。根据达尔文的论述,鹰高度进化,它的视力、巡航能力、扑食技巧出神入化。夕阳西坠,晚霞红得发紫,这分散了汤的注意力。等他转头,重新跟踪山鹰时,山鹰已经迅速向湖面俯冲下来,刹那间,鹰爪探入水下,攫起一只梭鱼。不等汤看清,山鹰又高高跃起,振翼飞远了。汤重新把画册打开,努力地想勾勒出山鹰捕鱼的全过程。

玛催促了 3 遍,汤才起身回家。玛烤好了鸡块,炖有番茄牛肉汤,还有大盆沙拉。汤匆匆吃完,回到小桌上继续描画。他一直思考着如何抵达北极点,今天观察鸟儿的飞翔带给他灵感——热气球探险。他需要写下项目详细运作计划,并尽快着手准备。

通宵达旦地工作,汤终于把计划书写完,主要包括

—寻求资金赞助

—热气球的设计和制造

—建立探险团队

—探险装备,补给

—探险线路规划

对于北极探险项目,最重要的一环就是募集项目所需的资金。为此,汤写信给每一位可能的金主和合伙人。

◎ **致美国总统的信:**

亲爱的总统先生,

关于北极考察,我们英勇和伟大的美国应该走在世界前沿。

最近一些令人鼓舞的新发展正在酝酿……

我冒昧地请求您批准这项计划,并指定我本人作为负责人来实施这次探险。

诚挚的

北极资深探险队员及创新者:汤

◎ **致 Henry 的信:**

尊敬的先生,

首先,我要表达我对您的万分尊敬。

在热气球航行方面，您是先驱、大师，并取得卓越的成就。

我正组织一项乘坐热气球去北极的探险活动，热切需要您的全面指导和帮助……

◎ **致 John 的信：**

尊敬的伙伴，近安！

去年，你我一起奔赴北极的场景还历历在目。

回家后，我一直在思考我们如何能更进一步，到达北极极心。

探险的路从来不会平坦，甚至有极大的生命危险。但我坚信，主将引导我们，只要我们齐心协力如我们上次探险所为，我们将达到目的……

发出所有的信函后，基于强烈自信和热情，汤并没有消极等待，而是把精力投入到热气球的科研中。汤有一本最新版的《大英词典》，词典里面有热气球的介绍和相关参考，汤还购买了 Jean-Pierre Blanchard 关于热气球的著作。把热气球的部件细分，并逐一研究，包括：

——气囊

——燃烧器

——牵引绳

——吊篮

——控制阀门

——操纵器

岁月如屋旁的溪流,不舍昼夜。汤继续着科研、作文、观察、思考。玛深情地注视着近乎走火入魔的汤,隐隐有些担心。玛烘焙好面包,从炉子上拿出,放在餐桌上冷却。透过厨房的玻璃,能看到沙滩上的丈夫。汤正展开部件草图,对阀门控制、吊篮的形状和材料做分析,身旁有玛调制的咖啡,汤不时拿起瓷杯,泯上几口。

玛收拾完毕厨房,来到卧室。夜深人静,银色的月光透过窗户洒在床前,红木的床头显得雅致亮洁,玛脱掉内衣,钻进松软的被子。不知过去多久,汤转身,把手臂探过来,搂着了玛的腰际,嘴喃喃低语,似乎喊着玛的名字。玛注意到汤眼球正快速转动,发出光芒,如西斯廷教堂壁画中的基督。玛挪向汤,抬起胯部,双臂交叉在胸前。玛感觉漂浮到湖上,包裹在蒸汽里,身体升温,仿佛一团火在体内越来越旺⋯⋯呻吟中,玛和汤融化为一体。

Henry 的信终于到了。汤把信带到湖边,小心打开,逐字逐句地拜读。信有 2 页。在第一页,他表达了对汤探险精神的钦佩,告诉汤探险所需资金已经募集到。Henry 推荐了几位共同的驴友作为探险队成员,提到一个热气球公司作为供应商,不过这些具体工作还有待汤来落实。在第二页,有一份供这次旅行用的热气球的架构图。最后,Henry 预祝汤的探险圆满成功!汤把信放回信封里,面对着绚烂的晚霞和碧水,奋臂高呼,脸膛通红。这次探险总算有了着落。

◎ 新生命

接下来的几个月里,汤忙于热气球的定制和探险行程规划。他继续到湖边寻求灵感,把心得写在笔记本上。规划之余,汤就跳进湖里游泳,为探险储能。玛远望着汤消失在水面,直到黄昏,才重新上岸。汤披着金黄的霞光,光影重叠,人如天神一般。

晚餐时,汤吃得不多,或许为探险过于操心,或过于亢奋。玛吃得更少,没有胃口,人快快乏力。汤关切地望向玛,玛回道:"头疼,有些累。亲爱的,没事。"

时钟般精准的例假迟迟未来,她觉得自己有孕身了。玛烤好一盘饼干,从烤箱里取出,放到窗台边。这段时间,玛对气味异常敏感,饼干的麦糖就让她恶心,想呕吐。玛赶紧退回几步,靠着大厅的立柱。正餐时,玛往往没胃口,但有时又饿得发抖,恨不得吞下一大盘面包。汤在屋外砍柴,为过冬做准备,当木柴堆积到一人高时,玛端着咖啡壶和一盘饼干,走出门,递给汤。玛问汤,在海上晕船是什么感觉。汤看到玛对旅游有兴趣,很高兴,打开话匣,滔滔不绝,讲起海上小山高的巨浪、狂风、晃荡,还有把胆汁也呕尽的煎熬。

天气又开始转暖了,山上的积雪正融化,小溪再一次地欢唱起来。一天夜里,玛被腹部的一阵动静唤醒,那里有个新生命正长大,玛把双手轻轻按下,去感受胎儿的转身、踢腿,脸上带着母亲特有的慈祥。

在汤离家的那天,玛早早就起床了,还特意打扮,穿上汤最爱看的长裙,不过腹部已明显膨胀,以至于下面的几颗纽扣系不上了。玛来到厨房,将鸡蛋、黄油、小苏打和面粉一起调匀,然后放进烤箱。玛从衣柜取出汤的衣裤、袜子及亲自编织的围脖,塞进行囊。

把蛋烘糕、麦片粥、培根肉及苹果在餐桌上摆好,玛随后唤起汤。当汤往蛋糕上抹越橘酱时,玛走上前,告诉汤:"亲爱的,你要做父亲了"。汤被这喜讯震得一呆,回过神了后,赶紧把玛搂在怀里。

汤很纠结,不知该离开,还是留下来多陪几天怀孕的妻子。最后,还是决然地说道:"玛,这次探险是前所未有的,我会第一个到达北极,队员都在等我这个队长。抱歉,不能多陪陪你了。"

玛有些伤感,"路途注意安全! 上次你远出,我在家好担心! 还有,给我们的孩子取个名字吧。"

"这样吧,是男孩就叫约翰,若是女孩就叫多萝西。"

热衷事业的汤走远了,身后的玛长时间地站立在门前,一阵风吹来,秀发变得凌乱,眼前一片模糊……

◎ 气球升起

后来某一天,在格林兰岛某处渔村,有艘海轮停靠,汤和其他队员走下船,抬着装设备的箱子还有一个硕大光滑的皮囊。来到海边的一处平地,他们即刻开始了组装。

50 多个小时后,燃烧器点火,一个热气球升起来,引来当

地爱斯基摩人的伏地膜拜。气球爬高到 500 米，突然往南飘去，吊篮里的探险队员赶紧转动操作盘以改变气球行进的方向，慌忙中碰掉了一套切换开关。调整中，热气球飞远了……

航行的第 4 天，热气球发生故障，坠落在冰原上。汤和其他队员对气球做了紧急抢修而无果。最后，航行改为步行，艰难的求生旅途开始。

往南跋涉一周后，供给所剩无几。汤在日记中写道："玛，亲爱的。情况变得很糟糕，要不是想着你和我们的孩子，我恐怕要放弃了……"

◎ 出 生

汤已经离家有数月了，一天夜里，玛被腹部的一阵剧痛唤醒，玛意识到孩子将要出来了。玛回想起自己母亲生产的情景，炉子上，锅烧得滚烫，里面有产钳、剪刀。房间里热气腾腾，充满一种盐水的味道。母亲脸上有不少斑纹，双眼乌黑，全身像充过气般，尺寸膨胀了很多，腿粗过水桶。母亲躺在用作产床的木桌上，不停呼叫着，几位阿姨在母亲身旁陪伴。趁着腹痛稍微减轻，玛挣扎着起床，来到厨房，烧上开水，将几把刀具做消毒，然后把刀具放进一个大盘里。带着盘子，洗好的床单，玛一步一喘地回到房间。

宫缩一阵紧过一阵，玛使劲抓住床头立柱，呻吟中不断呼喊着："约翰 – 多萝西 – 约翰 – 多萝西"。苦苦煎熬中，玛收紧腹肌，觉得一团肉从体内滑出，落到床单上，鲜血浸透一片。玛回头看了一眼挂钟，时针停在 10 的位置。顾不上还在流血的下体，玛拿起剪刀，剪断脐带，迅速把小约翰包裹起来。

◎ 日 记

那一年，小约翰上小学一年级了，家里来了一位捕鲸船的船长。那船长在一座浮动的冰山上发现了汤的日记，日记做了特别处理，外面包裹着防水的油布。船长历经千山万水，亲自把笔记本送来，并对玛说道："夫人，我们都很钦佩您先生汤。他是好的领路人，世界不能缺少这样的先锋。"

玛看着那熟悉的笔迹，百感交集，喃喃说道："这次探险，汤离家时间有些长了。"

◎ 月 光

又到了结婚纪念的日子，玛整理完家务，穿上那套礼服，戴好结婚戒指，来到前院。银色的月光洒满湖面、路面、栏杆。玛想起当年汤奋建家园的情景，眼前围栏的清漆还在闪亮。湖边的沙滩，传来一阵浪的欢声，似乎还有汤游完泳登岸回家的脚步。玛期盼着那身影，却久久不得，恍惚中玛的自语回荡在空中：

"汤，今天是我们的结婚周年，你若能赶回来该多好呀！

约翰长得比我还高了，姑妈和教会的朋友们都说他像极了你。他也酷爱游泳和滑雪。

你爱吃的越橘酱，今年我又做了 5 瓶，放在橱柜的底层。

天转凉，夜间被子里冰冷，我好想念你在家时同枕共眠的温暖。

我头上长出不少白发，经常头晕、心慌，左膝摔过的地方红肿不消，你回来时不会嫌弃吧？

不过你还是早点回家吧，我怕我哪天撑不住，泪也流干，约翰没人照顾。

答应我，回家后我们不再分开。"

◎ 后 记

　　　　明月照高台，流光正徘徊。

　　　　旁立守望妇，悲叹有余哀。

　　　　君征万里外，妾盼泪漫腮。

　　　　愿为和煦风，长逝入君怀。

远方的往事 3

◎ 引 子

血脉相通,休戚与共。

◎ 血 渍

　　整个事有些蹊跷,让人云里雾里。母亲在婴儿的纸尿布上发现了一滩血渍。它又大又亮,就像静脉出血。尿布怎么会这样呢?如同有人把一颗鲜红的心形装饰放在雪地里。母亲不认为这血渍是她儿子的。可能是她本人或保姆的卫生巾,被儿子挪到了垃圾桶里。尽管如此,她还是打电话给儿童医院,报告在婴儿的尿布上发现血渍。接线员说:"那样的话,你现在就带小孩过来做检查吧。"

　　到医院后,儿科医生、护士和住院医师似乎都从容不迫,母亲也随之平静下来。一番检查后,儿科医生神情严肃起来,然后开出了B超及其他检验的诊断单。母亲带着儿子下楼,左转来到诊断室。婴儿焦急地站在桌子上,光着身子,母亲在一旁搀扶。放射科医生在婴儿背部来回移动着扫描磁盘。那冰冷的探头让婴儿很不适。他抬起头,看着母亲,呻吟着,乞求母亲带他离开。放射科医生停了一会,查看了显示屏上的海洋般的灰色漩涡,随后继续扫描。

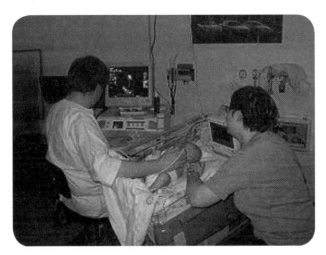

"你发现什么了吗?"妈妈问道。

"外科医生会和你讨论。"放射科医生不咸不淡地应付着。

"你发现什么了?"母亲不放心,重新问了一遍。

焦躁的母亲得到同样的答复。为了避免可能的诉讼,医生的答复很谨慎,所谓的服务正确吧,如同那声名狼藉的政治正确。

"正确呀。"母亲低声自语道。她想象屏幕显示的漩涡代表着胆汁和血液。五颜六色的,如芥末加其他蔬菜,掺和在色拉盆里,又像一非洲国家的国旗。

"外科医生很快就会和你面谈的。"放射科医生最后又说了一遍。离开前,他还轻轻抚摸了婴儿带卷的头发,"这孩子真可爱。"

◎ 外科医生

母亲带着婴儿来到一间门诊室和医疗组的外科医生见面。外科医生是位中年男士,脸上挂着讨好的神色。他先和母子俩打个招呼,接着退出房去查看报告,进来、出去好几次。母亲抱着 18 个月大的儿子,面色苍白,站在那里。她穿着一件深色的长大衣。儿子的手碰到了她的头巾,来回拉扯着,觉得好玩。在某些清晨,清风撩起头巾,她会体验到些许浪漫。现在完全不同,母亲知道自己形象很糟糕,脸浮肿,手脚僵硬。她下意识地拉低头巾,把身子裹紧。怀抱里的婴儿想到一边去玩他的电子玩具,不停地扭动着身体。

"小孩这几天对光线很有兴趣。"母亲解释说。

外科医生看了一眼玩具,点头说道:"好的,让他玩吧。"

婴儿爬过去开始玩灯光玩具,母亲跟随着他。

"诊断报告表明小孩有肾母细胞肿瘤。"外科医生突然说道。这话让母亲眼前一黑,差点晕过去。肿瘤、癌症似乎对于医生来说是再平常不过了。

"肾母细胞瘤?"母亲重复道。玩具在房间里闪灭不已。一阵沉寂后,母亲继续。

"这确诊了吗?"

"确诊了,左肾发现恶性肿瘤。"黑暗中,医生的声音传来。

母亲还是接受不了这诊断。儿子这么小,喂的食物主要是果酱和豆奶。他怎么可能有恶性肿瘤?做 B 超时,母亲紧紧靠着儿子。会不会检测的是她本人的肾?她清清嗓子,"可能是我的肾脏 B 超结果吧?我的意思是,我从来没有听说过婴儿会有恶性肿瘤。坦率地说,我站得很近。"

"那不可能!"

"不可能?"母爱让很多母亲心甘情愿地去代子女受难。相信子女的一切是美好的,哪怕灾难就在眼前也无法接受。

"我们将开始针对肾部肿瘤进行放疗。随后,会有化疗。化疗的药物一般很有效。"外科医生的声音继续着,十分震撼。

"我从来没有听说过婴儿会有恶性肿瘤。"母亲说。婴儿和化疗不可能出现在同一句话,更不可能在现实生活中同时发生。母亲在生活中相信营养调理。医生的话让她崩溃,其他治疗似乎都被医生说成无效,只有这化疗。可怕的化疗!

婴儿轻轻地打开玩具上的开关,墙壁上映出影像:楔形的小格子和蓝蓝的湖水。母亲悲伤不已,泪水滑落:生活似乎到头。

婴儿身患绝症,他可是天使呀!命运怎么如此不公?

母亲回想起过去的点点滴滴,一定是做事不当,所以上天要这样惩罚她。

母亲没能全身心地投入,请过一些保姆来帮忙,坐月子的时候就请保姆了。儿子有时爬过来寻求母爱,母亲却把他打发给保姆。

还有很多不称职的地方。母亲总想多睡会午觉,赖床不起。母亲因怀孕、哺育身心憔悴,抱怨时常挂在嘴边。母亲也曾经把奶瓶用来养花。有两次,母亲没有及时清理儿子耳中的耳屎。上个月的几天,在吃零食的时候,她在地板上放了一碗麦片圈给儿子,待遇和狗一样。她把扫帚当玩具让儿子玩。儿子出生前,抱怨因妊娠体形走样。儿子出生后,她又抱怨天天琐事缠身,循环往复。她给儿子讲故事的时候,也经常胡言乱语。

因为她不够感恩,不够清醒,不够母性,现在她的孩子将离她而去。

房间亮堂起来,母亲在口袋里四下寻找,终于找到一张 KLEENEX 牌的纸巾。她用纸巾轻轻在双眼和鼻子周围擦拭。

"孩子还没长大,他们的病痛不会像成年人一样强烈。"外科医生说道。

这话不能说一点道理都没有。婴儿仅能说有限的单词,妈妈、爸爸、奶酪、冰、再见、外面、摇摆舞、糖果、漩涡和汽车。他无法表达他的痛苦。但他的痛苦一定存在!婴儿的神经系统还没有发育完全,他们只是不像成人那样体验痛苦。

"你会熬过去的。"外科医生说。

"我怎样能熬过去呢?"

"不去想它。我会打电话给放射科科医生,让他知道。"医生说完,拿起档案夹离开了房间。他是个合格的医生,安慰病人家长却不是他所长。

"宝贝,过来,妈妈给你穿好衣服。"母亲把儿子抱起来,穿戴整齐。

◎ 冲击波

回到家,她打电话给丈夫。电话没人接,她只好留言,告诉他情况紧急!然后她带孩子上楼午睡。在摇椅里,儿子挥手告别他的小熊,然后转向外并说再见。儿子最近养成了一种习惯,临睡时挥手告别一切。儿子似乎也感觉到来日不多。

母亲一边轻抚儿子柔软的颈项和耳垂,一边说道:"如果你走了,我们也随你而去。失去你,我们什么都不是。失去你,我们就是一文不名的石块。失去你,我们将是两颗腐朽的树桩。无论你在哪里,我们都追随你。宝贝,别害怕,我们永不分离。就这么定了!"

丈夫接到留言后,很快赶回家。他听完妻子的陈述后,流着泪瘫坐在椅子上。

"手术,转移,透析,移植。肿瘤治疗费用昂贵,我们只能举债借钱了。"

"我的天呀。"母亲哭出声来。她感觉体内的一切突然开始退化，骨头也变薄了，心脏病正发作，意志和勇气在丧失，精力在丧失，完全崩溃。她的脸肿胀并苍白，她的双眼通红。她开始在室内也戴墨镜，就像一个贵寡妇。她既不坚强也不讲求现实，对基本概念也理解困难，思维只能朝一个方向进行，不能跳跃，不能回转。

丈夫正试图理清头绪，认真推敲着各个环节。"我们将采取一切可能手段来拯救我们的儿子。听起来像是选购物品。我不敢相信这事居然发生在我们的儿子身上。"说着，丈夫又抽泣起来。

病魔一直潜伏在四周，它随时侍机夺走儿子的生命，我们怎么就没有一点意识呢？

母亲对购物不擅长，觉得烦，唯有大降价时，她才有兴趣。买卖中必不可少的焦躁、拒绝、失落以及成交对她来说太烦琐。她只会扫荡便宜货。儿子的情况让她不得不转换思维，她不得不求天、求地、求人，抓住任何一个可能的救命稻草。

母亲浮想联翩：

——她想到祈祷，虽然这些年她并没有虔诚地做礼拜。

——她想到去做慈善，去做义工，虽然这些高尚对她来说很抽象。

——她想到了人寿保险事业部的那位经理，他应该能帮忙筹集资金。

——她想起自己的男人。他应该为儿子的治疗全力以赴。亲爱的，我会全力做好后勤，我也会分担我们的抵押贷款。

——她还想起自己及丈夫的老板。这些人有些权利，可能会对儿子给予帮助。

到了晚上，丈夫和她躺在床上，叹了一声。"我们可怜的宝宝或许能熬过肿瘤治疗的各种折磨而存活下来。即使这样，他长到十六岁时，也无法保证不出车祸呀。"

母亲回答道："活到十六，人生完整。我宁愿儿子十六岁时，我们一起撞车死掉，也好过儿子现在就病逝。"

"你胡说些什么？"丈夫很不解。

这时电话铃响了，丈夫起身离开了房间。

母亲还沉浸在极度紧张彷徨中，寻找着安慰。她想起和那人寿保险经理的对话。

"生活中排除意外，等于生命不再有意义。"经理说道。

"但是我不想要这些意外，哪怕是惊喜。"妈妈说。

"未卜先知会把你变成一部无趣的机器。做人的妙处正在于我们不知道未来。有所期盼，充满神秘和未知。这样你才能体验什么是爱，欢乐和救赎。"经理继续道。

第二天，母亲和丈夫带着儿子去医院。在医院，来访者先要用抗菌肥皂洗手三十秒钟，然后换鞋进入病房。

患病的几乎都是男孩，个个头发剃得精光。他们在一起玩玩具，不时弄出欢快的声响。

母亲不是个开朗的人，病房的药味让她想起长岛的某个杂货店，酸涩和阴森。她此刻很想抽烟，深吸一口，然后缓缓吐出烟圈。孩子都这样了，戒烟还有什么意义？生活还要什么意义？对了，最好再加上一瓶白兰地，醉了就什么都不在意了。

母亲平时爱独处，整个镇就认识几个人。看着面前其他病人的母亲，不知怎么去搭腔。和医生的即将见面，还是要做好笔记的。

外科医生骨瘦如柴，可能咖啡喝得有些多，说话简洁明了。"你小孩身上检测到的肿瘤发展很快，它通常会转移到肺部。"医生随后说出分析和风险统计数据。

"恶性肿瘤及转移！"母亲思考着，这癌细胞一定来自她本人，然后传给了儿子，该死！

丈夫轻推了一下她，"你在听么？"

"好在肿瘤只在左侧肾脏发现，这种概率仅一万五千分之一。"医生继续说道。

丈夫说："不错，一万五千分之一。"

"真的，"医生说，"相对其他，这可能是最好的。"

"我们运气好。"母亲说。

"先手术，然后根据手术结果来确定进一步的化疗方案。"

"手术提前了？"母亲问道。

"是的，明天，我会在手术后和你们面谈。"说完医生随即离开。

"基督的生命化作了圣酒，不是吗？"丈夫嘀咕道。

"当他们将医学用科学方式来表达时，这已经够糟了。"母亲说，"但现在他们还加上艺术的成分，这让我非常紧张。"

丈夫抱起儿子，"你可是一名富有创意的艺术家呀。"

母亲叹了口气。"不要争了。让我们去吃点东西吧。"

一家人乘坐电梯，来到餐厅。他们找来一把婴儿椅子，把儿子放进去。用餐时，他们吃了不少水果和沙拉。

儿子喜欢医院长长的走廊，在其间跑来跑去。他对推车上的一切都好奇。他也很高兴能和医院的其他小病人一起玩。他向见到的每个人微笑，招手。

游戏室里，男孩和其他光头的孩子玩在了一起，有乔、埃、蒂姆、塔德。边上还有个四岁的孩子，叫内。他拿着一个泄气的橡皮球。男孩想玩那球。"那是我的，别碰！"内说。

"宝贝，你可以分享那球吗？"男孩的母亲坐在几英尺外的椅子上说道。

突然,内的母亲大喊一声,"不要碰!"。她接着冲向过去,一把推开男孩。

男孩还很小,以前从未有人向他咆哮,委屈得哭了。

内的母亲瞪着大家,"这是从肝脏吸取的体液!不是玩具",她拍了拍橡皮球样的东西,

"哦,我的上帝。"母亲说到。她安慰了一下男孩。

"我很抱歉,"她对内说,然后转向内的母亲:"我太蠢了。我以为他们正在争抢玩具呢。"

边上有个休息室,以音乐家命名。休息室不大,有两个小沙发,一张桌子,一把摇椅,一台电视和一台录像机。几年前,蒂姆的儿子在这家医院接受治疗,为此他捐款医院。母亲在休息室里心事重重,一边看着科幻录像,一边想着肿瘤治疗。

晚上,把儿子安顿睡下,母亲又回到休息室,和其他家长聊天,了解到各种儿童肿瘤治疗的故事,血癌、肉瘤……

孩子患病给整个家庭极大冲击。从发病到治疗,家长们时刻相随,耗尽全部心力。内的母亲说:"孩子去年七月第一次昏迷住院,我们吓坏了,从此治疗不断,唉,真不知道我们是如何熬过来的。"

一位男士说:"放弃治疗也应该是选项。"

回到他们的小房间里,她和衣躺下,偶尔起身查看下儿子。旁边的床上,已经服用安眠药的丈夫正在打鼾,他的双臂抱着头。婴儿偶尔会醒来并大声喊叫,她赶紧起身,过去给儿子揉背,并重新整理床褥。时钟最先显示 3:05。然后是 5:25,然后就是早晨,新的一天又开始了。

这是新的开始,还是重复的挣扎,母亲也分不清。这周每天如此,带着对未来的彷徨和焦虑。

护士走过来,递给母亲一件薄薄的绿色外套。"你儿子要换上这衣服。"外套上面印着玫瑰和泰迪熊。母亲一阵恶心,不知道这件工作服很快就会被沾满了什么?

宝宝醒着但昏昏欲睡。她帮他脱下睡衣,并换上工作服。

"宝贝,我们每时每刻都会和你在一起。妈妈会照顾你。还有爸爸。"母亲希望宝宝没有发现自己话语中的恐惧和不安。儿子饿了,但手术前不允许吃饭,这让他很不开心。

丈夫走过来说:"你休息一下,我带他活动几分钟。"

母亲转身离开,但不知道该去哪里。在走廊里,她遇到个义工,义工

推荐她看录像,关于手术麻醉的。

"你看过这个录像吗?"

"是的。"母亲说。

"这不是很有用吗?"

"我不知道。"母亲说。

"你有什么不清楚的吗?"

母亲说:"现在我想去趟洗手间。"

当她回到婴儿室时,所有的医护人员都到齐了:外科医生、麻醉师、护士、义工……

儿子穿着蓝色病服,有些发冷和无助,向她伸出手。母亲赶紧过去,一通按摩,希望传些热量给儿子。

外科医生挤出一丝笑容:"好吧,是时候了!"

"我们走。"麻醉师接着说到。

一群人乘电梯,来到手术室。墙壁上有长长的架子,上面装满了蓝色外科服装。

"孩子们常常害怕蓝色。"其中一位护士说。

"是呀。"母亲回复到。

"哪位家长想进入手术室?"

"我会的。"母亲说。

"你确定吗?"丈夫说。

"确定。"

两名外科护士让母亲披上一件蓝色工作服并戴上一个蓝色棉帽。儿子觉得帽子很有趣,一直拉着帽子。

"请把孩子放在桌子上。"

麻醉师打开气体,迅速将塑料口袋套在婴儿的脸上。儿子吃了一惊,开始在塑料罩里尖叫,脸颊变红。

"告诉他,没事的。"护士对母亲说。

"好了,好了。"母亲握着儿子的手重复着。

儿子双臂伸直,想抓住什么,很快,眼睛闭上。

来到手术室外,母亲有些歇斯底里,哭喊着质问义工:"这根本不像录像上演示的!他还不到两岁呀!"

母亲在等待室里找到了丈夫,那里有免费咖啡。房间一角,乐师正弹着圣诞曲。母亲一点兴致都没有。远墙上有一个巨大的钟,母亲觉得它走得太慢。两个半小时的手术变得无止无尽。

丈夫起身,在休息室里走来走去,然后回来坐下。她和丈夫还是忍不住,一起来到咨询台。

那里坐着一位男士,冲着他们微笑。

母亲指着名单上的儿子名字:"那是我们的小孩,他的手术还好么?"

"是的。"男士答道。"你的孩子情况良好,医生们正在做微创手术,他们正在摘除肾脏。"

"但已经过了两个小时了!"

"一切良好,真的。它只是花了比预期更长的时间。我被告知一切都很好。医生们让我转告家长。"

"谢谢你。"

他们转身走回他们坐的地方。

"来点咖啡?"丈夫问道。

"我不知道。"母亲说。她又想起手术室的麻醉,很不自在。

"你想要橙子吗?"

"哦,也许。"

母亲从她的钱包里拿出一个橙子,剥开皮,和丈夫一起分享。他们小心翼翼地将种子吐入面巾纸。

手术最后总算结束了。一名护士走过来,告诉他们。"你的小男孩现在正在康复室。他表现很好。你们可以在大约十五分钟内看到他。"

儿子躺在婴儿床里,全身插满了管子。儿子也看见了他们。母亲试着握住儿子的手时,儿子默默地哭了起来。

"我们必须走出这个地方,如果这是我们做过的最后一件事。我们得离开这个地方。宝贝,对我和你来说,生活更美好。"

婴儿恳求地看着她,伸出双臂。去哪里?带我去!

那天晚上,母亲和丈夫陪护着儿子。在药物作用下,儿子呼吸平稳。护士会每小时过来查看。若儿子开始焦躁,护士会在吊瓶里添加吗啡来镇定。在昏暗的灯光下,母亲起身检查,她在导管里发现了褐色团块。母亲赶紧呼叫护士。

"什么情况?"丈夫低声说道。

母亲说:"不大对,儿子的管中有血。"

"什么?"丈夫起床了。他也穿着运动裤。

护士 Valerie 推门进来,"一切还好?"

"这里出了点问题。管子从他的胃里吸出了血,内部出血。看!"

护士很有爱心,但她的声音是标准的医院腔调,不带一丝感情。医院里,一切都是正常,死亡、疼痛、事故。

护士举起塑料管查看:"嗯,我会打电话给主治医生。"

这是一所研究和教学医院,所有正规医生周末都在家里。今晚,住院医生是一名医科学生。他看起来十五岁,胡须都没长出来。母亲明显地对实习医生没信心。

丈夫茫然地看着她,迷迷糊糊地。

医科学生手里拿着管子。"我真的没有看到什么血块。"他说。

"没有看见?"母亲猛地推开医生,用双手握住透明的管子。"就在这里。"

"嗯。"医学院学生说。"也许胃受点刺激。"

"受点刺激?"母亲很生气。"明明是血。"

医生关闭吸泵力并引入抗酸剂,然后把管子重新插入婴儿体内,再打开泵,把吸力调低。这次,一切似乎正常,母亲放心了些。

外科医生周六早上来查房。他向婴儿点了点头。婴儿醒着,但因药物显得反应迟钝,双眼又黑又肿。

"您的小孩不错。"他说道。他看了婴儿的绷带。"缝线看起来也很好。"

婴儿的腹部被缝合在一起,就像棒球一样。

"我儿子会好起来吗?"

"当然!"

在周末,当婴儿睡觉时,母亲和丈夫会坐在 Tiny Tim 休息室和其他家长交流。母亲喜欢听其他孩子的治疗故事,这就是所谓的同病相怜吧。

他们的一些朋友来医院看望他们,给儿子带来毛绒玩具做礼物。母亲特别喜欢朋友们的到访。友谊让她充实和轻松。相对而言,丈夫的那帮朋友则显得死板。

更多的朋友打来电话。

"你应该再生一个孩子。"一位朋友打电话说。

"不要了,一个孩子都把我们的小命折腾掉。"母亲说。

星期天晚上,母亲再次来到医院休息室,看到了乔的父亲弗。弗身材矮小,脸上皱纹很深。他和儿子一起剃了光头。乔已经与癌症抗争了五年,现在癌细胞已转移到肝脏。大家谣传,乔伊还能活三个星期。她知道乔伊的母亲 Rose 离开了他们,在乔伊患病两年后。Rose 再婚并生了一个女孩。Rose 有时也来看望儿子,不过很快就离开。乔伊和父亲弗兰克更亲。乔伊脸上蜡黄,虽然他九岁,看起来不到六岁。弗兰克在过去的四年半里陪伴着乔伊和病魔抗争。当癌症首次被诊断出来时,医生说乔伊大约能活六个月。现在已经快五年了,乔伊还在这里。这完全归功于弗兰克,他早些时候辞去了一家咨询公司的副总裁的工作,以便完全照顾儿子。他为自己舍弃和完成的每件事感到自豪,但他很累。现在,他真的觉得事情即将结束。

"这里,你可能比其他任何人都经历过更多。"母亲说。

"我的故事很多。"弗兰克说道。他身上传来一股酸味,看来多日没洗澡了。

"讲个最糟糕的。"

"最糟糕的?故事都是最糟糕的。这是一个:一天早上我和我的伙伴一起出去吃早餐,这是我唯一一次离开乔伊,离开他两个小时。当我来的时候,他的导管充满了血。医生把吸泵的吸力设置得太高了,快吸出他的胆汁了。"

"我的上帝。那恰好也发生在我们孩子身上。"母亲说。

"我到哪都带着乔。""乔真是个天才。医生判他能活六个月,他已坚持了四年半。"母亲点点头。她为这个男人哀悼。她看向窗外,医院停车场、漆黑的天空和月亮。

"现在他已经九岁了。"

她说:"你是他的英雄。"

"他是我的英雄,"弗说,声音充满疲惫:"他会永远这样。打扰一下,我得去检查。他的呼吸并不好。对不起。"

周一,肿瘤科医生又来查房。"好消息和坏消息,我们得到了病理报告。坏消息是您小孩仅存的肾脏有些病变。好消息是肿瘤还是一期。您小孩有资格参加全国性临床实验,其中并不进行化疗,这里有关于它的文献。如果您决定这样做,可以签署表格。阅读所有这些文件,我们可以进一步讨论。你必须在四天之内作出决定。"

"病变?"母亲心口一紧。随后听到不需要化疗,这让她松口气。生命就是忍受。

丈夫说道:"医生您推荐这个临床试验吗?"肿瘤科医生耸耸肩。

宝宝变得更快乐,更强壮了。他开始四下活动。

星期三早上他们被允许离开,没有化疗就离开了。肿瘤科医生看起来有点紧张。

"你对此感到紧张吗?"母亲问道。

"我当然很紧张。"但他耸了耸肩,"在六周内回来做超声波检查。"然后他挥手离开。

婴儿微笑,甚至蹒跚走着步。太阳在云层中迸发,一道金光洒向大地,扬声器里天使合唱。护士过来,摘掉儿子身上的传感器。母亲收拾好行李。宝宝在一边吮吸着果汁。

一位护士说:"一点化疗都不要?"

"我们还在考虑。"母亲说。

其他父母看起来很羡慕但却很担心。他们从未见过任何孩子的头发和白细胞完好无损。"这样行吗?"内的母亲说。

"担心会毁灭了我们。"丈夫说。

"但是,如果我们所要做的就是担心,"母亲责骂道,"每天都要这么做一百年,这很容易。"

"那是对的,"内的母亲说。"与其他所有事件相比,担心并不算什么。"

"你们两人的表现令人钦佩,"另一位母亲说。"宝贝很幸运,我祝你一切顺利。"

丈夫热情地握着她的手。"谢谢你,"他说。

"你很棒。"埃的母亲,来到他们面前。

弗也过来和他们拥抱。"这是一段旅程。"他抚摸了一下男孩的下巴。"祝你好运,小伙子。"

"是的,非常感谢。"母亲说。"我们希望您与乔一切顺利。"

弗耸了耸肩,退后一步。"得走了,"他说。"再见!"

"再见!"

"听听这些人的生活,你感觉不好吗?"他问。"所有这些善良的人都带着他们勇敢的故事,""难道你不觉得安慰,我们都在同一条船上。"

但是谁想要在这艘船上呢?母亲认为,这艘船充满噩梦。

远方的往事 4

◎ 买钢琴

刚来俄勒冈州波特兰没两天,我就急着为女儿买钢琴了。女儿 13 岁,喜好音乐,在国内时我每周都要陪她到音乐班学钢琴。从花开到落雪,从不间断,已经坚持 3 年了。现在,她来这边读初中,一切重新开始。我先到 Craigslist 查看,有不少钢琴出售的广告,有些还是名牌,如 YAHAHA、Schimel、Baldwin。兴冲冲地联系了几家去看,有的钢琴太旧,比孩子的姥姥还老。有的钢琴音色不佳。

只好改去钢琴行买。波特兰有好几家钢琴行,我和女儿都去了,其中最大的叫 Portland Piano Company,它在市中心有门市。进去后,里面有各种名牌钢琴,三角钢琴居多,墙上挂着各大钢琴师的照片和评语,其中有郎朗。销售员态度很好,虽然我们英语结结巴巴,人家还是热情解说。看我女儿对钢琴着迷的样子,服务员邀请她试着弹弹。女儿不管不顾地上前试琴。女儿兴致很高,试了一台 YAMAHA 还不够,后来销售员又让她试一台 Steinway 钢琴。Steinway 钢琴发出的声音真美,洪亮清冽,仿佛一股清泉流过全身,不愧世界顶级钢琴! 像我这样的音乐盲,上去敲几下,都听来悦耳。古人说"未成曲调先有情",大概就是这境界。我想就高雅一把,买个钢琴回家。一问价,吓一大跳,Steinway 钢琴,新的没有低于一万美金的,高的价格在 16 万美金以上。我在国内干一辈子的工程师,可能就够买台钢琴的。可是,女儿是如此着迷。她学会钢琴,对适应新环境将有帮助。最后,花了九千多美金买了一台二手的 Steinway 立式钢琴。

◎ 练钢琴

买完钢琴，接着就是找钢琴老师。我先去了市里的 YAMAHA 音乐学校，学校几个月前就开始报名，已招满了。又去到相邻的 Beaverton 的两所音乐学校，也没空位。后来，同教会的朋友介绍了一位钢琴老师，女儿去上过一次课后，就对我说："妈，我不想去上钢琴课了。那位老师老训我，对我的提问也不耐烦。"孩子的兴趣要保护，不能留下什么阴影，继续找吧。最后，在 OMTA 网页上，找到一老师，东欧来的，我们叫她老师 B。第一次去老师 B 家，进门就看到一个高雅的 Kawai 三角钢琴，老师让女儿弹了她最熟悉的一首歌。老师也弹奏一遍，弹得太好了，真是大师级的，抑扬顿挫，欢快流畅，我当即让女儿拜师。这次，又咬牙了，钢琴课 110 美金一小时，价格不菲。

女儿有了良师益友，心情开朗很多。每天放学回来，女儿一般都会主动地坐到琴凳上，开始弹琴，仿佛和好友报道，交谈。有时，我都有些嫉妒了。

女儿功课重，有时为了完成作业，钢琴就练少了。不过，经我提醒，她都会做完作业后，再练练琴。凡事要坚持，我们母女飘到国外，把老公扔在国内，还不是为了女儿学业进步。

女儿学琴，我负荷也不轻。每周一次的钢琴课，我都要早早把晚饭做好，女儿回到家，匆匆吃几口，我们就开车上路了。

傍晚时，交通很拥堵，常常 50 分钟才能赶到钢琴老师家。女儿学完，我们再赶回来。折腾这么久，女儿有时坐着就睡了，我也困顿，但强忍着，睁大眼，怕出交通事故。有一次，天气预报有冻雨，我们还是去上钢琴课。在回家的路上，冻雨开始下了，路很滑，最后晃晃悠悠地回到家，也算上天保佑。想想都后怕，那晚很多车都失控，撞在一起。

女儿一年下来学了不少曲子。她能完整演奏德沃夏克的《新世界交响曲》，帕赫贝尔的《卡农》和《圣诞夜》。听着这些琴键上流出的优美音符，我感到这些年的付出值了！

◎ 钢琴表演

一天，女儿上完钢琴课后，老师 B 和我们商量说："她（我女儿）这一年钢琴技能进步很快，想推荐她参加今年波特兰地区的 OMTA 的 classic festival，作为 10—14 岁年龄段的孩子参加，做钢琴表演。"这类似我们国内的全市音乐竞赛，我们当即决定参加，并报了名。

等回到家，兴奋之余，我又觉得这太具有挑战了。

这边很多孩子很早就开始学钢琴，尤其是东亚裔的（虎妈多）。老师 B 的同龄学生中，Sophia、Michael 还有 Allison 水平就很高。

比赛一周后就进行，女儿的参赛曲子《Appalachian trail》刚确定，还没练习过。

这类活动对女儿来说是第一次，对评委、语言和环境都不熟悉。

女儿倒没觉得什么，一切如前，曲子都没怎么练。

一晃，音乐节到了。那是一个礼拜天，考场是在一个教堂里。教堂有很高的穹顶，演奏钢琴共鸣效果好。我带女儿早早赶到，其实也不早，很多家长和孩子在我们前面签到。考场分几个时段，针对不同年龄段的考生。女儿的那场，11：00 开始。我进场后，找一靠前的位子坐下。女儿则和其他 20 多个考生，汇聚在第一排座位。

第一个上去演奏的是一位白人女孩，她弹的也是《Appalachian trail》。女孩弹得不错，流畅，节奏快，在我这外行听来，仅觉得弹的力量稍微弱点。

后面，还有一个印度女孩，一个华裔女孩，弹得更没什么可挑剔的，还不乏热情。

后来，才轮到女儿。女儿穿着深紫色的礼服，一身修长，有些艺术气质。女儿大方地坐到钢琴前，在琴架上展开曲谱，优雅地向考官示意后，就开始演奏。起步的琴声很有力，随后是一段欢快的和弦，如人在山径上奋力攀登。接着左手放轻，感觉脚步声的背景有潺潺流水，过程中女儿还准确地触及半音的黑色琴键，有若神助。最后，十指精准落位，音乐戛然而止。

弹完，女儿起身，向全场鞠躬致意。大家则给予热烈掌声。母亲我，好激动呀，没想到女儿表现这么好。到底是她趁我不在时，有苦练？还是临场发挥出色？

女儿之后，还有几个女孩，大家都弹《Appalachian trail》，其中有Sophia，总体我觉得比女儿还出色。不管了，女儿来这体验，收获信心，比什么都重要。这样，女儿在美国的学习应该越走越顺，我就放心了。

表演结束后，考官出场了。考官很负责，把所有的考生重新召集起来。

考官让大家重温下曲谱的基本要素，如 bass Clef, Allegro。

考官还问大家，曲谱起步标示符是什么？并让考生重新弹了起部。好在女儿对起部理解好，弹得有力，是正确的。考官还强调了结束的指法。

看到这些，我都感动了。这是真正培育音乐人才，激发大家的热情。不是掉到钱眼里，给孩子掺杂艺术以外的东西。

考试结束，大家离场，老师 B 把奖状给了女儿，女儿奖状上惊喜的有 "Golden Sticker"。我和老师 B 确认，这代表着第一名，可能是并列第一吧。

一段美好的钢琴时光，我特意把女儿带到餐馆，庆祝一番。当晚，睡了个好觉。

远方的往事 5

◎ 引　子

　　走在洲际分割小道上,眼前的山谷鲜花怒放。清洌的山风掠过耳际,仿佛在向驴友述说两百年前,发生在这里的印第安女孩的故事。花季般的童年应有母亲伴随和宠爱,可母亲却无奈地把她贩卖为奴。憧憬家庭和睦,渴望亲友互助,她却经历至亲一个个在内斗中被残害而亡,还有外面的风寒、饥饿和凌辱。

　　最后,女孩无亲无故,柔弱如草。世上还有什么值得她留念?

◎ 鬻　女

　　1818 年,美国刚独立没多少年。版图也就是东部的十几个州。广阔的中西部蛮野,还是土著印第安人的天下。

　　在中部黑足部落所在的山区有一个交易站。这是白人皮货商老卡建的一个小木屋。老卡和方圆的印第安人做生意,收下当地的皮货,同时把枪支、火药、刀具和烈酒卖给当地的土著。老卡有一个助手:小白。小白帮他做记录,整理内务,渔猎和餐饮。

　　冬日的一天,部落妇女珂来交易站,不停地用木棍敲打地面。她想用自己的女儿换取老卡货栈的白酒、辣椒和烟草。以前,她也用嚎叫嘶喊的方式得到过一桶酒。老卡面对珂的嘶喊很烦躁,但忍着没去抽打她,把她赶走。珂来自一个印第安祭司家族。她的父亲很有势力,提供过老卡很多皮货。珂从小天资美丽,后来嫁给了印第安力士野豹。可是,野豹在最近的酗酒中,残忍地划烂了妻子的面容,并捅死了妻子的弟弟。珂把 11 岁的女儿带到了交易站,那女孩裹在一个油腻的毯子里。小屋里,小白一边写作,一边用狐狸皮帽捂紧耳朵。小白能写一手优美的圆体书法。在这蛮野上,纸张很少,他总担心纸张会很快用完。

虽然用皮帽捂着耳朵,小白还是被屋外的噪声吵得心烦。他起身把炉子周围清理了一番,然后把多余的动物杂碎包裹好,带到屋外,扔给了那些豢养的猎狗。当他转身又回到小屋里后,屋外更加喧闹了,珂和她女儿与猎狗们开始搏斗,不让它们近身。

小白正直心善,他想喝退猎狗。老卡阻止他,说道:"让猎狗把他们撕碎,吞噬,这样就少了麻烦。"

母女俩最终占了上风,打跑了恶狗,但珂的乞求声一直持续到晚上。第二天,天亮之前,那妇女又开始哀求,在门外音调越来越高。屋里的男士们都没睡好,双眼红肿,疲惫不堪。老卡打开门,走了出去,经过那母女时,狠狠踢了珂一脚。到了下午,珂更加疯狂地号叫着,不过语气有了变化,执着中饱含悲切,催人泪下。小白不太懂当地语言,依稀听出珂说她女儿可以做很多事,也不要求报酬,留点残羹剩饭就好。小白推门从小屋中出来,向河边走去。经过那母女时,他还友好地和她们打手势。小白不是天主教徒,但为善助人的本愿自然流露地很强烈。

在这蛮野的冬季,食物紧缺,捕食是必需的。小白在结冰的河面早已凿开几个大洞。他把鱼饵串在鱼钩上,然后放到洞里。冰层很厚,洞口的光亮和鱼饵对于饥寒交迫的鱼儿十分有吸引力,一会工夫,小白就钓上几条鳟鱼和梭子鱼。冬季钓鱼相对容易,钓上的鱼也鲜有挣扎的,放在冰上,很快会冻僵发硬。

等小白带着收获回到小木屋的时候,珂已经离开。那女孩则被移到小屋里面,披着一件新的毯子,低着头,毫无生气。老卡说道:"我实在是受不了那哀求,多一分钟也不行。"

小白又看了一眼女孩。女孩缩成一团,一动不动的。他想老卡作为毛皮贩是诚实和公平的,但是否道德败坏以至于侵犯做奴的女孩,则不好说。小白心乱如麻,只好又回到河边。这次他钓到了更大的白鱼,一条都有二十多磅。这时,他才想清楚啊。女孩的母亲实在是没能力抚养她,卖给老卡也许还不错。否则,她会到其他地方做奴隶,或许命运更悲催。小白在屋子边生起篝火,把鱼吊在火上面,烤熟。随后,小白和老卡坐到餐桌边,开始晚餐。小屋里的餐桌是一个百年巨树砍伐后留下的树桩。主食是烤鱼和面包。小白厨艺不错,烤的鱼很到火候,香味四溢。鲜嫩的鱼肉表面冒油,入嘴即化。小白往女孩方向瞟了一眼。一切如原样,这也表明老卡没有碰她。吃完饭后 老卡回到他的垫着熊皮的床上,继续喝酒自饮,直到醉醺醺地倒下。小白把一个盛着鱼和面包的盘子放到女孩的面前。女孩很快从毯子里伸出手,抓起食物,送到嘴里。小白又把一个盛满水的木杯递给女孩,她也一口气喝完。过程中,一阵婴儿吃奶的欢畅声从女孩嗓部发出。

小白例行地把小屋打扫干净。然后,加热一桶水,并把它提到女孩所在的角落。他用毛巾蘸上水,擦去女孩脸上的尘土,女孩精致的五官一一展现出来。女孩嘴唇小巧圆润,双眼大而明亮,细长的睫毛上下翻飞,灵气十足。小伙子惊呆了,庆幸老卡没看到女孩子的真容。很快,他找来泥土,用水搅拌后重新涂到女孩子的脸上。

第二天早上,老卡试着用当地部落语言和女孩子交谈,可是女孩子把沾满泥土的脸深深低下,一言不发。最后,老卡耸耸肩,对小白说道:"我只是想知道她的名字,可她什么都不说。你给她分配点活吧,我可不想她一直像一团泥堆在墙角。"

小白示意女孩一起去劈柴。他们来到屋外,小白把大的木块劈开,截短。女孩在旁帮他收拾整理。女孩动作灵巧而得体。随后小白给女孩示范如何烘烤面包。火炉周围很温暖,热汗冲掉了女孩脸上部分泥土。小白赶紧又给它补上。在老卡不在小木屋的时候,小白又试着教授女孩英文。英文字母对于女孩来说不难。女孩手很灵巧,写出的字优美流畅。女孩还建议小白到外面捕猎,这方面她很精通。女孩很会表达自己,她说她要把毛皮卖给老卡,这样就可以赎回自己。老卡买她没花多少钱,所以过不了多久,她就能够成为自由身。她明白小白为什么要在她脸上涂上泥土,都是为了保护她。她很配合,把脸和头发弄得脏兮兮的。

女孩的英文学习进步很快,一天掌握一个字母。后来,又掌握不少单字,学会了句子。随后,在日常交谈中女孩会不时冒出几个学到的英文单词。女孩来自原始部落,悟性这么强,真是有天赋。小白解嘲地对自己说道不久她就能取代我的工作了吧。

◎ 下 毒

老卡还是没有放过那女孩。一次,趁着小白在外干活,他扑到女孩身上,扯开了女孩兽皮做的内衣,粗暴地占有了她。

从此,女孩噩梦不断。在梦里,大雪纷纷,女孩把自己深深地埋在雪里。那个臭气熏天的白人晚上不让我靠近火堆,我要自己生一团火。火光中我会找出我衣服和毯子里的所有虱子,一一把它们捏死。接着,那个老头衣服里的虱子也爬过来了……如果他又来欺负我的话,想象中女孩从那白人刀鞘里拔出匕首,狠狠地插进他的胸膛。另外,我看到了那个年轻人。年轻人是很友善,但他无能为力,保护不了我。为什么,这些阴影总抓住我不放?

鸟都难过的看不下去这惨剧,停住了歌唱。女孩全身赤裸地躺在雪地里,把衣服扔得远远的,嫌它们污秽。她用雪使劲擦洗着身子,仿佛这样才能洁净。随后,她安静下来,希望在冰清玉洁中死去。可是,寒冷太让她煎熬不堪。冥冥中一个无形的蓝色精灵降临了,它抖掉女孩身上所有的虱子,帮她穿好衣服,裹上新的毯子。精灵爱怜地对女孩说道:"你活不下去的时候,请在心中呼唤我,我会来帮你。"

小白粗心地没体察到变化。女孩相伴的日子,他兴奋不已。小屋外,雪地中有一个工棚,堆积着他们的猎物及其他食品。小白来到工棚,看到麋鹿的外皮被松鼠咬得坑坑洼洼。他用刀砍下一大块肉,带回到小屋里。他把肉放进一个大锅,炖上。汤里加上了些风干的越橘,这不仅去除了肉的膻味,肉汤也变得鲜美起来。采集野果是那女孩指点给他的。女孩还教授他如何采集肥厚的叶子做茶,告诉他岩石表面的青苔是可以吃的。小白采来青苔,煮到汤里。青苔没什么味道。小白生活丰富起来,充满了活力,漫长单调的冬日不再难熬。

一天,女孩的父亲野豹带着两个随从来到了交易站。他很消瘦,面带敬畏。父亲看了女儿一眼,又赶紧把目光移开。他带来了不少毛皮,从老卡那里换取了白酒和枪支。马克叫他不要在交易站附近喝酒,滚得远远的。上次野豹发酒疯的时候,不仅捅死了女孩的叔叔,他还用刀刺伤了周边的其他人。这次来,野豹告诉老卡他想赎回女孩,但马克不接受。

野豹离开后,老卡和小白都冲着他的背影厌恶地吐了一口痰。他们赶紧收集些木材,搬运进小屋内。随后,关好所有的门窗,给枪支装满火药,警惕地注视着外面的动静。一周后消息传来,野豹又发酒疯,杀死了自己的妻子珂。女孩听到母亲去世的消息十分悲哀,把自己用毯子层层裹起来。

小白是个很好的助手,多才多艺。他身上带有家传的发酵粉。发酵粉跟着他走过了千山万水,十分不易。他还一直在找新的面包配方。在过去的那个夏天,小白用泥土焙烧,做成了一个烤箱。这一天,小白把交易站的面粉和磨碎的野大米混在一起,加上水和发酵粉。面团发起来后,他把它切成长条,放进烤箱烘烤。很快,面包的表面变得金黄,香气四溢。老卡胃口大开,来到室外打开一桶葡萄酒。老卡贩卖了很多酒,他把最好的保留下来自用。烤箱里的火苗明灭不定,热浪阵阵,如壁炉般。晚饭时,老卡和小白一边喝着酒,一边享用着新出炉的面包。室外则是个冰雪世界。冬天的夜空布满闪亮的星星,显得深邃神秘。坐在两个男人之间,女孩没有喝酒,沉重地想着自己的心事。借着火光,老卡和小白都扫了女孩一眼。女孩涂在脸上的泥土在炉火的映衬下仿佛是一层镀金。小白把烤好的一大片面包递给女孩。女孩打开裹在身上的毯子伸手接住。这时小白才注意到女孩几乎是半裸着身子,用兽皮做的内甲被撕扯得破烂不堪。他想知道到底发生了什么。女孩把目光投向老卡,带着仇恨。很快,她又把头缩到毯子里,用两个手肘夹紧缝隙,一边吃着面包。

小白仔细地审视着面前的老卡。老卡大肚便便,两腿粗壮如横行的螃蟹。满头是蓬乱的红头发。双眼通红,长长的胡须如刺猬般。老卡的体味很大,呼出的气可以把人熏倒。老卡说话时唾沫乱飞,有时会溅到小白的笔记上,弄脏他优美的字体。同时老卡又是非常强壮的,双手特别有力气。上次野豹来到交易站时,小白亲眼见他一拳就把野豹的一个随从打飞出去。

小白苦苦思考着,马克很危险,我要制定一个周全的计划。

选项1:小白可以带着女孩逃走。这样做有风险,老卡能追上他们,另外老卡也可以雇佣女孩的父亲来拦截他们。

选项2:小白一直和女孩待在一起并保护她。显然,这已失败了,女孩遭受了伤害。

其他？

晚上，小白做了一个梦，在梦里他和希腊先哲色诺芬有了一番对话。他问道："我什么时候才能长大成人？"色诺芬回答道："现在。"色诺芬还提示给他，你唯一的选择是把老卡杀死。

那怎么做呢？开枪？或者用斧头？用刀？或者把他捆绑起来活埋？扔到河里淹死？看来每一个都不是特别有把握，都有很大的风险。突然他想起女孩曾经把他带到林子里，向他展示哪些是可以吃的。或许她知道哪些植物是不能吃的，比如说有毒。

接下来的一天，小白找到一个机会和女孩独处。他发现女孩用一根动物的筋腱已经把内衣缝好了。小白先指了指女孩的衣裳，随后又指了指马克所在的方向，然后带着女孩外出寻食。他要女孩帮他找到一些有毒的植物放到晚饭里，让老卡吃下去，最后中毒而死。他向女孩表达了这个意思，女孩掩嘴而笑。他严肃地告诉女孩，这不是开玩笑。随后，女孩轻咬嘴唇，开始思考并四下张望，地上一颗针叶也不放过。女孩动身前行，并暗示小白跟上她。他们走过一大片林地，最后停在了一颗大的橡树的树桩处。树桩和附近都被厚厚的白雪覆盖。女孩用衣服包住自己的手，向树桩深处刨去。树桩已经腐烂很久，似乎什么都没有剩下。最后，女孩从树根下面掏出一些褐色的茎块，像是陈年的蘑菇。

小白暗地里为出逃做着准备。三天后，小白做了一大锅肉汤，放进去六只鹈鹕鸟的胸脯肉、野兔子肉，还有野洋葱和土豆，加上女孩子提供的毒蘑菇。他同时加进去很多盐，让汤的味道变得很浓。然后打开一瓶葡萄酒，这样老卡饮酒后才开始吃饭。晚饭时，老卡吞下不少肉汤，没表现出什么异样。小白和女孩装着也吃下不少，然后回到自己睡觉的地方。老卡继续喝他的酒，喝了很久，直到篝火暗淡下来。

半夜，老卡全身痛苦不堪，尖叫起来。小白点亮一盏油灯，走近查看。老卡整个头变成了紫红色，如翻开的猪肝。浮肿异常的脸上，双眼冒着寒光。舌头挂在嘴外面，泛着白沫，如同一条垂死挣扎的鱼儿。老卡似乎想把自己从身体里面挤出来，不断翻腾着，碰上了烤箱，撞翻了货架。他的肚子吹气般胀得很大，快把衣服都给撑破了。他的手脚如刀片一样，捣碎着抓到的任何物品。小白从来没见过比这更恐怖的场景，但他不为所动。女孩也看到了老卡的狼狈，很高兴，不过她也没有笑出声来。

◎ 逃 亡

小白一边躲开四处滚翻的老卡,一边收拾物品,准备离开。他准备好雪地越野必备的两双雪鞋,两个大的背包。背包里装上足够多的干粮和衣物,还有火药、烤肉用的铁钎和其他用品。计划带上的还有2只火枪,4把匕首,4个毯子和一桶葡萄酒。小白没拿太多的金币。金币太沉,不利疾行,虽然他知道交易站所有藏钱的地方。小白和女孩轻手轻脚地溜出了小木屋。出门时,老卡还在剧烈地挣扎着,老卡的气管因中毒而肿大,几乎吸不进空气。不过,他们还是听清了身后老卡小声地哀求:"孩子们,你们为什么要离开我啊?"

小白和女孩用筋腱把雪鞋套在脚上,一路向南。这条道路相对容易些。小白的计划是,他们要到南边的大堡城寻求帮助。他们把生病的老卡留在小木屋,留下足够的供应。如果他们在途中迷路了,或者他们到了更南边的地方,那他们就是安全的。因为那里没有人知道老卡,或不关心老卡。所以他们一路走得很惬意,并在夜间扎营休息。女孩先用她的脸和手测试一下风的方向,然后告诉小白应该在哪里设置帐篷。她也知道,茫茫雪原上哪里能找到干燥的树叶和木材,如何生篝火并整夜不熄灭。安睡到天亮,女孩起身做好早餐。他们一顿美味后,收拾行李,又上路了。突然,身后传来老卡沙哑的哀求:"孩子们,等等,不要撇下我!"是的,老卡正跌跌撞撞地追赶过来。

带着恐惧,小白和女孩拼命向南逃去。很快一只猎狗追上了他们。这狗属于交易站,平时和女孩很亲热。那狗平行地和他们一起狂奔。起初,他们以为狗是老卡派来寻找他们的踪迹的。跑来一阵,狗不仅没有攻击他们,还亲热地望向他们。女孩停了下来,静静地看着那狗。狗跑到女孩跟前,用嘴扯了一下女孩的袖口,然后把目光指向一片树林的方向。

女孩向树林望去,看见了林子后面的一条结冰的河流。女孩点点头,把小白和狗带到了河上。冰面光溜,他们飞快地向前滑去。当天晚上,他们在河岸边安营。女孩围着露营地设下不少圈套,然后升起篝火。露营地选在一个背风的山坡下,进入营地,要经过两棵树之间。在那里她也设好圈套。圈套做得足够大,哪怕是像老卡肿大的头也能套上。安顿完，他们简单地吃了点干粮，随即休息。拿出匕首，放在身边，背包和雪鞋也放在离身子不远的地方。早上，快天亮的时候，篝火几乎快烧尽，小白醒了过来，他听到了老卡急促的呼吸声。狗也开始狂吠起

来。这时女孩也醒了过来，她给小白打手势，让他赶紧去收回圈套上的皮筋，以备重复使用。天开始发亮了，晨曦中小白看到那个老卡特意留下的圈套在晃动，原来老卡被套在里面。小白离开的时候，看见女孩收集了些木棍，她把木棍削尖，然后当作标枪一一投向远方。这时就可以听到不远处中标后的痛苦的闷哼。小白十分紧张，因为他没找到所有的圈套。有些圈套里已有冻僵的猎物，皮筋很难分开。很快，女孩也过来帮他。他们和狗最后平安地退到了冰河上。身后传来一阵神秘的呼啸。闻声，女孩露出了微笑，自信而镇定地向前滑去。小白也随之喘口气，放松下绷紧的神经。太不可思议了，她还是个小孩子呀。

在逃亡路上，小白不断恳求女孩，让她说出自己的名字。他用了各种方式，包括英语、印第安语和手势。但女孩子都没回答。每次他们暂停休息时，他都会问。女孩笑着看着他，完全明白他的意思，但还是不出声。女孩最后总是把目光望向远方。

第二天早上，他们一夜安睡醒了，精力有所恢复。女孩跪在地上使劲吹着火堆，要把火弄大。突然，她停了下来，撩起头发，眼睛望向树丛。小白也沿着她的眼光看过去。他们都看见了老卡硕大的头颅在雪地里滚动。他的头发被点燃了，火苗四窜。有时，那带火的身体撞上了大树。有时整个人张牙舞爪的，吐出舌头，扇乎着大耳。摇摇晃晃地不停，显得滑稽。

小白和女孩一边与老卡斗智斗勇，一边继续南下。他们用火棍，甚至食物尽量阻止老卡靠近。他们的雪鞋四分五裂，女孩重新把它们修理

好。他们的袜子全部磨碎了,女孩用兔子皮补上。每当他们停下,想稍事休息的时候,那大头就会跟上来,咆哮,怒吼。直到最后,他们在饥寒交迫中,倒在了雪地上,动弹不得。

◎ **出生入死**

有一天,身后终于没有了老卡的嚎叫了。小白花了几乎一整天才又搭起一个窝棚。挣扎中,他给篝火架上一块新木头,眼前一黑就倒了下去,仿佛他所有的精力都从指尖流出。人坠入了深渊里面,什么也看不见。全身发抖,僵硬。冥冥中,他又被带到另外一个神庙里,神庙有长长的走廊和很多房间。整个晚上,他好像就在神庙里摸索,寻找出路。第二天早上,第一束晨曦降临窝棚,他挣扎着想睁开眼,但实在是头晕目眩。整个白天,他都是昏昏沉沉,神志不清。依稀中,女孩找来泉水,一小点一小点地灌进他的嘴里。

小白告诉女孩继续赶路,留下他自生自灭。女孩装着不懂他的意思。

一整天,女孩都在照料他,收集来木柴,熬好肉汤,给他裹紧毯子保暖。当天晚上,那狗在窝棚外狂叫,小白把眼睁开了一下,女孩正把斧头在火里烧得通红,然后用一块布包住斧柄,转身走到窝棚外。外面一片喧闹,号角声,嚎叫,诅咒,尖叫,呻吟,胜利欢呼此起彼伏,中间掺杂着大树倒下的轰鸣。喧闹持续了一晚上。清晨,他感觉到女孩回到了窝棚内,从他的背上爬过,他全身顿时温暖起来。女孩的秀发扫过他的面颊,留下淡淡的体香。几个小时以后,女孩睡醒了,拿出一个鼓,在篝火旁调试。小白用印第安语问女孩,她是如何得到这鼓的。

女孩告诉他,鼓直接飞到她身边。鼓本来是属于她母亲,现在归她了。她要用鼓，唤回生命。

小白觉得他可能听错了，或者理解错了。鼓怎么会飞呢？他并没有死去呀，或许真的。闭眼后，他来到了一个未知的世界，那里有很多奇形怪状的东西，在不断变化着。如果这就是死亡，那意味着精力的彻底枯竭。女孩开始敲鼓了，他感到身体里有了一些松动，活力一点点回返。伴随着鼓声，女孩引吭高歌，一片合乐中，他放松下来，安睡过去。

第二个晚上，一切重新来过。首先是窝棚外的喧闹。清晨，女孩再一次地回到了窝棚内，从他的背上爬过。他再一次地嗅到女孩淡淡的体香。几小时后，同一合乐响起，他再一次安睡过去。等他晚上醒过来时，一切恢复正常。他高兴地低语道，我活过来了。

女孩微笑着，"你我还要继续结伴前行呢。"

女孩的歌声带给他无尽的动力和勇气，他不再畏惧。女孩和小白，比翼双飞，置身于九天之上。远远可以看到地面上正熊熊燃烧的交易站，陷在雪里的脚印指向南方。

两天后，他们终于走出了蛮野，进入到一个城镇里。小镇依山傍水，有100多幢房子。房子的风格和小白的老家几乎一样。他们停在最大的一幢房子前，轻轻按下门铃。这是当地专员的房子，专员一家热情地接待了他们，并腾出房间让他们过夜。

第二天起床，女孩容光焕发，美丽得让小白不敢直视。他真切地问女孩，是否愿意嫁给他？女孩笑着点头。再一次，小白问起女孩的名字。女孩还是没回答，不过画了一朵鲜花示意给他。

◎ 学 校

经专员推荐，女孩被送去了在密州的印第安子弟学校，接受教育。到校后，她的所有私人物品包括母亲传给她的鼓都被收走。学校不准讲印第安土语，也没人分得清她是来自安尼纳贝族，还是欧巴尼特玛格族，或者切罗基族。所有的学生统称为印第安人。她爬到树尖，把部分个人物品藏在那里，计划等钟声停止后再取回来。可是，钟声每天都响起，停不下来。钟声让她头疼不已。

学校规定穿统一的制服，包括内衣、内裤。刚开始，她很不习惯。毛裤引起她浑身发痒，快疯掉了。硬头皮鞋把脚也磨肿了。食堂的伙食是单调的牛肉、卷心菜、面包加牛奶，难以下咽，她也没什么可选。学校用英语教学,即使十分难懂,她也必须学。夜里,宿舍里哭声此起彼伏,她也加入其中,哭累了,人就自然地入睡。

她想念母亲,虽然母亲亲手卖了她。她想念小白,这是她在世上唯一的亲人。小白给她写了很多信,字里行间充满了深情,他称呼她为"鲜花"。每当她疲惫或坚持不下去的时候,她会反复读小白的来信。

她一直不习惯学校的钟声,但她习惯了同学的来来去去。很多同学死于天花、流感、肺结核和其他没有名字的疾病。有一次她发高烧,以为会死掉。但在晚上,蓝色的精灵出现了,来到她床前,与她和蔼交谈,告诉她没人可以夺走她的生命。

◎ 结　尾

是呀,神与我们同在。不管现在多么艰难,神一定会把最美好的赐给我们!

远方_的往事6

前　言

尊重孩子,理解孩子,作为家长,我做得很差。

◎ 冷　淡

冷战最开始是在晚间准备睡觉的时候。

妻子和我帮老大 JN 穿好衣服,然后惯例地在小孩脸上亲了一下。

"请不要这样。"JN 说道,同时把脸转向墙壁。

我们认为这是老大在和我们逗趣,顺势我们坐到床边,挠他的痒。

JN 全身发硬,裹紧被子,并从里向我们喊道:"我真不喜欢这样。"

我直身,"JN,怎么了?"

"睡觉的时候,我不再需要你了。"JN 说道。"我不再是小小孩了。弟弟 LS 还小。你去陪他。"

"大宝"妻子说话了。"我们不是在帮你。我们只是来和你说声晚安。你不是喜欢我们亲你吗?"

我试着隔着被子把他弄笑。我指尖碰到 JN 的什么地方,想着他该笑出声来。以前,我们老这样玩。但现在 JN 就是不出声,也不动。

"我们很宝贝你,我们总想把它表达出来。"

"这招对我不合适了。"

"那怎样才对?"

我们坐在床边,想给 JN 揉揉背。他却退缩到墙那边,几乎贴着墙。

"我不喜欢你。"

"是吗? 你可能累了,休息吧。"

"爸爸,你告诉我要讲真话。我现在就在讲真话。我不喜欢你。"

有时,小孩的独立性会表现得异常强烈。他们不想和父母有任何关联。这事很突然,很让人伤心。妻子和我在 JN 床边沉默了很久。可能,今天 JN 活动多了,最后变得烦躁不安。其实,今天仅是普普通通的一天呀!

妻子和我来到楼下,收拾餐桌,洗涤碗筷。不知妻子是否不快。我反正是给儿子打败了。JN 今年 10 岁了,是个聪明的孩子。这些年,我们对他无微不至的照顾,态度和气。JN 需要什么,我们都给他最好的。他可能觉得我们一文不名。他长大了,可以去征服世界,可以把我们一脚踢开。这才开始,下一步会怎么样?

接下来的几周,JN 在家拒绝和我们大人说话,像个囚犯,被勒令不得张嘴。早上,去上课时,JN 不和我们道别。放学回来后,他自己脱鞋,换衣,立即开始做家庭作业。他会找来矮凳,爬高,打开橱柜,找到盛零食的盒子。取用水池边上的过滤水饮用。然后,把用过的餐具放到洗碗机里。真能干!有天下午,我在家,想帮他这些,JN 总是说自己可以。睡觉时刻,JN 一直不再让我们拥抱他,亲他。晚上 8:00 就自己关上卧室的门,无声无息了。形成鲜明对比的是,JN 的六岁大的弟弟 LS,他好像一直是个婴儿,什么都要我们大人操办。

每次见面,JN 还是会挤出笑容,不过是那样的不自然,他还是个孩子呀。

我和妻子提到这事,妻子的反应是"当然是假装,你觉得他不会?"

"我不在意他假装,但里面有些别的东西。他为什么不开心?为什么对待我们如同路人?"

"我解释不了。我们的孩子 10 岁了。他开始有社交能力,懂得隐藏自己的想法。我们能怎样?"

"这么说,你认为没事?"

"是的,他长大了。你觉得儿子长大了,不好玩。"

"难道你觉得好玩?"我有些激动,大声说道。妻子撂下手上的活,转身离开。"你这样,我们无法交流。"

JN 仅是对我们这样。我们写 e-mail 到学校询问,得到的答复是 JN 在学校一切正常。他参加很多活动,是南极洲科学项目的负责人。在午休时,JN 和他的朋友们一起玩。看上去很开心。结论:JN 是个好孩子,每个人都喜欢。唉,学校的评语都是模棱两可的,别指望有什么个性化的细节。

在家,JN 开始关照他弟弟了,给他念书,和他玩,有时甚至把弟弟驮在背上在屋里到处转。以前,JN 不怎么理睬弟弟。弟弟可高兴了,突然间他有了新朋友,是令他崇拜的哥哥。我觉得这些都是 JN 计划好的。JN 想表明我该被淘汰了。对此,我觉得很受伤。

有一个晚上,JN 没碰他的晚餐,问他要不要吃点别的,他什么都不说。妻子和我破例地说他可以吃冰激凌,这可是 JN 的最爱。他还是一言不发。大家闹得很不愉快。

回到主卧室后,关上门,我和妻子又谈起这事。

"你对孩子有些咄咄逼人。"

"你的意思是说我想让 JN 开口,反而把事情搞得更糟糕?"

"至少,没什么帮助。"

"还是你的方法好。"

"我的方法? 我是他母亲。爱他,保护他,当然了。"

我在床上,背过身去。 妻子则打开床头灯,继续读她的书。我们变得没什么可说的了。

第二天早上,我起床后来到楼下,看见 JN 坐那看书,LS 则在地毯上玩他的战士玩具。LS 的书包已整理好,放在靠近大门的地方。看来,JN 已经帮他弟弟穿好衣服,倒空 LS 书包里以前留下的杂物,重新装入他今天上学所需的东西。几个月前,妻子和我就要求 JN 做这些事,帮助弟弟,这样我们可以多睡会。开始的时候,JN 有些敷衍,弄得弟弟眼泪汪汪的。

今天 LS 看上去还不错。"早上好,爸爸。"

"喂,小宝,早。昨晚睡得还好?"

"哥哥今天给我做早餐了,果汁泡圈圈。我自己吃的。"

"很好！"我尽量表现得随意些，对 JN 说得："早上好，小能人。你在看什么书？"我静下来，等待 JN 的反应。他会不会没听见？或不愿回答。但是，JN 抬起头，望向我。"我在读一本小说，小说的名字是 The short。"说完，他继续读书。

"这书讲什么？"

JN 穿戴整齐，缓缓说道："我上学前剩下的时间不多了，我计划读完 100 页。你能不能自己去亚马逊上查看这本书？"

我感觉很怪，并告诉了妻子。

妻子的反应是："很好呀，他想集中精力读书，他也告诉你了。有什么不对？"

妻子正忙着打扫卫生，没抬头看我。也不知昨晚的争吵对她有什么影响。妻子讲卫生，仿佛下一分钟客人就进屋了。她拿着吸尘器从主卧到过道，到下一个房间，我跟着她。

"老大见到我就像见到一个陌生人似的。"我尽量把语气说得轻松些。

"是吗？"妻子关掉吸尘器。

我希望妻子会和我的观点一致。

"我不认为他变得陌生了。他只是正在成长。你应该高兴呀，他喜欢阅读。我们和他又开始有对话了。他不像其他孩子那样，整天玩游戏，要求父母买 iPad 给他们。他想读书。坦率地说，你有些神经过敏了。"

看看我整天和什么人在一起呀。首先，这两个小家伙。我整天喂他们吃，给他们穿衣，洗澡。其中一个变成这样。妻子是漂亮，或许还精明，但她理解不了我的这些怨气和焦躁，更不会来安慰我一下。还是自己一边待着，喝点酒吧。

JN 像个幽灵，在家进出。我尽量装着不在意这些，让这种疏远感弥漫开来，整个房子变成冰窖。妻子一副顺其自然的样子。她尊重 JN 的意愿，给他自由的空间，对他有信心。我在这些方面，严重缺乏。

有天下午，我干脆完全迷失了。我买菜后回到家里，看见 JN 和 LS 正在地毯上搭积木，主要是 JN 帮 LS。JN 很认真，小心。我一直认为有儿子很神奇。这么个小东西需要我保护，可以做朋友。我坐到 JN 身边，不假思索地把他抱住，并不是要吓着他，或伤害他。我只是觉得这样父子才亲切。但 JN 不配合，我仿佛拥抱着一团空气。我只好把他放开。

JN 显得不开心,整理一下头发,说道:"我知道在家里你和妈妈订立规则。虽然我才 10 岁,我不是也有权利不被触摸?"

"你是对的,对不起。"

"我一直在表达,你听不进去。"

"我听到了。"

"你没听进去,你还是那样做。妈妈也是。你把我看成一个玩具。我是人,不是玩具。"

"我没认为你是玩具。"

"我不喜欢你。我已经说过了。"

"这可不好。"我顺手把 LS 举高,LS 高兴地扭动起来。

"你看,弟弟很高兴我这样做。你和爸爸我以前也常这样玩。"

JN 一副不解的样子。"你不尊重我的意愿。"

"我尊重,但你的想法是不对的。家人之间要有亲密感。否则,生活会很无趣的。"

我想给 JN 解释什么是爱、亲情、关怀。这孩子变得越来越古怪了。他似乎和我血脉不相关联。也许,还他自由,随他去是个更明智的方案。

JN 眉头皱着。"我不想说些话,伤着大家了。"

"什么? 就该那样,说话要和气。"

"在学校,我们有辅导员 FR。我可不想向他提到你和妈妈的事。"

"你在说些什么?"

"你老强迫我。不要逼我,我会向学校报告的。"

我很震惊地站立起来:"好吧!"

"谢谢。"

我继续准备晚饭,招呼孩子们吃完。饭后打开电视,用蓝光影碟机播放些儿童 MTV。心里总觉得堵,挥之不去。等一切收拾完,小孩睡下后,我一人来到后院。夜很静,偶尔天上有飞机掠过,夜航灯一闪一闪。

　　自从 JN 出生,每天的事就多得做不完。月子里,晚上每 2 个小时就起来,给儿子喂配方奶,换尿布。每天下班后,急急赶往商店,不断地买尿布、奶粉、食物、婴儿衣服、儿童玩具。大包大箱的,塞满后备厢。开回家后,再卸车,搬运,分装。

　　孩子不爱喝奶,我们以为奶瓶不好,向有经验的朋友咨询,说要买不含 BPA 的。放下电话,我就开车出门去买,跑遍全市所有的儿童商店,都没现货,只好在网上订,要求加急送货。用新的奶瓶,孩子吃奶也没改善。我又琢磨是不是塑料奶瓶不健康,急着改用玻璃奶瓶。奶嘴也是个大的研究课题,买来各种各样的。开始觉得奶嘴开口小,儿子喝 100 毫升要 30 ~ 40 分钟,费劲。买来开口大的,奶倒是几分钟就喝完了。妻子和我很高兴,以为这下孩子能多吃点。可是,10 分钟后,奶全都被孩子吐了出来，又是一通打扫、收拾，小孩衣服刚穿上，又得重新换。一岁后，孩子能走路了，念书，陪着玩玩具，带到家边上的儿童乐园爬滑梯就是每天的主要功课了。后来，LS出生，就有些力不从心了。和朋友们的联系早断了，参加教会活动的时候也少多了。每到12月初，明信片、贺卡、电邮也顾不上发。刚移民来时，第一个老板M和他夫人C对我像儿子一样亲，不过很快我就转走了。往年，我一定会给他们寄圣诞贺信并打电话，有小孩后，信还寄了2年，不过都是新年才发出。到后面，信也停了，心很不安。这真是单纯的家庭生活，和外面的世界很隔绝。无心也罢，有意也罢，这在某种意义上就是赌，赌你在下一代身上的投入会至少换来心安。我随后想到JN的威胁。真没想到呀！不管怎样，JN就不要碰了。为此，向妻子诉苦，估计她会说：我应该尊重JN的隐私。JN有这样的反应，还不是我抱他，让他不舒服。JN真的会向学校报告的，他做得出来。如果让不明真相的人知道了，故事不知会传成多吓人。

逝者如斯，日子还得过下去。几天后，吃晚饭时，JN的爷爷打来长途电话。老人挂念孙子，冲我抱怨，这么长时间没有消息。最后，爷爷想和JN说几句。

JN在书房读书，催了几次都没动。我冲他吼去，他才不乐意地走到电话边，拿起电话，一言不发，几秒钟过后就挂了。

"你干什么呀？这样没礼貌。"

"我不喜欢爷爷。他嘴里有怪味。上次他来我们家，总不让我玩游戏。给我做饭，一点味道都没有。还不会做汉堡包、炸薯条。"

"爷爷还不是希望你多学习，身体健康。"

"他动作太慢了。"

看着JN满脸嫌弃的样子，我真想抽他一鞭。

◎ *心理咨询*

我们经过朋友介绍，发现了一个儿科专家。医生精通和各种有心理问题的孩子打交道。有些孩子通常会表现出焦虑、愤怒、压抑、孤僻。我们的孩子JN，每当我们看到他的时候，或和他交谈的时候，表现怪异。他也仅对我们才那样。

先从我们朋友 M 说起,她家有 3 个孩子。孩子们都很出色,也特别会惹是生非。为此,她经常带孩子去做心理咨询。经历这些年,她也是半个儿童心理专家了。当我们向 M 提到 JN 的情况时,她眼睛为之一亮。"有本书《第五个孩子》,你们有读过吗?故事听起来像虚构,其实是真实的,太难以置信了。"妻子读过那书。故事是讲一个家庭,起初有 4 个孩子,生活美满。后来,有了第五个孩子,生活完全变了,变得苦不堪言。

妻子说道:"故事里,第五个孩子是个魔王。我们的 JN 可不是那样。JN 不伤人,也不暴力。他只是想独处。我真不知道怎么说。"

M 接过话:"好吧,但他让你伤心。我想你们因此很痛苦。"

我赶紧把话题转移:"那书我还没拜读。我们在意的不是我们,是 JN。JN 正痛苦着。我们想了解清楚根源,我们想帮助 JN,我们的孩子。"妻子没再吭声。她的沉默也许代表着意见一致,或惊讶。在外,我们要保持一致。坦率地说,我也说不清。

那儿科专家先和我们面谈了一次。我们把孩子的情况全面做了介绍,医生听得很认真,做了记录,不时打断一下,过问细节。当医生注视我们时,仿佛要看透我们,我很不自在。

随后,医生和 JN 单独会面,我们等在外面。坐在那,我思绪很乱。医生会发现什么?到底是我们疯了,还是孩子有些不一样?

最后,我们三人一起和医生面谈。我们讨论病情时,JN 在一旁安静地坐着,举止得体。医生提到先服用些抗抑制的药物,同时每周做理疗,然后根据治疗进展,再做调整。JN 没出声。

医生向 JN 询问:"你这样看?你会很快好起来的。"

这时,JN 发话了:"我跟你说过了,我一切正常。"

"好的。有时,人们生病了,他们还感觉正常。这可能是疾病的症状之一。"医生回答道。

"这么说,所有健康的人都在撒谎?"

"嗯,话不能那样说。"

"我从来不想自残,但你却要给我处方药。我认为那会伤害我。"

医生的脸色变得不那么自在了。

JN 继续:"那叫自杀情节。"

"你怎么懂得这些?"

"互联网呀!"

这回轮到大人们面面相觑了。

JN 问道:"小孩知道些事实,你们为什么大惊小怪的。小孩也能上网查询药物的相关资讯。你们这一代会逐渐对此习惯起来。这不是我天赋超群,我只是会用电脑而已。"

"很好,你是对的。我们应该给你讲清楚。你自己就找到答案了。了不起!我祝贺你,JN。"医生说道。

我注视着 JN。我真希望 JN 把他在家时的冷淡的神情展现给医生。

"谢谢。我很自豪。我起先并不认为我能做到。我就集中精力,一直努力直到成功为止。"

"不过,也有些特例。我建议你和你的父母要密切留意。"

"可能吧。但是,我一丁点压抑的症状都没有。你为什么一定要让我往那方面想呢?"

"好的。JN,我现在需要和你父母单独谈谈,可以吗?你可以在外面休息室等一下。那里有些书籍,你也可以在那玩游戏。"

"好,我去玩了。"

等门合上,我问医生:"那孩子就这样?"

"这是对大人的嘲讽。或许,我们大人不喜欢孩子这样,但这不是病。"医生笑着说道。

"我无意冒犯您。您是这方面的专家,不过您和他说话的方式似乎……"

"什么方式?"

"他是小孩,大人怎么能……"

"我好奇平时在家,你和你小孩是如何交谈的。"

妻子接过话:"我先生最近很惊讶小孩怎么一下就长大了。我先生甚至有些哀叹,他还冲孩子大声嚷嚷。"说完,妻子有些歉疚地看着我。

我本想争辩,又觉得在外人面前这样不好,就忍住了。

医生总结道:"这孩子非常聪明活泼。"

"太聪明,没法治疗?"

"我觉得你们一家应该一起去做理疗,改善大人和孩子的关系。"

"家庭理疗?"

"坦率地说,JN很正常,没有抑郁症,不需要治疗。"

"你想说,JN没病,他只是会惹事。"

"作为家长,这样想可危险呢!"

"去你的!"我站起来,骂骂咧咧地离开了接待室。

◎ 家家经难念

那天晚上,我做了糖醋排骨,清蒸了一只螃蟹,妻子帮忙从冰箱里拿出生菜和西兰花,摘干净,冲洗好。我们谁也没说话。今天,我说够了。妻子看来很疲惫,至于心里在想什么,就难说了。她总是把主要精力都放在孩子身上,我排不上号。关于JN,我们还是要密切关注的。他不可能对他的父母一直保持距离,态度冷淡。谁知道呢,父子冷面相对,也不是没有。晚饭开始不久,LS就狼吞虎咽地吃完了。他想急着去玩他的战士游戏。妻子还没怎么动筷子。JN回家后就没再出声,他拍拍弟弟的背,轻声说道:"别急,爸爸妈妈会让你去玩的。"LS还真听话,没再吵着要离开餐桌。

睡觉时,妻子说想一个人待一会,就搬到楼下客房去睡了。我一人留在卧室,上网付清信用卡和电信的费用,很快也迷糊着了。

第二天,JN上学时还是没有道别,回家后也没理我。我问他在学校过得好吗?他没抬头,说还好。或许,情况就是这样,我怎么就一定要自找没趣地多心呢？直到晚饭，JN 就静静地在沙发上看书，他弟弟则趴在地上玩打战游戏。我端详着 JN，他到底在沉思还是苦恼？唉，才 10 岁，就让人捉摸不透。

远方

往事 7 - Whistler 滑雪

的

序

出云触天在玉峰，
踏冰扬雪耀峥嵘。
飞身跃下三千尺，
追风快意疾速中。

◎ 99 号高速

　　那年的春假，我们全家到加拿大的 Whistler 旅游。该处是世界著名的滑雪胜地和曾经的冬奥村，儿子们多年前就有提议。我们一来觉得太远，二来当地消费极高，而一拖再拖，这次不忍再让儿子们失落了。

　　第一天，从家驱车来到温哥华，稍事休整。第二天，一大早就北上了，车很快转到 BC99 高速公路，这是一段海滨公路，天高地阔。左边是宽广的海湾（起先还以为是大湖，长度超过 100 英里），右边是起伏青翠的群山。范公的名篇放到这里，太贴切了：衔远山，吞长江，浩浩汤汤，横无际涯，朝晖夕阴，气象万千。海面静若处子，又像一面巨大平整的蓝

　　宝石,镶嵌在天地间。草木、群山、白云、蓝天倒映水中,一幅天成的画卷,美不胜收。

　　公路往北,下一站是海天缆车。乘缆车直上800米来到山巅,走在悬桥上,眼前呈现360度的立体场景,十分震撼。上苍似乎为游人精心制作了一个巨大的奶油蛋糕,上下层由碧天蓝海铺就,中间还有层次分明的森林、岩石、雪峰做夹层。海上游艇,山间白云和天上的飞机则是灵动的画笔,即兴书写着"生日快乐"的祝词。口福眼福不浅,若本班那登

山大神来,可能就是艳福了。

再往北,道转内陆,地势抬升,山顶的积雪越来越厚。午前,终于到达 Whistler 镇。镇坐落在两山 Whistler、Blackcomb 并肩形成的山谷里。谷底布满各式酒店和度假公寓,往上就是几十部缆车和索道,包括世界跨度最大的横跨两山的 PEAK-PEAK 缆车。满山滑道纵横,总长百公里以上,山巅是雪峰冰川,还有大片原始森林,真感觉进入了童话中的

冰雪世界。这里被选为冬奥会的场所实至名归。（注：这片地区的森林木材闻名遐迩，处处可见百年以上树龄的参天大树，挺拔绰约，算是见识了！）

◎ 超长滑道

乘缆车来到 Blackcomb 山顶，天地一片开阔，孩子们兴奋不已，奔向黑道，去寻求疾速和难度。我滑雪水平有限也摔打不起了，就老实地从 HORSTMAN HUT 沿绿道滑下。雪后初晴的山里，空气纯净清新，我贪婪地大口吸入，恨不得彻底暴露，打开每个毛孔，出尽心中恶气。下午的雪道有些许湿软，减缓了速度但也有利平衡，对我这样的半路出家最合适。滑道有 6 公里长，我催动雪橇，左右腾挪，迎面的山风越来越猛烈，撩起发梢，吹动衣角，清凉四溢。人渐渐觉得被托起，如鸟儿冲破牢笼般翱翔在天地，快速向山谷飞去……历时 1 小时，我才滑落到山脚大本营。这算是我经历最长的滑道了。

◎ 冰川和冰洞

　　再次坐缆车上山,和孩子一起拜访了 Blackcomb 冰川区。 冰川现在很珍稀(全球温升对冰川是极大的摧残),它们一般经历万年而不融化,甚至百万年。惊叹冰川恒久和灵性,每次遇到,我都要敬拜,以求心灵身心的净化。夫人还借此嘲笑我,敬拜了这么多次,也没求来财运,到现在还是个穷光蛋。扛着雪橇,双杆撑地,艰难地在山巅移动,终于来到冰川近前。用滑雪杆除去表面浮冰,从里敲下一块,玉石般晶莹,放入口中,顿时清爽甘甜无比。相比这至纯至洁的万年造化,其他世间所谓的琼浆佳酿则根本不配一提！

冰川区下面还有一个闻名的冰洞。我们和北卡来的一组游客结伴前去探幽，好不容易在茫茫雪原里将它找到。也不知道冰洞如何形成，可能冰川一部分凹陷吧。本想多在那里停留，调研一番，写份地质报告发给群里那位地质博导，可孩子们没耐心，只好匆匆离开。

雪场收场早，在下午 4:00，无奈中（对不住门票费呀），我们回到停车场，然后驱车到酒店休息。

◎ 绿道/蓝道/黑道

第三天，我们一早就从酒店来到雪场，这次我们转到 Whistler 一侧的雪道。早上的雪面因晚上降温而有冰，硬邦邦的，雪橇在其上几乎没有摩擦力，我生怕失控摔倒。先到绿道"Pony trail"适应，这里坡度不大，几个来回下来，居然没跌倒，信心增强不少。

随后来到蓝道"Harmony ridge"，在那见到更多来自世界各地的专业级滑雪爱好者，他们优雅地挥杆驱橇，快速超过我滑下。受此感染，我也放开步伐，遇到坡度大些的路段，则曲身转腰走之型廻线，跌跌撞撞地冲下那片奇美的山脊。茫茫雪域里的集团滑雪，感觉美妙，仿佛一队天兵，磅礴迅即，叱咤风云，去冲锋陷阵，去征服建功。

在蓝道过足瘾后，我好奇地坐缆车来到黑道。站在滑道口，看着前面陡直（70 度以上坡度）的滑道，心发虚，脚发软。这哪是滑雪，是跳崖！其他游人关切地看着我，问我是否需要帮助。我示意没事，他们随即纵

身跃下,在黑道上潇洒写意,疾速下滑。傻呆了一阵,我也自绝后路,纵身跃下。黑道上,滑速比绿道快很多,我害怕失控,赶紧学前面的滑雪高手,拧身催橇转左。滑到左侧边,我试着再转雪橇向右,由于缺乏训练加上身体僵硬,身体失去平衡,重重摔在滑道上。摔下时,右脚上的雪橇弹出,还扭伤了膝盖。黑道凶险呀! 很快,周边的滑雪爱好者涌过来帮忙,并问我是否要叫急救队。我缓缓爬起来,感觉四肢还能动,就谢绝了众人好意。黑道是不敢再滑了,我收起雪橇,坐下,一点点地挪动,狼狈不堪,最后总算连滚带爬来到滑道底部。人呀,还是要量力而行,无力则自觉吃瓜。

◎ 山间餐厅 Round house

　　继续在绿道滑雪,直到体乏腿酸,饥渴难耐。中午,我们全家聚齐,来到 ROUND HOUSE 休息站。没想到雪野山巅居然还有这样大规模的餐厅,上下 3 层,可以供应上千人同时用餐。餐厅食品多样,有意大利餐、越南牛肉米粉、墨西哥卷饼,以及各式快餐,真是美食天下。我们去用餐时,那里人潮涌动,好不容易才在顶层露天餐厅找到位子。顶层视野好,雪峰、蓝天、白云、银燕、飞人尽收眼底。很快,我们点的餐饮供应上来。我要了一份 Alfredo 酱配制的意大利面条,外加一份海鲜蛤蜊汤。面条热气腾腾,入口滑润筋道,配汤香溢味重,爽口暖身。美景和美食中,一家人在一起其乐融融,想想那不菲的酒店,门票和餐饮就不算什么了。儿子们还和周边的其他孩子兴奋地谈论彼此的滑雪乐趣。游客中,有一个 30 多人的大家庭,各成员(祖孙四代)从加拿大各地赶来此地团聚。家庭长老是个近 80 岁的壮汉,他常年滑雪登山,动作敏捷。那老人定居在安省多伦多市,听说我们曾在那居住过,还特意问我们多市相关的街名。在最走投无路时,我在多市谋得过一份工作,才幸存下来。不过,我对那座杂乱粗俗的大镇始终没有好感,一有机会就逃之夭夭了。

◎ 峰峰缆车

午饭后，我们乘坐名动天下的 Peak-Peak 缆车从 Whistler 山奔向 Blackcomb 山。缆车道长 5 公里，把两座雪山连在一起，其中无支撑的道段最大跨度达 3 公里。人在缆车里（高于地面 400 多米），仰首苍穹，俯瞰山林、沟壑和雪原，如雄鹰展翅，气冲霄汉。这时真觉得词穷字竭，无法表达。

◎ 晴转多云

回到 Blackcomb 山，儿子们嫌我笨拙，破布一般把我撇在一边，坐上了去黑道的缆车。唉，这些白眼狼，翅膀还没长硬呢。我只好一人转向绿道。来到山顶，赶上起雾，厚重的云层四散开来，瞬间把一切吞噬。人和物虚幻缥缈起来,四下无声,视无可见,触而未得,闻而无味,心志竟安顿下来,乐而忘忧,没想到孜孜追求的大同境界就这样不期而遇,妙哉,妙哉!

　　不知过去多少时日,一番享受后,云雾渐开。我顺着依稀可见的路标,冲跃而下,要刺激就别过于患得患失!